Владарг Дельсат

ПРОБУЖДЕНИЕ
критерий разумности — 12

2025

Copyright © 2025 by **Vladarg Delsat**

All rights reserved.

No part of this publication may be reproduced, distributed, or transmitted in any form or by any means, including photocopying, recording, or other electronic or mechanical methods, without the prior written permission of the publisher, except as permitted by copyright law.

The story, all names, characters, and incidents portrayed in this production are fictitious. No identification with actual persons (living or deceased), places, buildings, and products is intended or should be inferred.

Book Cover by **StudioGradient**

Edited by **Elya Trofimova & Ir Rinen**

Copyright © 2025 by **Владарг Дельсат (Vladarg Delsat)**

Все права защищены.

Никакая часть этой публикации не может быть воспроизведена, распространена или передана в любой форме и любыми средствами, включая фотокопирование, запись или другие электронные или механические методы, без предварительного письменного разрешения издателя, за исключением случаев, предусмотренных законом об авторском праве.

Сюжет, все имена, персонажи и происшествия, изображенные в этой постановке, являются вымышленными. Идентификация с реальными людьми (живыми или умершими), местами, зданиями и продуктами не подразумевается и не должна подразумеваться.

Художник **StudioGradient**

Редакторы **Эля Трофимова & Ир Ринен**

Последняя Надежда. Ваал

Мне страшно. На самом деле страшно, ведь сегодня умер Старейший, и мы остались одни. Материнская планета давно перестала отвечать, да и отвечала ли она? Здесь только мы. Старейший, чьего имени никто не знал, и почти два десятка внезапно оказавшихся ненужными... нас.

Если верить рассказам Старейшего, нас как раз спасли. И меня, и двоих младших, и полтора десятка замороженных пока малышей. Мой саркофаг пришел в негодность, а зачем разбудили младших, я не понимаю до сих пор. Старейший говорил: мы — всё, что осталось от нашей расы. Но что случилось, мы не знаем. Ведомо ли было ему?

Мы все находимся на звездолете, зовущемся «Последней Надеждой». Теперь, когда Старейший отправился в свой последний путь, я могу воспользоваться базами знаний корабля, чтобы узнать нашу историю. Вот сейчас посмотрю, как там младшие, и пойду в центральный пост управления. Так как я самый старший на звездолете, мне, наверное, будет позволено прикоснуться к крупицам знаний, и я наконец узнаю, почему я помню мягкие руки мамы, но здесь ее нет.

Младшим страшно, конечно, потому что Старейший... Умер и умер. Зато теперь совершенно точно не будет больно, а страх... Я что-нибудь придумаю. Обязательно, потому что мы должны успеть многому научиться, прежде чем выйдут из строя остальные саркофаги. А они совершенно точно выйдут, потому что время никому хорошо не делает.

Старейший сказал, что мы попали во временную флуктуацию, поэтому, несмотря на то, что для всех минул какой-то десяток лет, для нас прошли сотни. Не знаю, так ли это на самом деле, но тогда хотя бы объясняются ломающиеся саркофаги, в которых спят совсем малыши. Каково им будет проснуться и узнать, что мамы больше не будет? Интересно, а они хотя бы помнят тех, кто их породил?

Я встаю с пола шлюза, в последний раз взглянув на черную пустоту, испещренную звездами, сквозь туманное марево силового поля, и даю команду на закрытие люков. Тут и уметь нечего — рычаг всего один. Тяжело вздохнув, поворачиваюсь спиной к закрывающемуся серому люку главного шлюза. Пора идти, причем пешком, потому что энергию следует поберечь.

Коридоры тянутся перед глазами. Едва освещенные серые помещения, большинство из которых закрыто, а меньшинство неинтересно. Механизмы и пульты, стоящие там, мне незнакомы. Точнее, визуально я их узнаю, но как пользоваться, не знаю. Надо хотя бы связь попытаться оживить — вдруг наша раса еще хоть где-нибудь сохранилась? Ну или просто на помощь позвать...

Я помню, в детстве мама говорила, что нет ничего важнее ребенка, но вот что случилось затем, я не помню. Сколько ни пытался вспомнить с того момента, как поднялся из мигающего красным саркофага, так и не смог. Старейший, кстати, был очень недоволен тем фактом, что я проснулся, но убить не посмел. Хотя, по-моему, хотел... Но или нельзя нас убивать, или еще что-то, первым к Звездам ушел он. И теперь мы совсем одни.

Поднимаясь по лесенке вверх, чувствую облегчение — мы друг с другом точно разберемся, не зря же младшие Старейшего так боялись. Сестренки мои, не по крови, а по сути своей, ведь нет больше никого. Сейчас, тяжело уже дыша, заберусь на последнюю ступеньку, переведу дух и пойду в нашу каюту. Она одна на нас троих, потому что ресурсы надо беречь. По крайней мере, так говорил Старейший.

Вот и забрался... Теперь надо перевести дух, прогнать дурноту и черные мушки перед глазами, а потом можно будет идти дальше, хотя хочется просто упасть и не шевелиться. Или ползком двигаться... От этой мысли я вздрагиваю, сразу же оглянувшись — не идет ли он, но память подсказывает мне, что Старейшего больше не будет, отчего я выдыхаю с облегчением. Как так вышло, что мы оказались в руках причиняющего боль старика? Нужно обязательно добраться до библиотеки, а сейчас надо встать. Я смогу, я сильный!

Держась за стенку, прохожу еще немного до поворота, затем прикладываю ладонь к двери, моментально распавшейся надвое, чтобы пропустить меня. Младшие сразу же вскакивают с кровати, их лица выражают панику, но увидев меня, они облегченно усаживаются обратно.

— Он сдох, — коротко объясняю я. — Отправился к звездам.

— Значит... Все закончилось? — тоненьким голосочком спрашивает меня Иала, а Еия просто плачет.

— Старейшего больше не будет, а я вам больно

делать не буду, — твердо произношу я. — Импульс-наказующий тоже отправился к звездам.

Она визжит, радостно бросаясь ко мне. Верит мне сразу, что хорошо, значит, доверяет и бояться не будет. Я обнимаю малышку, двинувшись вперед, чтобы погладить и Еию, потому что ей поплакать хочется. Сейчас уже плакать можно, больно за это не сделают.

Откуда взялся импульс-наказующий, я не знаю. В том прошлом, что помню, никому не пришло бы в голову причинять боль ребенку. А тут вполне заводская, насколько я могу судить, вещь, вызывающая пульсирующую боль с долгим периодом затухания в той области, на которую направлена. Потому страшно это очень — без предупреждения, совершенно неожиданно... Старейший любил смотреть на результат применения этого жуткого устройства. Что случилось с нашей расой? Что? Я должен это узнать.

Если окажется, что причинение боли ребенку стало нормой для расы, то материнскую планету я не позову. Я лучше аппаратуру связи вообще отключу, ведь Старейший меня чуть с ума не свел. Хорошо, что хоть время от времени мне удавалось закрыть собой младших, но теперь Старейшего точно не будет, а мы никому не нужны. Осталось только выяснить, почему...

— Ну что, успокоилась? — негромко спрашиваю я Еию, погладив ее и показав жест заботы.

— Да-а-а-а... — шепотом отвечает она, свернув конечности в жесте страха.

— Сейчас пойдем и покормим моих самых лучших сестренок, — продемонстрировав жест поддержки и улыбки, добиваюсь робкого ответного.

— А мы самые лучшие? — интересуется Иала.

— Конечно, — показываю я уверенность, а затем мягко помогаю им подняться на ноги.

Столовая тут недалеко, но вот теперь мы можем выбрать меню сами. Старейший-то ни в чем себе не отказывал, а мои хорошие уже очень голодные, Еия от слов о еде тихо попискивать начинает. Значит, больше сдерживаться не в состоянии, того и гляди дрожать начнет. Какой-то совсем неправильный у нас взрослый был. Хорошо, что сдох.

Теперь можно будет кормить малышек нормально, да и мне, наверное, в обморок не падать от подъема по лестнице, только надо в хранилище знаний посмотреть, как правильно поступать...

Новости у меня две.

Во-первых, доступ к кораблю у меня полный, что очень странно, но в наших условиях просто отлично. Во-вторых, сестренки утомляются очень быстро, при этом не согласны надолго со мной расставаться. Поэтому я сейчас сижу в корабельном хранилище знаний, соображая, что почитать в первую очередь, а малышки на диване отдыхают. Надо и для них подобрать что-нибудь, хоть учебники, чтобы читать научились, потому что они, как оказалось, не умеют.

Начну, пожалуй, с необходимого — как проверить, сколько у нас есть еды и воды, как правильно готовить, а то я на панели в кухне только два рычага знаю. Сейчас просто выдал то, что там было, просто утроенную порцию, вот и наелись все, но мне нужно разобраться, как именно кормить сестренок. А если проснутся и другие, то нужно за ними ухаживать. А как? Вот с этого и начну, а связь и история никуда не убегут.

Выбрав, нажимаю клавишу листания, чтобы активировать справочник, ведь далеко не все слова мне знакомы. Например, значки рядом с рычагами питания мне непонятны. Надо, кстати, посмотреть, что они означают, хоть и чувствую я, что хороших новостей не будет. Ладно, а какие тогда будут?

Я открываю справочник символов, а рядом на

экране, вделанном в стол, руководство по питанию экипажа и пассажиров. Хорошо, что я учился в школе, поэтому и читать, и писать умею, и это нам сейчас очень сильно поможет. Тяжело вздохнув, ищу те два символа, что на панели питающего аппарата расположены, но с ходу не нахожу. Тут и сестрёнки просыпаются.

— Ваал... — тихо зовет меня Иала. — Ты тут?

— Тут, маленькая, — я отвлекаюсь от текста, сразу же подходя к чего-то испугавшимся девочкам. Понятно, в общем, чего они испугались — возвращения прошлого боятся. — Кушать хотите? — интересуюсь я.

— Мы всегда хотим, — вздыхает она. — Но, наверное, часто нельзя?

— Почему нельзя? — удивляюсь я, обнимая обеих одновременно. — Можем сходить поесть. Я заодно посмотрю, как что-то другое сделать, а не суп постоянный.

Супом эту жижу можно назвать очень примерно, потому что несолёное варево неизвестно из чего насытить неспособно. Но вот перед тем как отправляться, нам нужно попасть в одну из «специальных» кают. Без одежды ходить, во-первых, некомфортно, а во-вторых, просто страшно. Как-то не подумал я об этом, за прошедшее время привыкнув к своей некоторой неприкрытости. Друг друга мы не стесняемся, выбили из нас стеснительность...

— Пойдем, — предлагаю я идти за мной. Где находятся специальные детские каюты, я уже знаю. Судно у нас действительно спасательным оказалось, не обманул Старейший, чтоб имя его навек забыли.

— А куда мы идем? — интересуется Еия и сразу же вся сжимается, испугавшись. Да, Старейший за вопросы очень больно делал, а вот почему — непонятно.

— Не надо бояться, — глажу я ее по голове, отчего сестренка доверчиво прижимается ко мне. Приподнятые конечности очень хорошо демонстрируют факт того, что мне верят. — Мы идем, чтобы найти покровы для вас.

Еия меня не понимает, а вот Иала, видимо, что-то помнит, начав тихо всхлипывать. Младшая наша прошлого совсем не помнит, память у нее повредилась от произошедшего, наверное. Но это неважно, потому что ничего с этим мы сделать все равно не можем. А раз не можем, то и не будем. Вот кстати одна из «специальных» кают, то есть, для детей.

Звездолет старой постройки, в нем многое сделано именно для комфорта детей, только... Вряд ли кто-то мог себе представить, как можно использовать игровой городок, поэтому играть нам пока негде, да и не умеем мы уже. Ничего, рано или поздно научимся. Если еды хватит — точно научимся, просто сестренкам надо привыкнуть к тому, что больно не будет. И мне к этому привыкнуть надо...

— Вот тут у нас комбинезоны для малышек, — я вижу стеллаж с отметкой возраста, это для сестренок, а я пока потерплю.

— А ты? — удивляется Иала.

— Тут до восьми лет, — объясняю я ей. — Мне нужно в другом месте посмотреть.

— Тогда давай посмотрим, — спешит она, но я останавливаю сестренку.

Комбинезоны тут есть трех типов, но я беру космические, чтобы следили за туалетом и чистили тело. Младшие мои от страха могут и не успеть, а испугаться — чего угодно. Поэтому пусть им будет комфортно. С этой мыслью принимаюсь одевать сначала младшую, а потом старшую, при этом обе просто замирают, не пытаясь ничего сделать самостоятельно.

— Эти комбинезоны для космоса, — объясняю я моим хорошим. — Они и за туалетом последят, и за чистотой.

— Спасибо... — шепчет Еия, гладя комбинезон, я же устраиваю получше ее верхние конечности, чтобы ей комфортно было.

За моим комбинезоном мы идем не сразу — сестренкам поплакать нужно. Тот факт, что они теперь защищены, даже объяснять не надо. Импульс-наказующий, к звездам отправившийся вместе со своим хозяином, сквозь такой комбинезон не пробивает. Это я как раз и объясняю, отчего маленькие плачут. Одно дело просто слова, совсем другое — защита.

Комбинезон для меня обнаруживается в соседней каюте. Вот сейчас я очень хорошо младших понимаю: ощущение защищенности такое, что и самому расплакаться хочется, но нельзя мне, Еия и Иала испугаются. Я для них сейчас впадина спокойствия и безопасности, потому не нужно их пугать. А нужно что? Правильно, кормить.

— Пойдемте-ка на кухню, — предлагаю я, на что маленькие мои с готовностью соглашаются.

Жмутся ко мне, но уже не боятся — магическое воздействие одежды. В целом понятно, почему Старейший одежды не дал — и для неожиданности боли, и для того, чтобы мы... мы не чувствовали себя разумными, вот что. Хорошо подумав, проверяю, работает ли подъемник, не потому что не хочу экономить, а совсем по другой причине.

Если верить книге, которую я всего чуть прочитал, у корабля энергетические элементы производят достаточно, и мотива экономить нет. Нужно просто включить дублирующий контур малышам, ну, насколько я это понимаю. После еды еще немного почитаю и разберусь, как это сделать, а пока нас к кухне несет подъемник.

Вряд ли меня могло что-то удивить после всего того, что я здесь перенес уже. Я понимаю, почему не мог найти тех символов в справочнике — еда для детей чуть выше расположена, а та жижа, которой нас кормят столько времени, совсем не для людей... Символ я не понимаю, но логически — это для домашних животных. Если принять это за факт, то становится многое понятно — и отношение к нам, и...

Последние приготовления.
Виктор

Весь экипаж, десант и, разумеется, мы стоим в едином строю. Звездолет с именем «Перун» готов и изучен. Мощный новейший линкор, способный, если надо, разнести звездную систему, получил имя одного из самых известных богов древности. С названием получилось странно — кто-то из историков пошутил, а разумным понравилось, поэтому во время трансляции приняли именно это название, хотя, по-моему, были варианты и получше.

— И мы уверены, вы справитесь! — это товарищ Феоктистов выступает, напутствует, можно сказать.

Мы, разумеется, справимся, хоть и впервые в неизведанность идет исключительно квазиживой экипаж. Нас будут подстраховывать — и творцы, и интуиты, и Синицыны, но действительно мы впервые идем сами. Традиционно на звездолетах такого типа присутствовали живые — не из-за страшилок Темных Веков о восстании квазиживых, а оттого, что дары нам недоступны. В таком пути интуит может очень быть нужен, но мы все решили, что справимся. Это действительно наше решение, решение квазиживых.

Разумные считают нас равными. Живые не ставят под вопрос нашу разумность только потому, что мы созданы, а не рождены, а вот мы... Этот полет ответит на вопрос — достаточно ли мы развиты, чтобы не считаться, а быть равными. Очень важный, по-моему, вопрос. И вот сейчас мы стоим в строю, готовясь отправиться в путь.

— Разойдись! — звучит команда, и к нам подходят Синицыны.

— Виктор, главное, верь в себя, ты можешь, — строго говорит мне Илья, хотя в уголках его губ притаилась улыбка. — Перепроверяй, но доверяй себе.

— Есть доверять, — улыбаясь, отвечаю я.

За прошедшее время они оба стали нам действительно наставниками. Ульяна о чем-то негромко разговаривает с Варей... Звезды, Варя рядом... Не знаю, как называются мои эмоции и похожи ли они на любовь, но сам факт того, что она рядом, просто окрыляет.

У нас остается немного времени до отлета, и наши наставники дают нам последние указания, а я понимаю — если все получится, тогда квазиживых можно будет назвать отдельной разумной расой. Давно прошли те времена, когда наши предки-роботы были бессловесными машинами, сейчас уже мы совершенно точно обладаем разумом, хотя часто не умеем при этом проявлять инициативу. Что же, наш полет, можно сказать, проба сил, и за то, что нам позволено, я очень благодарен создавшим нас людям.

Пожав руки Синицыным на прощание, я разворачиваюсь в сторону переходного тамбура, от которого начинается галерея на «Перун». Приходит время самого главного нашего экзамена, и я знаю — сейчас все, все Разумные желают нам удачи. Наверное, так себя чувствуют дети живых, отправляясь в свое первое путешествие. Теперь я понимаю, почему Ульяна нас с Варей на прощание обняла, будто провожая своих детей...

— Топай, щитоносец, — хихикает Варенька. — У нас впереди много скучных дней.

— От щитоносца слышу, — хмыкаю я, ускоряя шаг. — Вряд ли они будут именно скучными.

— Да, это точно, — кивает она, пристраиваясь

рядом, а я реагирую на нее странно. Был бы живым, это ощущение можно было бы назвать участившимся дыханием, но у меня же нет гормонов, откуда подобные ощущения?

Госпиталь у нас на корабле, кстати, мощный. И для квазиживых, и для живых, что удивляет, но раз товарищ Винокурова сказала «надо», то все берут под козырек и делают как правильно. А вот для квазиживых запасных органов столько, что можно дважды каждого члена экипажа полностью заново собрать. Это называется «забота». Наверное, именно сейчас я осознаю, что живые нас своими детьми воспринимают, а для разумного существа ничего не может быть важнее ребенка.

— Щитоносцам и десанту отдыхать, — приходит сообщение мне на коммуникатор. Формальное оно, только потому что должен порядок быть.

— Пойдем отдыхать или у тебя планы? — интересуюсь я у Вари.

— Пойдем почитаем, — по непонятной причине вздыхает она. — А потом посмотрим, что мне Ульяна на прощанье вручила.

— А она вручила? — удивляюсь я, в ответ Варя мне показывает кристалл.

Скорее всего, к визуализатору, то есть там может быть какой-то древний фильм или даже несколько. Интересно, откуда взяли... Древняя литература и искусство большей частью исчезли, что логично, учитывая, как наши народы уходили с Праматери. Несмотря на то, что мы квазиживые, мы все равно часть народа, этого не изменить, да никому и не нужно менять. А вот что нужно...

Мы идем по коридору, Варенька рассуждает на тему того, чего ей хочется почитать, а у меня возникает какое-то странное ощущение. С ходу объяснить его себе я не могу, потому пытаюсь проанализировать. Так мы доходим до нашей каюты. Проживание квазиживых отличается от жизни живых. У нас нет смущения и стыда, в связи с несколько иным характером половых признаков, поэтому обычно мы селимся парами. Такова традиция, и откуда она пошла, вряд ли кто-то может сейчас сказать.

Мы с Варей живем в одной каюте, и данный факт меня очень радует, потому что позволяет не расставаться с ней практически никогда. Это устраивает меня, а Варю не беспокоит. Каюта наша вполне стандартная — темно-зеленые стены, две койки, два шкафа стенных, стол, стулья, санузел.

— Знаешь, о чем мы не подумали? — спрашиваю я Варю, сообразив наконец, что именно меня беспокоит.

— О чем? — улыбается она, развернувшись в мою сторону.

— А куда мы летим? — улыбаюсь я, отмечая ее реакцию.

— Так к разлому же... — начинает она, а потом осекается и заканчивает совсем по-девичьи: — Ой.

— Давай карту посмотрим? — предлагаю я, на что Варя только кивает.

Мы летим, конечно, к границе разлома, но вот дальше куда? И надо ли лететь именно к нему? Сведения, полученные от кхраага, которого не было, или был, но очень давно, могут от реальности отличаться. А раз так, то нужно хорошо подумать, где и какие могут быть аномалии. Карта нам в помощь.

Усевшись за стол, сразу же обнаруживаю рядом с собой и Вареньку, на мгновение просто отключившись от реальности, чтобы насладиться моментом. Она тихонечко, совсем по-человечески вздыхает, обращая свое внимание затем на карту. Я борюсь с мимолетным желанием обнять ее, с усилием заставляя себя сосредоточиться на звездной карте. Как там Илья говорил... Сосредоточиться, обратиться к себе? Жалко, у меня дара нет, так бы и почувствовал, в какую точку будет правильным лететь...

Но если нет дара, должна работать логика.

Так ничего и не решив, смотрим фильм, пришедший, судя по всему, из Темных Веков. Звездолет движется гиперскольжением, при этом само движение происходит с большей скоростью из-за новых двигателей. При этом мы сбрасываем через равные промежутки ретрансляторы, насколько мне известно, поэтому связь у нас будет.

Действие на экране захватывает неимоверно и меня, и Вареньку. При этом она время от времени цепляется за мою руку, совершенно не возражая против моего жеста — я обнимаю ее за плечи. На экране коварные враги очень хотят уничтожить людей, виновных только в том, что они родились, но настоящие герои противостоят им, неизменно побеждая. Несмотря на то, что фильм наверняка далек от правды, из него многое можно извлечь. Например...

Далеко не все такое, каким кажется. Вот, например, этот матерый враг, приветливый с убийцами, внезапно оказывается своим, и работа его очень важна, без нее те, кто с оружием в руках, не будут знать, где засели убийцы. Эта работа называется «разведка», она совершенно отлична от того, что мы понимаем под этим термином. Захватывает, конечно, неимоверно... И вот эта фраза: «думай, как враг, стань им» — именно она наводит меня на размышления.

Взгляд снова цепляется за звездную карту. Допустим, я был бы таким почти всемогущим кхраагом, умеющим создавать закрытые пространства. Где бы я расположил свои планеты? Логично предположить, что раса имеет воинственное прошлое, челюсти намекают опять же, а это значит, что подсознательно должно быть желание спрятаться.

И тут еще одна фраза из фильма наводит меня на размышления: «темнее всего под фонарем». То есть там, где не подумаешь... Кажется, просто игровой фильм, развлечение людей в далеких Темных Веках, а столько информации! Правы Синицыны, говоря о том, что не все можно рассказать, многое нужно осознать, читая древние книги. Вот я сейчас смотрю фильм, хотя, положа руку на грудь, хочется мне рвануть на помощь «нашим». Только я в их условиях довольно быстро погиб бы, это я очень хорошо понимаю сейчас.

— Интересный фильм, — негромко произносит Варя. — И ты обнимаешь комфортно. Интересно, это что-то значит?

— Возможно, — боясь вызвать ее гнев, отвечаю я. — Надо понаблюдать.

— Согласна, — кивает она, кинув взгляд на звездную карту. — Надумал чего?

— Или темное пятно в туманности, — пытаясь оценить догадку, отвечаю я. — Или центр во-он того скопления.

— А скопление-то почему? — напарница явственно удивляется.

— «Темнее всего под фонарем», — цитирую я только что просмотренный фильм.

— Логично… — задумчиво отвечает мне Варя. — Не против, если я еще так полежу?

— Не против, — улыбаюсь я ей, внутренне радуясь этому вопросу.

Значит, в моих руках Вареньке комфортно, а это значит… Ничего пока не значит. Нервная система у нас под стать человеческой, то есть все чувственные ощущения аналогичны, вот только гормонов нет. Это значит, что девушку или парня оценивают по его качествам, а не по экстерьеру. Хотя Варя красива очень, просто глаз не отвести. А мои мысли на этот счет непривычны. Оценка внешних данных обычно у квазиживых отсутствует, поэтому мои ощущения и необычны.

— Щитоносцам прибыть в рубку, — как гром с ясного неба звучит в трансляции спокойный голос корабельного разума. Интересно, что случилось?

— Занимательно, — хмыкает Варя, рывком поднимаясь на ноги. — Ну, пошли.

Моего ответа не требуется, поэтому из каюты мы выходим одновременно, двинувшись в сторону подъемника. Привычные стены темно-зеленого цвета, ибо корабль у нас военный, никаких украшений и надписей не имеющие. Звездолет специально для нас построен, а квазиживые забывать и плутать не умеют. Именно поэтому мы точно знаем, что нам сейчас нужно на пять уровней условно-вверх, а там еще одна галерея и уже рубка.

— Как думаешь, зачем зовут? — интересуется у меня Варя.

— В движении? — отвечаю я вопросом на вопрос. — Или узнать мнение по поводу маршрута, или случилось что.

— Или «и», — напоминает она мне еще об одной возможности, на что я только вздыхаю.

А если действительно что-то случилось? Что может случиться? Например, «Перун» вышел из гиперскольжения, хотя, зачем это ему понадобилось, я себе не представляю, но допустим. Тогда, возможно, не увидел цели... Хм... То есть сигнал исчез? А такое возможно?

— «Перун» мог всплыть, — замечает Варенька. — Допустим, для ориентации. И вот тогда...

— Тогда возможны варианты, — киваю я, пока

подъемник возносит нас на нужный уровень. — Только зачем ему ориентироваться?

— Вопрос, — кивает она, соглашаясь со мной. — Сейчас узнаем.

Пройдя сквозь распахнувшиеся двери, быстро идем по галерее, опоясывающей командный уровень. Вот и рубка, входя в которую, я убеждаюсь в том, что наши предположения верны: судя по экранам, «Перун» висит в Пространстве. Очень интересно, думаю, нам сейчас занимательную историю расскажут.

— Щитоносцы Виктор и Варвара явились, — в традиционной для Флота форме докладываю я. Весь Флот на разных традициях стоит, так что неудивительно.

— Проходите, щитоносцы, — копируя живых, вздыхает командир звездолета.

Должность у него больше номинальная, учитывая квазиживой разум корабля, но опять же традиции. И одна из них наличие командира требует. Так что остается только подчиняться, что мы и делаем, подойдя поближе.

— Ретранслятор четырехсотой серии не покинул гнездо, — с ходу рассказывают нам предысторию. — Пришлось выходить, чтобы понять, что произошло. Выяснилось, что шток предохранителя не вышел полностью при старте, поэтому проверке подлежат все остальные ретрансляторы.

Это правильно, инструкция на этот счет есть. При любой неприятности, даже самой мелкой, нужно остановиться и осмотреться. Что «Перун» делает в Пространстве, теперь понятно — случайность. Только вот кажется мне, что не случайна эта случайность, а бортовой разум продолжает свой рассказ:

— Согласно инструкции, после выхода решили осмотреть цель прыжка, — тут он запинается, удивляя меня просто до невозможности — подобное не характерно для мозга этой серии. — Визуальный и комбинированный осмотр показал исчезновение цели.

Вот оно! Для этого мы и нужны — цель исчезла, куда лететь неясно. Сейчас нам зададут вполне логичный вопрос, а мне нужно в темпе решить, какая из двух точек самая перспективная — туманность или скопление. А действительно, какая?

Совсем одни. Ваал

Совсем ничего не понимаю...

Я сижу в хранилище знаний, пытаясь понять, что только что прочитал. Наш звездолет — один из двух. И на нашем, и на втором должны находиться только малыши Содружества Рас. Четыре расы входят в это Содружество, поэтому на кораблях присутствуют зародыши всех рас, но, насколько я видел, здесь только дети. Не зародыши, а дети, хоть и маленькие. При этом я точно старше малыша, да и сестренки тоже.

Два корабля должны были быть отправлены в Пространство при исчезновении сигналов материнской планеты и отсутствии связи с детской. При этом зародыши были заложены несколько тысяч жизненных циклов назад. То есть я не могу помнить теплые мамины руки, но я же помню! Значит ли это, что информация хранилища знаний не соответствует истине?

— Еия, Иала, — обращаюсь я к сестренкам, — мне надо проведать саркофаги. Пойдете со мной или тут посидите?

— Мы с тобой пойдем, — сразу же отвечает мне Иала. — Без тебя страшно.

Похоже, Старейший их использовал как игрушки какие-нибудь. Этим объясняется факт того, что нас кормили едой домашних животных, потому что детская еда на два рычага выше. Она очень вкусная и сытная, отчего маленькие мои больше спят. Правда, сны у них страшные очень, поэтому, засыпая, они ко мне жмутся. И, пока я обнимаю их, малышки спят спокойно, но если вдруг перестанут чувствовать прикосновение моих конечностей, то сразу же начинаются кошмары.

Вот о чем я думаю... Может быть, мы не настоящие, а продукт какого-то опыта? Как бы это проверить? Даже идей нет...

Мы идем медленно, устают они очень быстро, все-таки долгое время жили в постоянном страхе. Я бы с ума сошел, а они нет. Сильные сестренки у меня, очень даже. Вот и подъемник... Не было смысла в экономии, которую завел Старейший. Видимо, это было еще одной игрой желающего забавляться с нами сумасшедшего старика — смотреть на мучения и делать больно. Ведь я думал, что неиспользование подъемника и скудная еда — это чтобы выжили малыши в саркофагах, а все оказалось ложью, потому что на центральном экране высвечивается энергетический баланс...

Подъемник нас на уровень «спящих» опускает. Согласно информации хранилища знаний, тут должны располагаться саркофаги детей, от зародышей нашей расы до яиц союзных. В той информации, что я прочел, даже изображения хранилищ были, вот только... Я не вижу подобного здесь.

Перед нами не стеллажи, а ряды саркофагов, занимающих весь уровень, причем по кое-где оплавленным стенам можно сделать вывод, что такое расположение изначально не планировалось. Синих огоньков полтора десятка, а остальные... Саркофагов намного больше, и мне интересно сейчас, что в остальных. Я иду вперед, чтобы минуть ряд выстроенных в линию приборов, за которым вижу другие.

Наклонившись к ближайшему, рассматриваю его — внутри пусто. При этом он приоткрыт, а остатки консервационной жидкости показывают, что саркофаг использовался. И в таком состоянии еще с десяток приборов, а вот прочие... Разбитые яйца, похожие на картинки, что демонстрировались в прочитанной информации, намекают на то, что малышей просто убили. Да и бывшие в использовании саркофаги четко указывают, что мы не первые. Может ли так быть, что Старейший замучил тех, кто был до нас? Подумав, понимаю — вполне... Но что произошло?

— Пошли обратно, — вздыхаю я.

— Что там, братик? — с тревогой смотрит на меня Иала.

— Доказательство того, что нам повезло, — с мягкими интонациями отвечаю я ей. — Но с представителями нашего вида нам лучше не встречаться.

— Если верить Старейшему... — начинает она, но осекается. — Нельзя верить, да?

— Нельзя, — подтверждаю я. — Нужно разобраться, что случилось.

И мы возвращаемся обратно. Необходимо малышек покормить, выдать им что-нибудь детское, а самому пытаться разобраться в том, что произошло. И заодно, как так вышло, что мы оказались во власти сумасшедшего старика. Да и не только мы, получается... Но тем не менее это не отвечает на вопрос — что теперь?

— Ты что-то увидел, — грустно произносит Иала. — Что-то плохое, да?

— Да, маленькая, — показываю я согласие,

погладив затем мою хорошую. — Но мы разберемся, обязательно.

— Надо нам учиться читать хотя бы, — делает она логичный вывод, а я раздумываю.

О содержимом корабля информация в хранилище знаний соврала, но дело не в этом, а совсем в другом — что, если хранилище знаний комплектовалось как-то стандартно? Тогда в нем должны быть и школьные учебники, логично? По-моему, да. Значит, нужно поискать возможность учить младших. Знаний у меня самого немного, я только два круга школы закончил, а еще четыре оставалось... Понять бы, что случилось...

Вернувшись обратно в хранилище знаний, я усаживаю младших на диван, а сам тянусь к каталогу. Он совершенно точно рассчитан исключительно на нашу расу, что опять не очень сочетается с уже прочитанным. Впрочем, мне же легче. В первую очередь надо выяснить, есть ли самые начальные учебники, а потом попытаться получить доступ к исторической информации самого корабля. Должна же быть историческая информация?

Мне кажется, для своего возраста я знаю слишком много, но вот откуда — не помню. Подумать об этом можно и потом, а пока... если верить тому, что я прочитал совсем недавно, звездолет предназначался для спасения расы в случае катастрофы. Кажется мне, что два десятка детей для этого мало, да и... Вот проснулись бы мы — и умерли от голода? Нет, здесь что-то не то.

— Иала, иди-ка сюда, — зову я сестренку, обнаружив наконец то, что искал. — Смотри, тут есть виртуальная программа обучения, хочешь попробовать?

— А сильно больно будет? — жалобно спрашивает она меня.

— Вообще не будет, — твердо произношу я, очень нехорошо думая о сдохшем Старейшем.

— Тогда мы согласны, — мои девочки с интересом смотрят на меня.

Виртуальные классы обучения на корабле, оказывается, есть. Написано, что с начала и до самого окончания школы можно обучиться, что опять же странно. Вот, допустим, проснулись мы, ничего не знающие, а дальше? И поумирали от голода. Значит... Не все так просто, значит, но вот тут я еще пока ничего сказать не могу. Надо хорошо подумать.

Виртуальные классы делятся на общие и индивидуальные. Для индивидуальных есть обручи, надевающиеся на голову. Я вынимаю из указанного в справочнике ящика два синего цвета прибора. По идее, они для нулевого круга. То есть для того, чтобы малышки научились читать и писать.

Доступ у меня полный, я это проверил два раза, но при этом история корабля как будто отсутствует. Знаний у меня не хватает, наверное, чтобы разобраться в том, что произошло. Чем дальше читаю, тем больше кажется, что не было у нас никакого прошлого. Стоп, а какое у нас число на корабле?

Запрос даты выдает какие-то несуразные цифры. Получается, что чуть ли не тысяча оборотов прошла с того момента, что я помню. А вдруг это не флуктуация времени, а мы действительно находимся в полете столько времени? Это, конечно, ничего не объясняет, но хотя бы... Стоп, а это что такое?

«И тогда повелел Великий Вождь изгнать с планет семена раздора, дабы жить в гармонии. И были изгнаны извергнутые из чрева, противные самой сути мира отродья...» Это что? У меня есть подозрение, конечно, кто именно имеется в виду, учитывая, что мы здесь, но как такое возможно? Какая мать откажется от своего ребенка? Или все же это не о детях? Замечаю отметку режима визуализации, нажимая клавишу, и только тут понимаю: они с ума сошли. Наш народ потерял разум, опустившись даже не на уровень фауны, а еще ниже.

Видеть короткий фильм о том, как детей силой заталкивают в звездолеты, как брезгливо морщатся лица, как... Я плачу. Пользуясь тем, что малышки заняты виртуальной школой, я тихонько плачу, потому что это просто невозможно. Кто-то объявил врагами нас, и все поверили в то, что их беды от детей. Никто и не вспомнил, от кого они произошли, о том, что ребенок станет взрослым. Обезумевшие существа, полностью лишенные разума, изгнали... детей? Нет, это не может быть правдой! Просто невозможно такое. А как проверить?

Обнаружив курс второго круга школы, я решаю попробовать, надевая обруч. Вот именно этих приборов виртуализации очень много в хранилище знаний, что говорит о том, что звездолет изначально предназначался для перевозки детей. Но взрослые здесь тоже должны были быть...

— Сегодня мы поговорим о нашей с вами истории, — слышу я, но не вижу ничего. — Издревле наш народ...

Интересно, почему я не вижу виртуальной реальности класса? Будто скользя в густой тьме, я слушаю вещи, мне знакомые только частично. Но при этом в уроке истории нет ничего, что объясняло бы текущую ситуацию. Монотонный голос действует усыпляюще, учитывая еще и абсолютную темноту. Поэтому я сдергиваю обруч, сумев его нащупать, хотя это считается невозможным. И вот тут до меня доходит — это явно не урок.

Зачем может понадобиться усыпить ученика на уроке? Вспоминая Старейшего, в голову только один вариант лезет, только он неправильный, потому что именно во сне можно на что-то запрограммировать, я помню, что мама про это что-то говорила. Но чтобы что-то сделать тайно, нужен мотив. И цель еще нужна, поэтому я возвращаюсь к прочитанному, принявшись изучать книгу особенно тщательно. Разумеется, я нахожу… «Вирус ненависти» называется тот материал, который я принял за справочный, а на деле это всего лишь художественное произведение. Вот только что оно делает среди справочников?

— Ваал! Ваал! — хором хнычут Еия и Иала.

Я бросаюсь к ним, сдергивая обручи с обеих, а в следующее мгновение обнимаю сразу же расплакавшихся девочек. Ничего объяснить они не могут, только плачут и дрожат, что означает — что-то на них нагнало страху. Зачем пугать в виртуальности детей? Особенно на нулевом круге?

Я пытаюсь их расспросить, но малышки только дрожат, явно не в состоянии рассказать, что именно их напугало. Нужно переместиться в спальню, потому что мне это уже совсем не нравится. Я беру Еию на руки, а Иала встает сама. Она все отлично понимает, но идет молча. Плачет, но как-то беззвучно... Что происходит? Нулевой круг это буквы, цифры, знакомство с миром. Не с чего детям так пугаться!

У меня, кажется, у самого скоро паника будет, потому что совершенно же все непонятно! Но пока я несу младшую, вцепившуюся в меня всеми конечностями, а старшая медленно идет рядом. Только бы речь не потеряли, я слышал, такое от страха бывает... Ощущение у меня сейчас, как будто сплю и вижу кошмар, потому что все вокруг кажется совершенно нереальным.

С трудом дойдя до нашей каюты, укладываю обеих в постель прямо в костюмах. Они лежат, сверкая мокрыми глазами, причем средний у каждой крепко зажмурен, показывая, насколько они испуганы. Я глажу Иалу и Еию, отчего они задремывают. Да что здесь происходит?!

С трудом успокоившись и все еще поглаживая уснувших девочек, я пытаюсь рассуждать логически, как нас учили в школе. Допустим, выдуманная книга лежит среди учебной и справочной литературы не зря. Не зря меня хотели усыпить на уроке и очень не зря напугали малышек. Вопрос только, чем, но это мы потом выясним... Хотя зачем потом? Можно и сейчас, ведь обруч Иалы я зачем-то с собой прихватил.

Осторожно надеваю его, приложив верхней конечностью обод так, чтобы можно было легко сорвать, и оказываюсь в обычном классе. У древней доски обнаруживается учительница, рассказывающая о буквах, в помещении заметны еще дети. То есть вполне рабочая атмосфера. Так как у малышей страх возник не мгновенно, я жду, что будет дальше. На первый взгляд все в порядке...

— А теперь проверим ваши знания, — сообщает учительница, что необычно, на первых уроках так не делают. — Вы же помните, что будет, если вы ответите плохо?

Интересно как, угрозы в школе? Меня, конечно, уже ничто не удивит, но тут включается экран, на котором появляется изображение. Видимо, это именно то, чем детей пугают. На экране чудовище какое-то, грозно рычащее и глядящее прямо вперед. Страшно, действительно. Челюсти огромные, зубищи раза в три больше таких же у кхраагов, например. При этом спокойный женский голос сообщает, что все, кто будут плохо учиться, станут обедом этой твари. И в тот самый момент, когда челюсти готовы сомкнуться на зазевавшемся ребенке, я срываю обруч.

Сердце стучит, кажется, в самой голове. Я испытываю не просто страх, а ужас, при этом не понимая подобной мотивации. Не может это быть школой, просто не может, но зачем тогда сделано? Точнее, для чего нужен страх детей и их убеждение в том, что они не нужны совсем никому, а при неповиновении их убьют таким страшным способом?

У меня совершенно нет ни объяснений, ни вариантов. Очень хочется устроить истерику, но нельзя. Вместо этого мне очень надо понять, какой информации верить можно, а какой — нет. И откуда взялась та информация, которой нельзя верить...

Сложный выбор. Виктор

Почему бы не спросить живых, вполне, по-моему, понятно — это наш экзамен, наше испытание. Мы должны показать, что можем быть самостоятельными. Не зря же квазиживые фактически упросили живых дать нам возможность решать самим. И вот теперь собравшиеся в рубке офицеры ждут моего решения. Нашего решения, но по сути моего, ибо Варя даже предположений пока не имеет.

— Идем к туманности, — решаюсь я. — Точнее, вот к этому темному пятну.

— «Перун», второй вариант, — реагирует командир на мои слова.

— Движение начато, — отвечает звездолет, и картина на экранах меняется.

— Спасибо, Виктор, — очень серьезно произносит квазиживой Иван, командующий кораблем.

Я только киваю, ведь мы действительно поняли друг друга. Можно было запросить Главную базу, запросить совета интуитов. Никто бы плохого слова не сказал, но это экзамен. Главное же вера в себя, и если мы даже по направлению движения будем спрашивать совета, то никогда ее не обретем. Именно поэтому мое решение не обсуждается, а я... Я чувствую, что так правильно. Есть внутреннее ощущение верности именно такого решения, и это необъяснимо.

Трудно найти логическое объяснение такому решению, но, видимо, и не надо. Я жду, когда нас отпустят обратно, но этого не происходит. Все присутствующие будто замирают на своих местах, завороженно разглядывая пляску столбов разноцветной плазмы на экране.

— Щитоносцы, на диване посидите, пожалуйста, — просит нас Иван. — Есть мнение, что легко не будет.

Вот прямо так? Сказал бы это живой, можно было на проявление дара списать, а в данном случае даже и не знаю... Логически предположить проблемы в пути можно, но только предположить. Неужели и у нас появляются дары? А это технически возможно? Надо будет посмотреть специальную литературу на эту тему.

— А как ты выбрал? — негромко интересуется у меня Варя.

— Есть у меня ощущение, — отвечаю ей, — что это решение правильное.

— Вот как... — она явно задумывается, наверняка пытаясь логически формализовать мой ответ, но затем опирается на мое плечо и прикрывает глаза.

Интересно у нас путь начинается — мы будто становимся живыми, со всеми их нюансами. Возможно, так было и раньше, только стало заметным, когда квазиживые собрались большой «кучкой», как в древности говорили. Впрочем, сейчас об этом думать рано, по-моему...

Варя переходит в режим ожидания, у живых это называется «дремать», у нас, по сути, тоже, но я по старинке называю вещи своими именами. Так проходит часа три, а там и я отключаюсь, потому что просто сидеть контрпродуктивно, но разрешения покинуть рубку у нас нет. Так что приходится сидеть... Вот и перехожу в аналогичный Вареньке режим.

Тела у нас давно уже не просто конструкты, и питание им требуется. Об этом мне напоминает собственный организм, едва я только открываю глаза. Но будит меня совсем не «голод», а прерывистый сигнал тревоги, на который совершенно не реагирует никто в рубке. Замершие в одном положении квазиживые офицеры не подают признаков жизни.

— «Перун», статус! — громко запрашиваю я.

— Неизвестное излучение блокирует область мышления, — звучит в ответ страшный диагноз.

— Экстренный выход из гиперскольжения, — приказываю я, разворачиваясь затем к Вареньке, чтобы привести ее в себя.

— Экстренный выход, — подтверждает разум звездолета.

Я осторожно тормошу Вареньку, прижимая зону срочного пробуждения. Глаза ее мгновенно раскрываются, затем только сфокусировавшись на мне. Она явно не понимает, где находится, поэтому я даю ей время перезапустить элементы мышления. Это рефлекторное, можно сказать, действие...

— Что происходит? — слышу я ее ровный голос минут через пять.

— Неизвестное излучение воздействует, — объясняю я. — Офицеры явно зависли, «Перун» откатился по шкале осознания, мы были в режиме ожидания, что нас, по-видимому, и спасло.

— Ага... — негромко произносит Варенька, глядя в экран, на котором исчезает танец плазмы, заменяясь видом звездной системы. — А это что такое?

— Звезда, — пожимаю я плечами. — Созвездие у нас, судя по всему, Ориона, а звезда с двумя планетами... Ярило, по-моему.

— Интересно, — улыбается она, показывая мне на одну из планет.

— «Перун», телескоп на вторую планету, — четко проговариваю я приказ. — Техническую бригаду в рубку.

— Выполняю, — коротко реагирует разум звездолета, что мне не сильно нравится.

— «Перун», уровень осознания, — запрашиваю я.

— Уровень осознания девяносто, — отвечает он мне, что является очень плохой новостью.

Неизвестное излучение откатило разум звездолета за границу осознания. Но тут, несмотря на очень плохую новость, рецепт есть. Я приказываю «Перуну» восстановиться из резервной копии, после чего он замолкает. Насколько я помню спецификацию, он часа на четыре теперь очень плотно занят. Все это время мы никуда не летим, а просто висим.

В рубку вбегают специалисты технической

бригады, которым я просто рукой показываю на зависших командиров. Строго говоря, если идти совсем по инструкции, то нужно возвращаться, но есть у меня ощущение, что мысль это плохая. Значит, подождем вердикта эскулапов технической службы, принявшихся эвакуировать офицеров из рубки.

— Давай посмотрим, — предлагаю я Варе, желая скоротать время до момента, когда станет известно, где мы оказались и что тут делаем. Техникам тоже время нужно.

Планета, приближенная телескопом, на первый взгляд кажется мертвой. На второй она все еще мертвая, но глаз уже различает развалины, остатки больших конструкций, и мне становится любопытно. Нужно проверить состояние десанта и послать его на планету. Во-первых, время пройдет, во-вторых, узнаем хоть, кто это был, ведь на звездных картах нет в этой системе ничего хоть когда-то обитаемого. То есть загадка, а загадки нам нравятся.

— Рубка — десанту, пробуждение, — командую я.

Во время пути десант был переведен в режим ожидания принудительно, чтобы свой ресурс не тратили. Вот теперь я командой пробуждаю его, чтобы поставить задачу исследования неизвестной планеты, на которой совершенно точно ранее кто-то жил, несмотря даже на то, что мы об этом не осведомлены. То есть данных навигации по этому району вообще нет. Судя по картам, система совершенно точно необитаема, но и нет данных изучения, даже автоматикой. Именно этот факт меня беспокоит, а внутреннее ощущение говорит о том, что проходить мимо очень плохая идея. Ну и продолжать движение в любую сторону, пока нет сигнала готовности бортового разума, — тоже очень плохая идея.

— Офицеры выведены из строя полностью, исправление повреждений мозга займет от двух месяцев, — докладывает мне техническая служба.

Вот теперь у нас действительно проблема, и очень серьезная. По инструкции стоит вернуться, но если опять излучение, то звездолет окажется обезглавленным, и не факт, что дойдет до цели. С другой стороны, мы же не сами по себе, у нас есть командование Флота, с которым необходимо связаться.

— Защитных сооружений не обнаружено, —

докладывает в это время десант. — Производится высадка.

— Понял вас, — отвечаю я, задумавшись о необходимости связи.

— О связи думаешь, — утвердительно произносит Варенька. — Попробуй, — советует она.

— Хорошо, — киваю в ответ, начав процедуру ручной настройки на ретранслятор.

Бортовой разум у нас пока нефункционален, что значит — нужно все руками делать. И на ретранслятор настроиться, и обмен начать, и хорошо бы, чтобы все получилось. Внутреннее ощущение говорит, что со связью я мучаюсь зря, и в это мне вполне верится — тут нужен специалист, а все специалисты у нас в ремонте.

Это, кстати, минус узкой специализации квазиживых, нужно будет на будущее учесть — давать хотя бы базовые знания. Впрочем, разум в себя придет, и свяжемся, а сейчас, судя по всему, мы без связи. Варя чуть улыбается, как будто знает что-то неведомое мне.

— Обнаружены следы разумной деятельности, — сообщает мне командир десантной группы. Как щитоносец, я теперь здесь главный, ну и Варенька, конечно, тоже. — Передаем изображения.

На экране появляется обещанное, подтверждая мои мысли о том, что это не просто так. Перед нами кхрааг. Точнее, кхрааговская семья, при этом заметны дети обоих полов. Ну и двое стоящих вместе — самец и самка, что известной нам истории противоречит. А это означает, надо обследовать планету внимательнее.

— Десанту — тщательно изучить остатки расы, — отдаю очередной приказ я. — Искать причины, по которым они погибли: изображения, информационные кристаллы, что угодно. Язык имеется в ваших индивидуальных переводчиках.

— Поняли вас, работаем, — отвечает мне командир десанта.

Стоило бы нам сейчас на поверхность, но просто нельзя — разум «Перуна» неактивен, поэтому мы обязаны оставаться на борту. Будем, значит, руководить отсюда, вариантов нет.

— Варя, ты не возьмешь на себя камеры десанта? — мягко прошу напарницу, даже не стараясь сделать интонации официальными. Потом будем думать о том, как я к ней отношусь.

— Да, Витя, — кивает она, сразу же включаясь в работу с десантом, я же занимаюсь опросом систем корабля и слежением за обстановкой.

Звездолет в целом в порядке, а вот квазиживые на нем — только те, кто находился в режиме ожидания. Все остальные неисправны, так что у нас, можно сказать, кризис. Вопрос только в том, нужно ли паниковать на эту тему или же мы справимся и сами?

В любом случае нужно подождать пока восстановится разум звездолета и выяснить, что с кхраагами случилось. Потому как совершенно пустая планета намекает на глобальную катастрофу или исход. У Человечества был в истории Исход, потому я и понимаю, о чем может быть речь.

— Ви-итя... — зовет меня Варенька удивленным голосом, и я сразу же поворачиваюсь в ее сторону.

— Что такое? — интересуюсь, не понимая, что ее так удивило.

— Десант нашел громадный могильник, — сообщает она мне. — Возраст костей примерно одинаковый, но их там очень много, больше миллиона точно.

— Ничего ж себе... Неужели эпидемия? — задаю я риторический вопрос.

Варенька мою догадку учитывает, потому дальше десант работает как в зоне биологической опасности. С поверхности сейчас доставят всю информацию, которую удалось обнаружить. Если это эпидемия, то хранилища знаний должны иметься, а вот если нет, то возможны очень разные варианты. И часть из них мне не нравится, ведь стараниями Синицыных историю я знаю.

Могли ли на жителей напасть? Вполне, учитывая, что произошло с детьми Синицыных... Вот если мы обнаружили материнскую планету, да в таком состоянии, то сюрпризы в пути могут быть. Кроме того, мне очень интересно, что это за излучение вывело из строя весь командный состав линкора да откатило разум звездолета.

— Техническая служба, уточните характер повреждений, — запрашиваю я, озаренный внезапной мыслью.

— Очень на откат в детство похоже, — не слишком уверенно отвечает мне начальник техников. — Как будто в прошлое отмотались... При этом резервная копия повреждена.

— Вот так даже... — новость меня буквально ошарашивает.

— А ведь у звездолета та же сказка, — напоминает мне Варенька, отвлекшись на мгновение от десантников. — Темпоральная аномалия получается.

— Получается, — киваю я, потому что это единственное объяснение.

Странно, в изначальной конечной точке аномалия исчезла, поймав нас по пути. Блуждающая аномалия? Насколько мне известно, такого не бывает, или же мы о подобном просто не знаем, но вот кажется мне сейчас, что объяснение совершенно другое. Скорее всего, очень неожиданное, но точно иное, только мы его пока не знаем, но разберемся, даже несмотря на то, что ученые у нас тоже в детство выпали.

На самом деле возвращаться надо, вот только думаю я, что не дадут нам это сделать. Будто какая-то нам неведомая сила желает испытать нас, как испытывала Винокуровых. Может ли так быть, что теперь мы с Варей отвечаем за всех квазиживых, сдавая экзамен на самостоятельность? Не хочется в это верить, но, вспоминая историю Винокуровых, я понимаю: вероятность именно такого развития ситуации ненулевая, а, значит, мы должны доказать неизвестной силе, что квазиживые не придаток человеческой цивилизации, а самостоятельный народ. И мы всё сделаем, чтобы доказать это!

Эк меня, на самом деле-то... Интересно, откуда у меня такие мысли? Тоже не очень понятно, но пусть... Забот сейчас полон рот. Со ставшими детьми офицерами разберутся техники и те квазиживые, что были в режиме ожидания, а нам нужно решать стоящие непосредственно перед нами задачи. И стараться не думать о том, что если у нас, как у Винокуровых, то и история может повториться...

— Большая часть знаний уничтожена, — сообщает мне Варенька. — Оба хранилища знаний уничтожены огнем, что хорошо.

— Почему это хорошо? — удивляюсь я, а потом понимаю: поврежденные в огне носители информации восстановимы, если от них хоть что-то осталось.

И Варя, как будто прочитав мои мысли, молча кивает.

Странный сон. Ваал

Будит меня медленно открывшаяся крышка саркофага. Не понял, я же только что был в хранилище знаний! Или нет? Все, что я помню, оказалось сном? Не может такого быть! Или все-таки может?

Поднявшись из саркофага, вижу что, во-первых, одежды нет, а, во-вторых, зал выглядит иначе — капсулы будто свалены кучей, хотя некоторые горят синим светом индикаторов, а другие помаргивают зеленым. Что это значит, я не понимаю, но в этот миг мне чудится, что я слышу девичий крик, доносящийся издали. Сестренки!

Подскочив, я бегу в сторону подъемника — так быстрее будет. Я не знаю, было ли все пережитое мной сном или нет, но я не позволю мучить девочек. Я не знаю, что могу сделать сейчас, но и не способен просто ждать, пока тварь сдохнет сама. Надо защитить сестренок — эта мысль бьется в моей голове.

Подъемник легко возносит меня наверх, при этом меня совсем не заботит факт того, что я без одежды. Было это сном или нет, но день, когда я проснулся, мне еще помнится, и где это животное сейчас, я не забыл, поэтому спешу изо всех сил. То, что я сейчас не одет, играет на меня — я могу передвигаться почти беззвучно. И поступать, как во сне, точно не буду.

Выйдя из дверей остановившейся кабины, я не спеша иду вдоль стены, когда вижу валяющуюся железную палку. Судя по виду, это обломок чего-то, пока не идентифицированного. Думаю, что сон был предупреждением мне, если это был сон, конечно. Историй о том, что можно пережить одно и то же несколько раз, я не слышал, но это не важно, потом подумаю.

Заглянув в рубку, вижу этого зверя. Что бы он сейчас ни делал, я проверять его доброту не буду, потому что взгляд за импульс-наказующего цепляется сразу. Небрежно отставленный в сторону знакомый прибор в виде длинной палки с утолщением на конце заставляет вздрогнуть. Подавив дрожь, я как могу тихо вхожу в рубку, а потом со всей силы размахиваюсь и бью найденной палкой животное, обожающее мучить детей. Правда ли мой сон или нет, я проверять не буду.

Видимо, от неожиданности тот, кого мы называли Старейшим, падает вперед, а я хватаю импульс-наказующего и, приставив толстый конец к ненавистному телу, активирую разряд на полную мощность. Как ни странно, но этот зверь даже не дергается, хотя разряд идет. Я его убил, что ли? Почему-то эта мысль не вызывает никаких эмоций.

Отложив прибор, наклоняюсь, чтобы проверить и, если нужно, добить, но уже не нужно. Туша не подает признаков жизни. И вот теперь, осознав, что зверь мертв, я сажусь на пол и плачу. Я плачу, потому что он не будет мучить сестренок и они не будут плакать от страха ночами. Я думаю... стоп, а почему он холодный?

Еще раз проверив, понимаю, что зверь по названию Старейший очень холодный, что означает — не я его убил. Поэтому он не шевелился и так легко завалился вперед — он уже сдох. От этой мысли я ощущаю облегчение: я не убийца. Но что мне делать теперь? Сначала надо одеться и посмотреть, как там сестренки. Что это было, я потом подумаю, сейчас мне есть чем заниматься.

Выйдя из рубки, направляюсь в сторону нашей каюты, но дойти не успеваю. Навстречу мне с визгом бегут Еия и Иала. Они очень быстро бегут, чуть ли не сбивая меня с ног. Обняв всеми доступными конечностями, сестренки плачут. Кто же их так напугал? Кто посмел?

— Ты жив... — шепчет сквозь слезы Иала.

— Мы проснулись, а тебя нет! — я едва понимаю Еию, она плачет и пытается рассказать. — Мы испуга-а-а-ались!

— Я есть, все хорошо уже, — глажу я обеих, только что показавших мне, что если и было все увиденное сном, то каким-то странным, ведь до моего просыпания мы друг друга не знали.

Именно поэтому я веду плачущих моих девочек в каюту, чтобы одеть. В первую очередь надо одеть, успокоить, расспросить, а потом и покормить. Звездолет немного отличается от того, что я помню, но теперь он выглядит как-то более реалистично. Ну, по крайней мере, зал, в котором я проснулся. И память себя ведет странно — она будто двоится. Интересно, что это значит? Должно что-то значить...

В процессе одевания малышки мои успокаиваются, всё пытаясь объяснить мне дрожащими голосами, что проснулись, не увидели меня и побежали искать. А об одежде и не вспомнили. Но вот тот факт, что я был тоже без одежды, заставляет обеих пугаться еще сильнее, напоминая мне о том, что падаль из рубки надо выкинуть в космос. Не могу я о нем думать как о разумном существе, потому что мама говорила, что напасть на ребенка не всякий зверь решится.

Каюта выглядит иначе — как семейная, то есть имеется большая кровать и два набора кроватей для детей — на четверых. Но мы и на большой отлично поместимся, кто знает, какие у них сны теперь будут. Что-то мне подсказывает, что не самые простые, поэтому такой вариант лучше всего. Комбинезоны им впору, мне тоже, только с конечностями не очень хорошо. Я вижу, что у Еии подергивается верхняя пара, а это значит — надо покормить сестренок. Пугать их совершенно точно не надо, им хватит.

Нужно приказать убрать падаль. По идее, на звездолете есть погрузчики, которые с уборкой отлично справятся, а вот потом мы будем разбираться, где находимся и что вокруг происходит. Хотя память мне, кажется, на это намекает. Такое ощущение, что проявляются в памяти знания, которых прежде не было. Я это обдумаю позже, потому что очень есть хочется, и маленьким моим, скорее всего, тоже.

— Мы проснулись в каюте, — рассказывает мне успокоившаяся Иала. — Больно не было, но очень дрожательно. Еия вся тряслась, а у меня только верх. Так бывает... ну...

— Он сдох, — твердо произношу я, очень хорошо понимая, о чем она говорит. — Его больше нет.

— А потом мы к тебе побежали, — заканчивает она, хотя я понимаю, что испугались очень даже сильно.

Одно мне понятно: Старейший в реальности оказался гораздо хуже, чем «во сне», если это был сон. Раз малышек трясло, то он их мог и до обморока, и до смерти замучить, потому что, от чего описанное ими бывает, я уже помню. Также помню, откуда мы взялись на звездолете. Это в странном том сне мог не помнить, а теперь уже знаю. Сейчас мы поедим и пойдем в хранилище знаний. Теперь я точно не буду слепо тыкаться, потому как уже знаю, что и где искать.

Почему «во сне» я не помнил, что взрослые начали сходить с ума и нас всех под предлогом спасения просто выкинули в Пространство, даже и не знаю. Но теперь у меня в памяти не только ласковые руки, а еще и брезгливый взгляд. И много чего сверх того... Да, теперь я знаю, все знаю.

Было ли все нами пережитое сном или нет, я не

знаю, но теперь мне вспоминаются многие детали, о которых я раньше не помнил.

Провожать этого зверя в последний путь я не стал, просто приказав выкинуть мусор из рубки. Младшие спят на диванчике в хранилище знаний, потому что без меня им оставаться очень страшно. А я в это время читаю. Теперь-то я знаю, что именно надо читать, а во сне мне намеком художественная книжка была.

Насколько я помню, все началось с выступления какого-то ученого. Все взрослые слушали это самое выступление, а я, дурак, в игры играл. Надо было тоже послушать, о чем таком важном говорил тот самый ученый, ведь именно после этого выступления взрослые сошли с ума. Да, именно тогда появились импульс-наказующие, рассказы о том, что боль во благо, и страх... Ежедневный страх, от которого начинались кошмары.

А затем... Я помню этот день в школе и брезгливые взгляды учителей. Тех самых, что раньше нас любили! Отвернувшаяся мать... Замахнувшийся всеми верхними конечностями отец... И рухнувший мир. Последовавшая боль, принудительная закладка в саркофаги после этого воспринимаются фоном, ведь нас всех предали родители. Что с ними случилось? Кто может ответить на этот вопрос?

Я сижу сейчас в хранилище знаний, изо всех сил

сдерживая слезы, потому что никак не могу понять, отчего добрые, ласковые взрослые, для которых мы были очень важными, вдруг превратились в зверей. В страшных, диких, безумных... Иала этого не помнит, я проверил. Она вообще не помнит ничего из того, что было до корабля, ну Еия тоже, но с ней хотя бы понятно, учитывая как подергиваются и непроизвольно сворачиваются верхние конечности. Я бы сам с ума сошел...

Надо взрослеть. Мое детство закончилось тогда, когда отец с радостной улыбкой впервые наградил меня болевым импульсом. Когда мать, моментально переставшая быть близким существом, удерживала мои верхние конечности, не давая закрыться. Наверное, я все-таки сошел с ума, потому что такого просто не может быть. А вдруг родителей подменили? Или мы все оказались в какой-то страшной виртуальности?

Я знаю, что цепляюсь за любую вероятность в своем стремлении объяснить произошедшее... Но возможности это объяснить нет. Нужно найти информацию о том, что говорил тот дядька. Только так я смогу понять, что именно произошло и что теперь делать. Впрочем, что делать — понятно. Нам нужны знания, чтобы управлять звездолетом, еще посмотреть нужно, кто выжил, и держаться подальше от представителей нашей расы.

А если это какая-то болезнь, отнявшая разум? И все Содружество поражено? Надо посмотреть, кто еще есть в саркофагах. Если там обнаружатся представители других рас, тогда… А если нет? Это же ничего не значит, на самом деле. Я пролистываю еще несколько страниц, когда, наконец, натыкаюсь на слово «эксперимент». Вот тут мне нужно почитать внимательнее, но пискнувшая Иала заставляет меня бросить то, чем я занимаюсь, и метнуться к ней, чтобы обнять.

Непростые сны у сестренок. Подозреваю, что у меня будут тоже… И тут будто наяву я слышу злые слова: «Вы неразумные существа, могущие обрести разум! Вы будете бояться поступать неразумно…» Помотав головой, прогоняю страшное видение существа, не могущего быть наставником. Пытаюсь выровнять дыхание, понимая при этом, что мне вспомнилось что-то очень важное. Отчего-то взрослые от ласки перешли к боли… Могли они чего-то испугаться? Могли ли считать, что это единственный путь?

— Ваал! Ваал! — хнычет Еия сквозь сон, и я бужу ее ласковыми движениями.

— Все хорошо, ты здесь, ты со мной, — негромко произношу я, но малышка дрожит, кажется, все сильнее, а во всех глазах ее отражается ужас. — Тише, тише, я тебя никогда не брошу…

Кажется, я правильные слова нахожу, потому что она постепенно успокаивается в моих конечностях, при этом почему-то не делая попытки ни обнять, ни сесть. И вот тут в голове моей появляется страшная догадка: ей могли что-то повредить импульс-наказующим. Помню, кто-то рассказывал, что такое может быть... Но она же ходила и бегала еще... Не понимаю.

— Лежи, все хорошо, все пройдет, — ласково говорю я малышке, и из ее глаз уходит страх. Верит она мне, что хорошо, даже очень.

— Не шевелится, — тихо произносит она, явно собираясь заплакать.

— Все пройдет, — уговариваю я ее, понимая, что почему-то конечности перестали шевелиться. Причин может быть очень много, только я ни одной не знаю — не доктор я, сам еще ребенок...

— Ой... — вот и Иала просыпается.

— У маленькой нашей, — по-прежнему ласково говорю я, — почему-то не шевелятся конечности. Поэтому мы будем на братике ездить, да?

— Да... — также шепотом говорит Еия, глядя на меня с надеждой.

Иала, что интересно, моментально понимает, в чем дело. По крайней мере, мне кажется, что она понимает. Встав с кровати, она устраивается рядом со мной, чтобы погладить младшую. Наверное, надо будет придумать, как возить, если Еия встать не сможет... Или лучше в конечностях, чтобы не пугалась? Совершенно точно нужно посмотреть литературу, а сейчас мы отправляемся есть. Надеюсь только, что я младшую донесу. Во сне-то получалось ее носить, но то сон...

— Сейчас мы отправляемся кормить хороших девочек, — стараясь говорить все также ласково, произношу я, а затем аккуратно прижимаю к себе тело младшей.

— Сначала мы боялись, — негромко говорит мне Иала. — Потом сильно боялись, а потом ты нас одел и успокоил, Еия расслабилась и... — она тихо всхлипывает.

— Ничего, поправится наша младшая сестренка, — я говорю уверенно, чтобы даже и не думали паниковать.

Интересно, откуда старшая из сестренок знает такие вещи? Я вот, например, не знал, что последствия могут наступить позже, а она знает. Именно обдумывая этот вопрос, я иду в столовую. Еия, кстати, не совсем пушинка, но очень легкая, как будто ее не кормили вообще. Могли ли ее не кормить? Я уже сейчас во что угодно поверю, потому что совсем ничего не понимаю. Память моя кажется не моей, чужой какой-то, будто происходило все с кем-то другим... А ведь согласно ей, мы так прожили три, по-моему, года, прежде чем нас просто выкинули, как что-то совершенно ненужное.

Наверное, рано или поздно мы узнаем, что именно произошло с нашими взрослыми, вот только доверия к своей расе у нас точно не будет. Не знаю, правда, как к другим, но учитывая, что наших никто не остановил...

Упавшие в дикость. Виктор

Все, кто находится сейчас вне вахт, дежурств и прочих занятий, смотрят информацию, добытую с планеты. Я даже не предполагаю, что именно там увижу, но сейчас совершенно точно ощущаю — это должны знать все. Очень важно, чтобы добытое на планете именно все увидели, но вот почему это важно, я вряд ли могу объяснить.

— Расследование доказало правоту уважаемого Р'какши, — с экрана на нас смотрит вполне канонический кхрааг, очень похожий на расу, показанную в мнемограмме Александра Синицына. — Таким образом, мы... — изображение пропадает, идет полосами, затем снова появляется, — отказываем в разумности! Вы дикие звери, недостойные... — картинка становится серой.

— Ничего не понятно, — качаю я головой, а Варя молча перещелкивает кристалл.

Пока что нам понятно, что на планете произошло некое событие, в результате которого ее жители утратили способность к мышлению. По крайней мере, у меня пока именно такое ощущение. Жаль, качество записи не самое лучшее, поэтому я не знаю, кому отказали в разумности. Но этот кристалл не последний, и мы смотрим дальше.

— Эксперимент по перевоспитанию недостойных, в котором приняли участие все расы, зашел в тупик, — звучит с экрана спокойный голос, но бегущая строка сообщает, что говорят на языке химанов на этот раз. — Будучи помещенными в виртуальное пространство, кхрааги подмяли под себя другие расы.

— Возможно, причина в том, что остальные знают о виртуальности, не желая сопротивляться? — слышу я другой голос, осознавая теперь, что на записи мы видим разговор нескольких существ.

— Необходимо проконтролировать параметры пространства, — добавляет кто-то третий, кого я не вижу. На экране же двое представителей расы иллиан, у Синицыных младшие дети этой расы.

— Да, все непонятно, — вздыхает Варенька, перебирая кристаллы. Мне же кажется, что мы увидели что-то важное, пока почему-то не осознав увиденного.

Трансляция прекращается, квазиживые возвращаются к своим делам, а мы с Варей продолжаем отсматривать материалы. При этом мне мало что понятно. Вот только что мы просмотрели кусочек фильма-знакомства, очень похожего на тот, что есть у Человечества, а в следующий момент буквально несколько кадров всеобщей паники. Людей в такой панике я себе представить просто не могу — не хватает у меня воображения на подобное. Стоп, а тут что?

— Давай этот посмотрим? — предлагаю я Варе. — Не зря же он в чудом сохранившейся упаковке?

— Ну давай, — кивает она, кладя вдруг голову мне на плечо, отчего я на мгновение дышать забываю.

Главное, не спугнуть, но сопротивляться себе все сложнее, поэтому я приобнимаю ее за талию. Агрессивной реакции не следует. Интересно... Что это на Вареньку нашло? Обычно она меня старательно держит на расстоянии, а сейчас... Впрочем, думаю я не о том. Вынув кристалл из явно жаропрочной упаковки, вставляю его в считыватель, чтобы в следующее мгновение вздрогнуть.

— Дети превыше всего! — патетически заявляет какой-то кхрааг. — И наша задача научить их быть, в отличие от нас, разумными существами!

— Это что? — ошарашенно спрашивает меня напарница.

— Руководство это, — грустно отвечаю я, потому что уже понимаю, что последует.

— Всепрощение хорошему не научит! — тем временем надрывается на экране уже, скорее всего, мертвый представитель расы. — Лишь пульсирующая боль! Сильная, с долгим периодом угасания, направленная...

Изображение на экране ужасает. Сначала кхрааг объясняет словами, почему мучить детей — хорошо, а затем приступает к демонстрации, и мне приходится отключать воспроизведение. Это непредставимо просто — прикрываясь фразами «все для детей» и «дети превыше всего», мучают болью маленьких представителей расы так, что те просто боятся что-то не так сделать или сказать.

— Вот так они становятся ближе к правильному поведению, видите? — изображение исчезает, а мне хочется просто разорвать этого зверя на много маленьких частей.

— Мамочки... — шепчет Варенька, а я ее просто обнимаю. — Но... как они так могут?

— Боюсь, это не конец, — качаю я головой. —

Что-то мне подсказывает, что на боли они не остановятся.

— Давай... Потом, а? — жалобно просит она меня, ничуть против моих объятий не возражая.

Мы квазиживые, но тоже умеем чувствовать, переживать, проявлять эмоции. И вот сейчас мы с Варенькой увидели нечто такое, что не укладывается в нашу картину мира. Для нас критерий разумности человечества является чем-то незыблемым, абсолютным, а тут, прикрываясь такими же словами, просто мучают детей. Это... непредставимо...

Я отвожу Вареньку в каюту, чтобы дать ей полежать и прийти в себя, понимая — дальше я посмотрю сам. Мне очень важно узнать: они были такими изначально или что-то случилось? Вот те слова об отказе в разумности случились хронометрически перед тем, как была произведена эта запись. Может ли так быть, что все не совсем так, как кажется на первый взгляд, ведь настолько дикая цивилизация...

— Давай я дальше сам посмотрю, а если будет что-то важное, тебя позову? — предлагаю Варе, доведя ее до каюты.

— Спасибо... — негромко отвечает она, на мгновение всего прильнув ко мне. — Я...

— Отдыхай, милая, — ласково произношу я, не

успев поймать себя за язык, но Варя не реагирует на это слово. Поверить в то, что моя хорошая не услышала, я не могу, и это наверняка что-то значит, но у меня сейчас совсем другая задача.

И я возвращаюсь в рубку, чтобы отсмотреть оставшиеся кристаллы. Пока Варенька отдыхает, мне необходимо построить общую картину. Нас этому Илья учил, и вот сейчас у меня картины не получается. Можно было бы объяснить дикарской цивилизацией, но при этом многое из картины выпадает, что сразу ставит версию под сомнение.

Что можно вынести из предыдущей записи? Пожалуй, только то, что до определенного момента детей мучить принято не было, ибо показанное на экране — просто невыразимая жестокость. Не всякий дикий народ до такого опустится, а тут получается, что переход к жестокости, оправдываемой благом для детей, произошел довольно резко, а это противоречит версии дикости. Значит...

Дойдя до рубки, я разделяю кристаллы на те, что находились рядом с защищенным, и все остальные. Начну я именно с них, потому что мотив перехода к жестокости неясен. Оправдание оной — это одно, в истории Человечества и не такое встречалось, но вот именно мотив... Если бы не Синицыны, я бы и не знал разницы, но вот сейчас я ее очень хорошо понимаю...

Хочется ругаться. Очень нехорошими словами, и даже с употреблением флотского традиционного наречия. Нет, мотива я все еще не нашел, но теперь проблема у нас очень серьезная: дикари погрузили детей в криосон, так называемую гибернацию, после чего заполнили ими корабли и... просто отправили в разные стороны. То есть у нас есть корабли, полные спящих детей, не верящих, по крайней мере, своей расе.

— Варенька, подойди в рубку, пожалуйста, — прошу я напарницу, пытаясь сообразить, что делать.

— Сейчас буду, — отвечает она мне через коммуникатор.

На «Перуне» я сейчас старший, и решение принимать именно мне. Я не бегу от ответственности, но вот что сейчас делать, просто не представляю. Нет инструкций на этот счет, но зато у меня есть логика. И эта самая логика говорит о том, что нужно звать наших. Нужно объявлять глобальный поиск, ибо один корабль ничего сделать не сможет.

Сейчас посоветуюсь с Варей и подумаю, что предпринять, хотя в целом понятно что. Нужно звать живых, потому что нет ничего важнее жизни детей. Не имеет значения, какой они расы и насколько дики их родители, что нам и Винокуровы, и Синицыны очень хорошо показали. А пока Варя идет, попробую выяснить, сколько времени дети в полете находятся.

Итак, время записи указано, но при этом неясен год. С одной стороны, можно провести анализ кристалла, но не факт, что изготовлен он тогда же, когда был записан. Значит... Ничего это не значит. Хорошо, а как давно раса приказала долго жить? Почему она это сделала, мы еще разберемся, но вот возраст костей точно можно определить.

— Рубка — десанту, — вызываю я офицера. — Каков возраст костей?

— Не больше пяти лет, что странно, — вздыхает он. — Очень ритуальное самоубийство напоминает по расположению и состоянию, только детей нет.

— Детей они усыпили и на звездолетах послали... — не выдержав, выражаюсь на флотском наречии, в ответ мне несется аналогичная структура, выражающая удивление десантника.

— Пять лет... — задумчиво произношу я, а затем достаю из кармана выносной сенсор малого вычислителя, принявшись тыкать в кристаллы, на которых процесс фактического вышвыривания детей записан.

— Что случилось, Витя? — мягко спрашивает меня Варя, заходя в рубку.

— Посмотри, пожалуйста, — киваю я на лежащий наособицу кристалл. — Нам решение принимать надо. Но, по-моему, это три нуля.

Варя включает хранилище информации на воспроизведение, я же понимаю: дети в полете лет десять, может двадцать, но, если учитывать временную аномалию, поймавшую нас по дороге, для них и тысяча пройти может. И вот эта сказка совсем, по-моему, плохая, потому что можем и не успеть.

Решение-то я принял уже, остается только Варино слово услышать. А пока я жду, пытаюсь еще раз настроиться на ретранслятор, что мне неожиданно удается. Начинается синхронизация каналов. Бросив взгляд на индикатор восстановления разума звездолета, понимаю: никуда мы отсюда не двинемся еще неделю, а там, может, каждая секунда на счету. Провалим ли мы так свой экзамен или нет — это сейчас уже неважно, потому что опасность для жизни ребенка, а важнее детей нет и не может быть ничего.

— Это сотка, — спокойным, ничего не выражающим голосом произносит Варенька. Это она эмоциональные фильтры включила, чтобы не плакать, потому что перенести увиденное не так просто. — Не три нуля, но сотка. Надо людей звать, мы сами не справимся.

— «Перун» зовет Главную Базу, — коснувшись пальцем сенсора, начинаю я процедуру экстренного вызова. — Код сто. «Перун» зовет по коду сто, — повторяю я для верности и перевожу связь в режим ожидания ответа.

— Главная База — «Перуну», — спустя совсем недолгое время слышу я в ответ. — Подробности?

— Опасность для жизни ребенка, — произношу страшные для любого разумного существа слова. — Необходим спиральный поиск от положения «Перуна». Три звездолета, полные замороженных детей. Кхрааги.

— Твою же... — реагирует дежурный на далекой Базе. — Работаем. Почему не отвечаете на запрос? — удивляется он, не увидев ответа на запрос местоположения.

— Связь только руками, — информирую я его. — Воздействие неизвестного излучения, возможно, темпоральная аномалия.

И вот тут, когда до офицера на далекой Базе доходит, что разума у «Перуна», как и большей части офицеров, считай что нет, начинается очень серьезный разговор, а к нам тем временем спешат корабли Флота. Весь Флот идет на помощь ни в чем не виновным детям, а мы в это время будем продолжать ковыряться в черепках, чтобы понять, что случилось.

В крайнем случае на поиск я могу двинуться и на ручном управлении, хотя это делать не хотелось бы. Подвиг без серьезной причины чреват списанием из «Щита», а сейчас прямо экстренной причины нет. По крайней мере, я не вижу причины рисковать всем кораблем и квазиживыми на нем. Живые скоро будут тут, они помогут и с поиском, и с черепками, а мы двинемся дальше, потому что это совершенно точно будет необходимо, я чувствую.

— Стоп! — громко произносит, скорее даже выкрикивает Варенька. — А это что?

Она держит в руках кристалл, замаскированный под камень, что десантников, видимо, не обмануло. Но кому-то нужно было хранилище знаний спрятать именно так, и этот факт будит любопытство. Я пожимаю плечами, а Варенька вставляет его в считыватель, активируя и автоматический переводчик.

— Это я во всем виноват, — звучит чей-то голос. Изображения нет, только голос. — Началось все с обнаруженного артефакта древней расы, позволявшего, как нам удалось установить, создать виртуальное пространство.

— «Артефактом» они, видимо, прибор называют, — вздыхаю я, думая о том, что ученые одинаковы во всех мирах.

— Желавших странного представителей рас Содружества поместили в это пространство, — продолжает свой рассказ неизвестный ученый, живописуя, как развивался эксперимент, что транслировали на планету.

— Значит, хотели перевоспитать... — задумчиво произносит Варенька. — Да, так себе объяснение.

Я тоже не принимаю подобного объяснения, ибо кажется мне, что неизвестный в этом вопросе просто лжет. Интересно, зачем? Разберемся, конечно, учитывая, что кхрааги, судя по всему, закончились. Но фальшь, что слышится в словах неизвестного, конечно, ухо режет.

— И вот когда выяснилось, что пространство не было виртуальным, а мы наблюдали происходящее на самом деле... — продолжает свою речь ученый, рассказывая о реакции кхраагов на эту новость.

Теперь мне все понятно: они с ума сошли, но раз спокойно смотрели на происходившее в «виртуальности» — разумными кхрааги не были. Неважно, где происходят какие-то события, важно только понимание, а раз они просто смотрели, то...

Выжить. Ваал

Вот кажется мне, в Содружестве произошло то же самое. То есть все с ума сошли, и таких кораблей, как у нас, много. Вот бы найти всех, улететь на свободную планету и там жить... Значит, надо разобраться, как управлять кораблем, как можно найти другие такие же, а пока хотя бы посмотреть, кто жив. Учитывая, что Еия не ходит, это непростая задача.

— Мы сейчас пойдем посмотрим, что с другими саркофагами, — объясняю я сестренкам, поднимаю Еию. — Может быть, тележку какую найдем, чтобы сестренке лежалось удобнее.

— Мне удобно, когда ты меня носишь, — отвечает мне малышка. — Так не страшно.

— Больше бояться не надо будет, — обещаю я ей, — пойдем, Иала.

— Ага... — кивает старшая из сестренок, засовывая конечность мне в карман. Ну да, зацепиться ей больше не за что, а держаться за меня очень надо.

— Я вот что думаю... — решаюсь сказать, пока мы к подъемнику идем. — В Содружестве у всех могла быть такая же болезнь, тогда кораблей много будет, и...

— Ты хочешь их спасти, — понимает меня Иала. — Это правильно, наверное. А сможешь?

— Будем учиться, — демонстрирую я улыбку, опираясь спиной о стенку кабины.

Тележка все же нужна, тяжеловато мне так носить, хоть и не весит почти ничего малышка. У нее верхние конечности шевелятся, просто слабые очень, а нижних она просто не чувствует, как будто нет их. И новость эта нехорошая, ведь что с этим делать, я просто не знаю. Был бы доктором, но чего нет, того нет. Вот выучусь управлению кораблем, найдем мы других, а там все решим.

Подъемник останавливается, выпуская нас на нужном уровне, и тут я вижу тележку для перевозки саркофагов. Причем, судя по размеру, она на детские рассчитана, значит, можно уложить малышку, только уговорить надо будет. Подойдя к средству передвижения, устало сажусь на ребристую поверхность.

— А давай ты тут полежишь, пока я посмотрю саркофаги? — предлагаю я Еии. — Ты будешь меня видеть, да и я быстро постараюсь.

— Тебе конечности нужны, — как-то необыкновенно быстро понимает она и показывает согласие.

Уложив ее на поверхность, поднимаюсь на ноги, но не ухожу, а поворачиваюсь к управляющему модулю. Мне нужно задать параметры следования, потому что тележки многое умеют, я знаю, меня папа... папа учил, когда был еще разумным. В первую очередь — поднять поверхность так, чтобы я мог гладить маленькую, а во вторую — задать движение рядом со мной.

— Иала, хочешь с сестренкой посидеть? — интересуюсь я у старшей из сестренок.

— А можно? — удивляется она и, увидев мой жест, радостно укладывается рядом с Еией. — Устала отчего-то, — жалуется Иала.

— Вот и умницы у меня сестренки, — хвалю я обеих, осматривая зал.

Саркофаги, такое ощущение, что в кучу свалены, но ситуация не очень плохая. По крайней мере разбитых я не вижу, а в каждом лежит ребенок. Зеленые мигающие огоньки состояние здоровья показывают. На стене инструкция висит.

Синий означает, что все в порядке, а мигающий зеленый — по просыпанию медицинская помощь нужна. Желтый — опасность для жизни, а красный... Но ни желтых, ни красных нет, что меня радует. Пересчитав всех, понимаю: синих у нас полтора десятка, а зеленых — больше трех. Так себе новости, но будить я их не буду, а когда найду других... Тогда и посмотрим.

— Самое главное — никто просыпаться сам не собирается, — объясняю я сестренкам. — Поэтому можем возвращаться, а там уже и думать будем.

— Все живые? — интересуется Иала.

— Да, только зеленым нужна помощь, — вздыхаю я. — Кто знает, что с ними...

— Простимулировали, наверное, очень сильно, — всхлипывает она. — Или сердце предательства не выдержало.

Очень по-взрослому она рассуждает, заметен опыт. Мы совсем одни, и тот факт, что было бы лучше, не имей она такого опыта, сейчас ни на что не влияет. Надо получше кормить сестренок, а сейчас — отправляться в хранилище знаний. Ставить опыты и проверять, как виртуальный класс работает, даже если он и есть, не будем. Буду учить сестренок читать самостоятельно.

— Иала, ты читать умеешь? — интересуюсь я на всякий случай, помня, что во «сне» обе не умели.

— Умею, — демонстрирует она мне согласие и подтверждение. — А Еия нет.

— Тогда поищем сказки для Еии и тебя, чтобы вам не скучно было, — предлагаю я.

Я вынужден остановиться, потому что сестренки очень хотят сейчас пообниматься. С нашими взрослыми нам точно не по пути, этого предательства я им не прощу. Если бы только меня предали бы, я пережил бы, но за малышек я нашу материнскую планету готов сравнять с космической пылью. Как у них только конечности поднялись?!

Подъемник возносит нас на жилой уровень, здесь и наша каюта находится, и хранилище знаний. Сейчас мы отправимся в него, потом через час-два — на кухню, а там и время непростой ночи придет. Ничего, справимся. Раз мы живы, то совершенно точно справимся, потому что мы разумные существа в отличие от наших взрослых.

В первую очередь я размещаю младших на диване, а затем отправляюсь сказки искать. Шансов мало, только если хранилище знаний комплектовалось стандартно. Учитывая наличие детских кроватей в каютах и соответствующей одежды, надежда есть. Вот я и ищу, рассчитывая на то, что похозяйничать здесь не успели.

— Ага... Развивающие сказки, — удовлетворенно произношу, обнаружив искомое. Проверив дату производства, от избытка чувств даже подпрыгиваю: двадцать оборотов назад все еще разумными были. — Сейчас будем смотреть, — сообщаю я сестренкам.

Настройка воспроизведения очень простая, пространство виртуальное я не настраиваю — только экран, чтобы не испугались моего отсутствия. Запустив сказки малышкам, я отправляюсь к стеллажам — мне нужны материалы по управлению звездолетом. И связь еще, а то у нас она явно отключена. Надо будет попытаться позвать другие такие же корабли, но еще и разобраться с навигацией, потому что есть у меня ощущение, что нас просто запулили куда-то, не раздумывая, что с нами будет.

Обнаружив виртуальный обучающий модуль, с подозрением смотрю на него, но выпущенный десять оборотов назад кристалл отращивать зубастую челюсть не торопится, поэтому, наверное, я успокаиваюсь. Страшно, конечно, немного, кто знает, насколько «сон» был сном? А если и там пугать будут? Вот оттого и боязно, конечно.

Наверное, буду пробовать, когда сестренки уснут, чтобы не напугать их ненароком, а я... Ну испугаюсь так испугаюсь, хотя после того, как я убивал уже и так мертвого Старейшего, мне вряд ли есть чего бояться. Да, так и поступлю.

Несмотря на то, что мне двенадцать, ощущение странное. Обучающий модуль сделан или для совсем детей, или для тех, кто читать не умеет. Все очень просто, причем принцип заучивания, что мне не очень нравится, потому что наводит на нехорошие мысли. Например, о том, что выглядит это нарочитым. Как будто специально подготовлено именно для детей.

Если хорошо подумать, пока малышки спят, родители сделали все, чтобы у нас не было и мысли возвращаться, да и общаться со своей расой. Именно отправка в корабле куда подальше просто не объясняется. При этом в модуле виртуального обучения очень много внимания уделено трем темам: поиск подходящей для жизни планеты, маневры в звездных системах и... посадка. Очень странно для такого звездолета, по-моему. При этом эти темы отрабатываются почти до автоматизма. А вот связь почти не указывается, хотя что-то мне найти удалось, но не в модуле обучения.

Я, конечно, еще ребенок, но прошедшее заставило меня повзрослеть. Я самый старший на корабле, поэтому выхода у меня нет. Будить других — идея совсем плохая, лекарей и докторов у нас нет. Просто совсем нет и что с этим делать, если даже и долетим, я не знаю. Но пока мне надо научиться хоть как-нибудь маневрировать и связываться.

Вот еще что странно: судя по модулю, предполагается, что ни с кем связываться мы не будем. Это очень необычно, ведь в пространстве главное связь между кораблями, с планетами, а тут она просто не указывается, что заставляет задумываться. Не очень это нормально, на самом деле... И вот тут в моей голове появляется странная мысль. А если все сделанное родными – лишь для нашего спасения? Если бы нас хотели забить, то выкидывать с планеты, да так чтобы мы бежали без оглядки, совсем не нужно, даже, можно сказать, вредно.

Вот допустим... Нет, не могу представить себе ситуацию, в которой надо было бы спасать именно так. Что же, в таком случае, надо заняться именно связью. Я выхожу из модуля виртуального обучения, потянувшись за кристаллом технической инструкции. Но в голове все еще крутится мысль именно о спасении детей таким жестоким способом. Ведь Старейшему нравилось причинять нам боль, это заметно было...

— Ваал... — хнычет сквозь сон Еия, и я, конечно же, отставляю все, чем занимаюсь, в сторону, поспешая к ней.

— Что, маленькая? — тихо интересуюсь я, очень хорошо понимая: не будь меня, она погибла бы. Какое спасение может оправдать ее мучения?

— Страшно... — плачет Еия, будя и Иалу.

Я укладываюсь рядом с ними, чтобы пообнимать сестренок, отчего они, кстати, успокаиваются. Младшая засыпает, задремывает и старшая, а я понимаю: обошлись с нами все равно очень жестоко. Даже если предположить какое-то «спасение», то все равно у меня не получается. Ведь дети от такого перехода, от боли, что принесли существа, которым доверяли, могли и с ума сойти. Или даже... Ну вот как с Еией. Неужели есть какая-то цель, способная оправдать подобное?

Я такой цели себе представить не могу, но теперь зато знаю: инструкциям и модулям обучения доверять можно, но осторожно. А еще нужно учитывать, что на других кораблях связи может не быть. Не все же такие умные, как я? Значит, над этим надо будет подумать... Еще узнать, как обнаруживать другие звездолеты и как выяснить, который из них с такими же, как мы?

Убедившись, что малышки заснули, снова встаю, чтобы взять кристалл. Мне очень нужно изучить возможности связи. Учитывая, что меня от этого, судя по обучающему модулю, ограждали, то получается — надо обязательно. Внимательно осмотрев считыватель, обнаруживаю возможность голосового прочтения, что говорит о древности прибора, но мне сейчас это очень кстати. Навесив фоноры воспроизведения на голову, чтобы слышать и малышек, включаю воспроизведение, а затем укладываюсь рядом с сестренками.

Я обнимаю их конечностями, отчего они, кажется, начинают дышать спокойнее, а я слушаю техническое руководство по налаживанию связи. Много совершенно непонятных слов, в отличие от пособия по навигации, например, но при таком воспроизведении запоминаются основные моменты. Кстати, управляет звездолетом вычислитель, причем, судя по всему, из довольно простых, что тоже наводит на определенные мысли.

На самом деле, мне очень повезло, потому что оборотов с пяти меня учили именно думать. Папа работал в группе расследований неизвестных случаев и очень много мне рассказывал. Возможно, уже тогда взрослые что-то знали, и делали это осознанно? В любом случае сейчас, когда страх отошел в прошлое, я понимаю, что такое изменение поведения взрослых неспроста. Что-то произошло, о чем детей в известность не поставили, и в результате...

Но это значит, что нам не доверяли и слышанные в детстве слова о том, будто интересы детей важнее всего — только слова. Вот что значит... И что бы ни произошло в результате, получается, что относились к нам, как к домашним животным. Кормили, обучали, развлекали, но никогда не считали личностью. И это обиднее всего. Даже не боль и унижения, что преследовали меня в последнее перед выкидыванием время, а вот осознание факта того, что мое мнение не значило ничего. Никогда не значило.

— Тише, пусть отдохнет, — слышу я шепот Еии.

— Проснулись, мои хорошие? — я открываю глаза, чтобы увидеть улыбающиеся лица моих сестренок. — Сейчас пойдем кормиться.

— А потом? — интересуется Иала.

— А потом в рубку, — отвечаю я обеим. — Будем проверять, куда летим и как активировать связь.

— Ура, — реагирует на мои слова старшая из сестренок, поднимаясь на ноги.

Я встаю, вспомнив, что хотел обустроить место лежания на тележке получше. С детской кровати снимаю матрасик, подушку, устраивая это все на платформе тележки, затем прихватываю полученное фиксирующими ремнями, получая довольно комфортное, на первый взгляд, место лежания. Подняв Еию, перекладываю ее, погладив по голове. Она уже не плачет, приняв себя, что тоже хорошо, на мой взгляд.

— А мне можно? — интересуется Иала.

— Ложись, — улыбаюсь я ей, отлично понимая, зачем она это делает.

Теперь младшей уже не тоскливо, ведь сестренки рядом лежат, ну и старшая из них не утомляется так сильно. Плохое у меня предчувствие по поводу ее утомления, просто очень плохое. Но врачей у нас нет, поэтому пусть лучше полежит.

Тележка начинает свой неспешный бег по направлению к кухне, я иду рядом, чтобы малышки меня видели, и продолжаю раздумывать о том, что мы будем делать, если за нами послана погоня. В логику у взрослых я уже не верю, а вот в желание догнать и закончить начатое — вполне.

Начало Поиска. Виктор

Этот подарок нам делают десантники. Именно они как-то умудряются восстановить даже не кристалл, а кусок пластика с записями. Только кажется мне при первом прочтении, что передо мной выдуманная история, уж очень странная она. В этот самый момент, видимо, достигается синхронизация, потому что оживают роботы наставников.

Варя разглядывает «черепки» внизу, работая с десантниками и пытаясь понять, что именно произошло, ведь общая картина ситуации на планете никак не объясняется. Живых там совершенно точно нет, мы проверили трижды, причем не только сканерами, — но вот куда они делись? Найденные останки никак не могут принадлежать всему населению, значит, остальные куда-то делись. Куда? И вот именно в этот момент дверь рубки с шелестом отходит в сторону, чтобы показать мне наставников, виртуально управляющих двумя роботами.

— Виктор и Варвара, — констатирует товарищ Синицын. — Молодцы, не ошибся я в вас. Рассказывайте, почему вы тут одни и откуда «сотка».

— По дороге сюда произошел отказ всех офицеров, находившихся в активном состоянии, — докладываю я историю событий. — «Перун» откатился в «детство» и восстанавливается, командиры, кстати, тоже.

— Мы сквозь аномалию, судя по всему, прошли, — добавляет свой комментарий Варенька и поворачивается обратно к экрану. — Стоп, отодвинь этот лист!

— Да, — вздыхаю я. — Темпоральная аномалия, насколько я понимаю. Вышли у этой планеты, которой тут быть по картам не должно, и начались сюрпризы.

Показывая находки, я рассказываю о том, что удалось найти и понять, хорошо видя задумчивость наставников. Илья меня слушает очень внимательно, обращая внимание и на то, как был упакован тот самый кристалл. И тут я достаю последний «документ», насчет достоверности которого сильно сомневаюсь.

— Вот тут написано, что из Пространства пришла волна изменений, от которой химаны сошли с ума, принявшись убивать кхраагов, — показываю я на кусок пластика. — Поэтому было принято решение защитить детей, эвакуировав их подальше, но...

— Да, недостоверно, — кивает Ульяна. — Дай-ка нам пару минут...

— Я могу напрямую передать, — напоминаю я, но она качает головой.

Понятно, хочет сама посмотреть и проанализировать, поэтому и берет кристаллы самостоятельно, а я пытаюсь понять, что мне это все напоминает. Историю детей Синицыных мы, разумеется, знаем, но вот причины сумасшествия химан понять не можем. Химаны очень на людей похожи, с некоторыми поправками, но все же. Значит, и болезни у них те же, что логично. А что, если...

— Стоп, — спокойно произносит Илья. — Смотри, любимая, вот тут у нас рассказ о некоем приборе неизвестной расы, который сумел создать виртуальную реальность, куда были помещены желающие странного, так?

— А у меня как раз объяснение, почему

действия кхраагов показывают отсутствие у них разума, при этом говорит химан, — задумчиво отвечает ему Ульяна, я же молчу, слушая их с большим интересом. — Знаешь, что мне это напоминает?

— Испытание на разумность... — тут доходит и до меня. У Винокуровых был такой опыт, при этом я понимаю, что предпосылок к такому выводу нет.

— А причина? — сразу же спрашивает меня Илья.

— Не знаю, — качаю я головой. — Просто внутреннее ощущение.

— Дары у квазиживых? — сильно удивляется товарищ Синицына. — Это надо изучить. Но ты прав, именно испытание на разумность и напоминает. Допустим...

И вот тут она начинает выстраивать на экране историю. Вместо того чтобы понять своих соотечественников, кхрааги и другие расы выкидывают их в «виртуальное пространство», а затем каким-то образом узнают, что оно реальное. Им демонстрируются события в том самом мире, отчего... нет, не получается.

— И теперь быстро волоки найденное сюда! — жестко приказывает кому-то Варенька.

— Что там? — спрашивает ее Ульяна.

— Аналог новостной ленты в архиве, — объясняет ей моя милая. — Судя по всему, все началось после того, как в Пространстве был найден химанский корабль.

Если это корабль из той вселенной, то находившиеся на нем, скорее всего, восприняли кхраагов как врагов. Как-то очень сложно для моего понимания. Должно быть более простое объяснение, просто обязано... То, что я его сейчас не вижу, не значит, что его нет. Надо искать...

— А что на этих кристаллах? — интересуется товарищ Синицын.

— Не добрались еще до них, — вздыхаю я, на что он кивает, потянувшись к матово сверкающим обломкам.

— Восстановление завершено, «Перун» полностью активен, — сообщает мне голос разума корабля.

— Хоть что-то хорошо, — кивает Илья в ответ на эту фразу. — Синхронизировать каналы с Базой.

Флоту до нас осталось совсем недолго идти, а у нас тут картинка не складывается. То есть совершенно непонятно, что именно на кхраагов нашло. Похоже на какое-то внезапное сумасшествие, причем всей расы, а такого не бывает. Обычная логика против подобного — значит, что-то я упускаю, но что?

— Милый, а давай пойдем от фантастики? — предлагает Ульяна. — Допустим, так: из глубин пространства надвигается беда, от которой взрослые теряют разум, скажем, убивая детей. Тогда их надо спасти любой ценой, но так, чтобы не возникло желания возвращаться или поверить бывшим родителям...

— Сама веришь? — интересуется в ответ Илья.
— Разве что детей изначально считали игрушками, да и то...

— А если, — решаю я подать голос, — некое излучение или внешний фактор показали, что нет другого выхода? Ну вот единственный выход — это убрать детей с планеты да так, чтобы точно не вернулись?

— «Перун», посчитай вероятность такого события, — просит звездолёт Ульяна.

— Около пяти, — отвечает он. — Но если предположить, что детей не считали разумными, а только показателем статуса, тогда шесть.

Шкала у него десятибалльная, то есть вероятность ненулевая. К слову, подобное излучение может быть спровоцировано... А как темпоральная аномалия влияет на кхраагов? Может ли она вызвать подобную уверенность?

— Варя, нам книги по истории кхраагов нужны! — восклицаю я, осознав пришедшую в голову мысль.

— Работаю, — кивает она, даже не спросив,

зачем, а вот взгляд Ильи удивленный, если я его правильно интерпретирую.

— Темпоральная аномалия совсем недалеко от планеты, — объясняю я. — А что, если планета через нее прошла? О кхраагах мы же знаем по закрытой вселенной!

— Имеет смысл, — кивает он, возвращаясь к кристаллам.

Я же размышляю на тему: почему тогда сумасшествие не коснулось детей?

Докладывать перед всеми приходится нам с Варенькой. Мне слегка не по себе, все-таки впервые выступаю перед такой аудиторией, но товарищ Синицын непреклонен, поэтому сейчас офицеры и командиры с семи прибывших звездолетов располагаются в зале совещаний «Перуна», и даже квазиживые есть.

— Итак, товарищи, прежде чем мы заслушаем квазиживых наших коллег, я хочу ознакомить вас с информацией технического толка, — товарищ Винокурова смотрит на собравшихся с улыбкой. — Сигнал «сто» подтвержден офицерами «Щита», потому не обсуждается. В спиральном поиске принимают участие корабли Человечества и всех наших друзей, ибо беда общая. Координирует «Марс». Возражения?

— А что с «Перуном»? — интересуется командир «Юпитера», которого я только по шеврону и узнаю.

— Вопрос «Перуна» решат квазиживые, — качает головой Мария Сергеевна. — Мы им доверяем. А теперь давайте попросим товарища Виктора рассказать нам об обнаруженном.

— Давайте попросим, — соглашаются с ней командиры, кивая мне.

Несмотря на то, что я квазиживой, но некоторую неуверенность все же ощущаю. Вареньке явно тоже не по себе, но внутренний диагност некорректной работы систем организма не определяет, и что это значит, еще надо будет понять, правда, попозже. Сейчас рассказывать надо.

— Итак, нами установлено следующее, — я вздыхаю, потому что нечто похожее на истину помог установить только найденный архив. — Звездолет, на котором находились представители нескольких рас, оказался в зоне аномалии. По крайней мере, на это очень похоже. Кхрааги представителей другой расы просто съели, а затем оказалось, что ничего не было, хотя память, что самих существ, что корабля, следы этого имела.

— Нам известны такие случаи, — кивает

товарищ Винокурова. — Например, флуктуация Испытания.

— Здесь произошло нечто подобное, — вздыхаю я. — Как только закончилось Испытание, разумные на корабле передрались. В звездную систему он прибыл с трупами на борту, исследуя которые, местные ученые установили, что на систему надвигается некая аномалия, лишающая разума.

— То есть ошибочное суждение, — кивает представитель звездолета «Ломоносов». Это исследовательское судно, оно останется в системе, чтобы внимательно изучить планету. — И что?

— Они решили спасти детей, считая, что у самих выбора нет, но тут произошло нечто, нам еще непонятное, — я показываю на экран, где происходят события, очень похожие на мнемограмму Синицыных. — Насколько я могу судить, это трансляция из закрытой вселенной…

— Очень интересно, — заключает Мария Сергеевна. — Но подобное не могло произойти само собой, откуда же тогда?

— Пока неясно, — развожу я руками. — Выглядит как вмешательство другой расы. Но вот сначала картины поедания кхраагами другой расы, а затем уничтожения оных третьей — именно они сорвали лавину. Кхрааги принялись запугивать детей, чтобы их выкинуть на кораблях в состоянии сна, а затем разделились: родители этих детей совершили ритуальный уход, а прочие снялись с планеты в неизвестном направлении.

— Да... Нужно искать остаточки и еще детей, — заключает товарищ Винокурова. — Что скажет нам «Щит»?

— Командуй, Маша, — вздыхает с большого экрана товарищ Феоктистов. — Человечество с тобой.

Это очень серьезно и означает, что у Марии Сергеевны полное руководство операцией. Именно поэтому корабли приходят в движение по ее приказу, а я думаю о том, что нам нужно совсем в другую сторону, но никак не могу сообразить, отчего мне думается именно так. Переглянувшись с Варей, уже хочу отправиться в сторону собравшихся квазиживых, но тут меня останавливает Мария Сергеевна.

— Витя, подожди, — просит она меня, жестом привлекая внимание еще кого-то. — Расскажи, что ты ощущаешь.

— Нам в туманность надо, — не раздумывая отвечаю я, а затем, подумав, заключаю: — Очень надо.

— Вот как... — задумчиво тянет она, переглянувшись с незнакомой мне женщиной, которая подходит поближе. — Что скажешь, Лера?

— Это дар, сестренка, — уверенно говорит та. — Надо помочь с определением дара и доверием... Их же не учили?

— Квазиживых этому не учат, да, — соглашается товарищ Винокурова. А затем вместе со мной идет к квазиживым. — Товарищи, минуточку внимания. Вы знаете, что такое дар интуита? — спрашивает она собравшихся офицеров.

— Конечно, — уверенно произносит Саврас, он начальник второй десантной группы на «Юпитере».

— У Виктора активировался дар, — объясняет она свое видение, а вот у моих коллег, судя по всему, шок от такой новости. — Я прошу это учитывать.

— Понял, — кивает он, с огромным интересом глядя на меня.

У стоящего рядом начальника технической службы того же звездолета на лице читается желание разобрать меня на запчасти, вот только он отлично понимает, что проблему это не решит. Как возникают дары, неизвестно, при этом точно установлено, что одаренность — свойство разума, а не тела. Именно поэтому разбирать меня на запчасти бессмысленно.

Но сейчас нам нужно решить, что будет с «Перуном». Я проблемы не вижу — звездолет способен и сам двигаться, без командира и навигатора. Товарищи офицеры раздумывают на эту тему, потому что инструкции написаны кровью. Я товарищей понимаю: не так просто идти против всего, что знал.

— А чего мы себе голову морочим? — вдруг произносит начальник технической службы «Юпитера». — У нас есть резерв навигатора и специалиста систем вооружения.

— А командиром кого? — не понимает командир десанта.

— А щитоносцев, — пожимает тот плечами. — По сути, они уже. И команду приняли, и не накосячили. Тут останется «Ломоносов», остальные будут искать остаточки...

— Логично, — с ним соглашаются и прочие квазиживые, отлично понимающие: если мы сейчас отступим, это будет нашим поражением.

Именно поэтому нужно дать нам возможность продолжить наш полет, ведь пока что мы справляемся? Я думаю, вполне справляемся, командиры из квазиживых такого же мнения, а живые просто поддерживают наши решения, все понимая. Они будто родители, с гордостью следящие за шагами своих детей, и я благодарен им за то, что не стремятся делать сами, а позволяют идти нам.

Живые и квазиживые расходятся, а Варенька предлагает нам немного отдохнуть. Квазиживым отдых тоже нужен, кроме того, возможность провести с ней пару часов в тишине и покое просто, по-моему, бесценна. Меня к Вареньке, пожалуй, тянет, и что это значит, я пока не понимаю. Наверное, нужно специалистов спрашивать, но пока просто не хочется.

Найденыши

Ваал

Звездолет летит по прямой, направляясь куда-то вовне. Вокруг и звезд-то почти нет. Скорость у нас огромная, лишь чуть меньше скорости света, но это, конечно, ничего не меняет, ведь сколько времени прошло с момента старта, я точно не знаю. В системе связи тишина полнейшая, отчего у меня появляется ощущение, что она не работает. Впрочем, что-то передавать я боюсь.

Иала все чаще лежит вместе с Еией, и есть у меня чувство, что это вовсе не потому, что сестренки друг друга поддержать хотят. Значит, Иале тяжело ходить. На меня иногда сваливается необъяснимая усталость, но я с нею борюсь. Еще одна возможная проблема — продукты питания. Сколько их у нас и надолго ли хватит, я не знаю, и как проверить, не ведаю просто... Поэтому, пока малышки спят, думаю о том, что удалось узнать.

Итак... Все началось с той трансляции, после которой родители были подавленными, а потом начали показывать отсутствие любви, как будто отключили у них эту любовь, вот что... Просто как в древней сказке — там на деревню напал Древний Ужас, сделав так, чтобы скрытые желания стали активными, и живые потеряли разум, в результате поубивав всех вокруг. Вот то, что мне вспоминается, очень похоже на это: родители как будто забыли о том, что для них значат дети, относясь к нам после этого как к помехе, игрушке, животному...

Думать о том, что случилось, можно бесконечно, вопрос же — теперь-то что делать? У меня сестренки, которым очень нехорошо, есть еще спящие, половина из которых нуждается во враче, а мы совсем одни в бесконечном пространстве, и по связи тишина. Мне плакать хочется, потому что я просто не понимаю, как мне поступать. Как будет правильно? Развернуть корабль?

Отчаявшись, укладываюсь на диван рядом с сестренками, очень надеясь на то, что с ними все будет хорошо. Засыпая, я чувствую кого-то близкого, чего быть просто не может. У меня не осталось никого, кроме Еии и Иалы. Больше просто никого нет... Но внутри как будто поселяется надежда. Будто я слышу чей-то голос, уговаривающий меня немного потерпеть... Наверное, я медленно с ума схожу...

Проснувшись, некоторое время я не понимаю, где нахожусь. Сестренки вроде бы спят, но дышат не очень хорошо, и я начинаю их гладить. В душе горячей волной поднимается страх за них, я уже почти в отчаянии, но что мне делать, даже не представляю. Наконец Иала прерывисто вздыхает, открывая глаза, в которых тают отголоски ужаса.

— При-при-при... — пытается она что-то сказать, но не может, отчего страх возвращается на ее лицо, но я прижимаю сестренку к себе, и она потихоньку успокаивается.

Тихо хрипит Еия. Я поднимаю ее одной из свободных конечностей, она вздыхает, сразу же начав плакать, даже, кажется, еще во сне. Я не знаю, как им помочь, совсем не знаю, отчего уже, чувствую, готов в истерику сорваться, но мне нельзя. У младшей верхние конечности совсем слабые, а старшая, я вижу, опять плакать хочет.

— Тише, успокаиваемся, — как могу уверенно произношу я. — Сейчас все пройдет, надо только немного потерпеть.

— Мы... п-п-п... — пытается сказать Иала, но почему-то не может.

Я не знаю, как ей помочь, поэтому делаю что могу — прижимаю к себе и глажу обеих, пока они не засыпают. Что с ними такое, я не понимаю, и мне так страшно от осознания того, что мои маленькие могут умереть. Просто жутко становится, и я уже готов на что угодно, лишь бы их спасти, но ничего с ходу придумать не могу.

Поднявшись с дивана, подхожу снова к консоли пилота, на которой больше всего органов управления. Внимательно вглядываюсь в мельтешение огоньков, почти ничего в этом не понимая, и, ни на что не надеясь, активирую связь. Тишина, но затем появляется какое-то потрескивание, быстро исчезнув, слышатся странные звуки, будто издали, — и я решаюсь.

— Есть там кто-нибудь? — мне кажется, мой голос звучит очень жалобно. — Пожалуйста, спасите...

Не выдержав, я плачу. В ожидании невозможного чуда я плачу, потому что хорошо понимаю: некому нас спасти. Нет вокруг никого, поэтому я буду обречен видеть, как умрут сестренки, не в силах им помочь. И от этого я плачу, я просто в отчаянии... Малышки спят, значит, можно немного поплакать, это их не испугает. И тут вдруг, как явление чего-то совершенно сказочного, в динамике консоли слышится далекий голос:

— Мы идем на помощь!

Как будто отголосок моего сна, этот голос повторяет фразу два или три раза, продолжая что-то говорить, но я просто не разбираю слов. Упав головой на консоль, я реву уже по-настоящему, потому что нас услышали. Почему-то мне кажется, что меня услышали не бывшие родители, не враги, а какие-то очень сказочные существа.

— ...Если можешь затормозить... — доносит до меня связь обрывок фразы, и я понимаю: это часть просьбы, которую я не слышу, но тем не менее, уцепившись двумя верхними конечностями, тяну на себя тугой рычаг тяги главного двигателя.

— Я торможу! — выкрикиваю в микрофон, надеясь только на то, что меня услышали.

Наверное, я все-таки сплю, ведь кто мог откликнуться на мой зов? Нет, я определенно во сне, или же у меня галлюцинации от страха, ведь не может же быть никого хорошего в космосе... Или может? Я готов на что угодно, лишь бы малышек спасли. Пусть хоть на части режут и живьем едят, только бы спасти маленьких! Мироздание, ну пожалуйста, яви чудо!

Будто ответом на мою отчаянную мольбу далеко впереди загорается яркая звездочка. Мне кажется, она все ближе, но возможно, я себя только обманываю. Ведь я же в истерике просто от страха за Иалу и Еию. Вот они спят, но дышат не очень хорошо, и кожа у них сереет надо ртом. Это точно значит что-то плохое! Я бросаюсь к ним, желая растормошить, увидеть их открытые живые глаза, ведь я так боюсь, что они умрут...

— Ваал... — шепчет Еия, вцепляясь в меня всеми конечностями, а Иала просто плачет.

— Все будет хорошо, нас спасут, — убеждаю я их. — Нас обязательно спасут, и вас вылечат, только нужно чуть-чуть потерпеть еще.

— Мы потерпим, — обещает мне младшая, а старшая из сестер только что-то показывает конечностями. — Иала не может сказать.

— Не надо ничего говорить, — глажу я своих маленьких. — Совсем недолго осталось подождать, совсем чуть-чуть!

Я действительно верю в то, что говорю, ведь выбора у нас нет. Я только надеюсь, что неведомые существа, откликнувшиеся на мой отчаянный зов, не будут больше пугать малышек или... Или хотя бы убьют быстро.

Виктор

Тот факт, что у меня активировался дар, живые воспринимают как данность, а наши, конечно, удивлены, но, кажется, несильно. Навигатор смотрит выжидающе на меня, а я — на звездную карту. Меня куда-то тянет, но вот куда именно, я с ходу сказать не могу, не учили нас с дарами работать, ведь считалось, что нет у квазиживых даров.

— Закрой глаза, — мягко, почти ласково, произносит Варенька. — И просто почувствуй.

— Хорошо, — киваю я, делая так, как она сказала.

Наверное, ее интонации настраивают меня на рабочий лад, потому что я как-то сразу ощущаю, куда именно надо лететь. А вот как — вопрос, ибо расстояния до нужной точки я себе не представляю. Это может значить, например, что точка в движении, то есть тоже звездолет.

— Навигатор! — не открывая глаз, зову я. — Точка в движении, от нас в направлении... — открыв глаза, уверенно отмечаю направление на карте.

— Прыжок, — лаконично отзывается офицер, и экран расцветает плазменными полосами. Его задумку я понимаю — ведь пойти навстречу вполне логично.

— Ты чувствуешь, да? — негромко спрашивает меня Варя, которую мне очень обнять хочется. Забыл я спросить Марию Сергеевну о том, что могут означать подобные эмоции.

— Чувствую, — киваю я, кажется, почти без участия мозга, потянувшись к ней, но останавливая себя.

— Ладно, обнимай, — разумеется, она замечает мой жест, почему-то правильно его интерпретировав. Делает шаг ко мне, прикасаясь плечом, а я...

Обняв Варю за талию, я испытываю какое-то внутреннее тепло и комфорт. Пытаясь проанализировать их, встречаюсь вдруг с невозможностью это сделать. Нет логичного объяснения моих внутренних ощущений, отчего воспринимаю я себя странно. При этом внутреннее диагностическое оборудование о неполадках не сигнализирует. Очень нужен совет, но кого спросить, я просто не знаю.

— Комфортно, когда ты обнимаешь, — замечает Варенька. — Внутреннее ощущение правильности появляется, при этом диагност никаких сигналов не дает.

— Вот и у меня так же, — вздыхаю я. — Наверное, надо живых спрашивать.

— Выход, — озвучивает навигатор, сразу же

переводя взгляд на меня. Ну правильно, сейчас я командую, вот только сказать ничего не успеваю.

— Принимаю модулированную передачу, — информирует нас «Перун». — Расшифровываю...

Интересно, кто это? Дети или агрессивные особи? Разум звездолета сообщает, что язык сообщения у него есть в базе, что значит — или мы встречались с такими разумными, или же язык получен другими путями, но, по крайней мере, мы знаем, что ожидать от пытающегося с нами связаться.

— Помогите, пожалуйста... — разрывая тишину Пространства, звучит в рубке «Перуна» отчаянный зов о помощи, произнесенный очень жалобным голосом.

— Связь нестабильна, — предупреждает нас разум звездолета, а я уже вдавливаю сенсор на командирской консоли.

— Звездолет «Перун» идет на помощь! Мы идем на помощь! — стараюсь я говорить ласково и уверенно, ведь где-то там в глубине космоса — испуганный отчаявшийся ребенок. — Если сможешь затормозить, будет проще, если нет — ничего страшного, — я стараюсь говорить мягко, чтобы не напугать.

— ...Торможу... — доносит до нас связь голос ребенка, а затем громом звучит его шепот. Его надежда на быструю смерть... И вот тут до меня доходит: он же нас испугаться может!

— Внимание всем! — включаю я общекорабельную трансляцию. — Морфировать тела по образцу Ка-энин, мы идем на помощь ребенку, который может испугаться чего угодно.

— Опасность для жизни ребенка, — добавляет Варенька безусловный императив. С этого мгновения линкор действует как единый организм, да и навигатору ничего не нужно говорить — он все и так понимает.

Местонахождение звездолета с ребенком, судя по всему, прямо по курсу, мы идем на максимальной субсветовой скорости, потому что раз мы их услышали, то здесь недалеко. В это время весь экипаж «Перуна» морфирует лица и загружает язык. Я проверяю, откуда нам известен язык, хотя и так предполагаю. Действительно, «общий» язык, принесенный Человечеству Синицыными, демонстрирует — нам предстоит иметь дело с одной из четырех рас закрытой вселенной. Если ребенок именно оттуда, бояться может чего угодно. Вопрос только, оттуда ли он?

Вариантов немного: или это вырвавшийся из закрытой вселенной кхрааг, на глазах которого убивали близких, или выброшенный своими родителями ребенок, неизвестно как проснувшийся и оттого паникующий. Или... гадать можно бесконечно, тем более что мы установили, что детей замучили, значит, нужно ожидать страха перед знакомыми ему расами. Именно поэтому я приказал морфировать... Варя очень милая кошка, просто глаз не оторвать.

— Вот он, — телескоп дальнего обнаружения демонстрирует звездолет незнакомых очертаний.

— Что делаем, командир? — интересуется навигатор.

— Сближение и стыковка, там у них может быть все плохо, — отвечаю я, снова активируя связь. — Ты слышишь меня? — интересуюсь я, начиная уговаривать ребенка, по голосу которого определить возраст просто невозможно. — Мы тебя видим, скоро все плохое закончится, только не бойся.

Ответа не следует, но связь доносит какие-то странные хлюпающие звуки. Или неисправность, или мы не можем их расшифровать, но «Перун» уже стремительно сближается с теряющим скорость звездолетом. Совершенно неизвестным нам по форме — идентификация отсутствует — но там на борту дети, которым нужна помощь, и мы спешим.

— Это всхлипывания, — вдруг произносит

Варенька. — Малыш плачет... Мы уже идем! — она наклоняется буквально к самой консоли. — Не надо плакать, все плохое совершенно точно закончилось!

— Скорее всего, там нужна медицинская помощь, — произношу я, откуда-то совершенно точно зная это. — Госпиталь! Вэйгу, полная готовность!

— Госпиталь принял, — спокойно отвечает мне положенный по инструкции обычно безработный разум медицинского отсека. — Вэйгу готов.

Вот тут-то я вижу пользу инструкций. Не будь у нас Вэйгу, ситуация была бы очень плохой, потому что на звездолете, полном квазиживых, госпиталь просто не нужен, но инструкция говорит об обязательном наличии, поэтому нас укомплектовали по полной, за что я сейчас благодарен службе обеспечения Флота.

— Приготовиться к стыковке, — произносит навигатор фразу, строго следуя инструкции. — Аварийным командам внимание.

— Десант! — вызываю я квазиживых, вполне предназначенных и для спасательных операций. — На звездолете ребенок, возможно, не один. Он очень испуган и нуждается в медицинской помощи.

— Поняли вас, работаем, — звучит в ответ, но я

чувствую, что должен быть там. Это ощущение очень сильное, сопротивляться ему у меня нет никакой возможности. Взглянув Вареньке в глаза, я киваю, после чего мы молча бегом покидаем рубку.

Ласковые руки

Ваал

Я понимаю: нас слышат и идут уже на помощь, поэтому, забыв отключить связь, просто плачу. Сестренки дышат не очень хорошо, а я не могу успокоиться, и тут раздается голос. Он будто совсем рядом звучит, но с незнакомым акцентом — я такой никогда не слышал, что дарит надежду.

— Мы уже идем! — восклицает полный ласки голос. — Не надо плакать, все плохое совершенно точно закончилось!

А я не хочу верить в то, что неизвестные, увидев нас, захотят помучить, ведь столько тревоги в этом голосе! Пересев к сестренкам, я обнимаю их, прижимая к себе. Верхние конечности Еии подергиваются, а Иалы — свернуты в комочек, что означает боль. Ей больно, а я совсем ничем не могу помочь, только обнять и отчаянно надеяться на то, что они будут жить. Пусть заберут меня, да пусть хоть съедят, но только бы они жили! Ну... пожалуйста...

Проходит совсем немного времени, и звездолет вздрагивает. Мне кажется, неизвестные уже тут, поэтому я прижимаю маленьких к себе, уговаривая потерпеть еще совсем чуть-чуть. Иала смотрит на меня, беззвучно плача, а Еия, кажется, засыпает, но я не разрешаю. Мне кажется, что если ее глазки закроются, то это навсегда. Центральный глаз подергивается пленкой, становясь будто пластиковым, отчего я уже в отчаянии. И вот в тот самый момент, когда я готов опять заплакать от бессилия, что-то происходит.

— Звезды великие! — произносит тот же голос, что был в связи. — Витя, ты только посмотри...

Я оборачиваюсь, но в глазах все расплывается, при этом я вижу сквозь слезы, что оказавшиеся рядом существа совсем не похожи ни на кого из Содружества, и это меня немного успокаивает. Появляется надежда на то, что нас не выкинут и маленьким помогут.

— Иале больно, а Еия не ходит, — произношу я, а

потом, не сдержавшись, уже кричу: — Спасите! Пожалуйста! Спасите сестренок!

— Тише, малыш, — произносит, кажется, самка, погладив меня по голове так ласково, что за этой рукой хочется тянуться. — Сейчас всех спасем. Витя, бери старшую, а я младшую, и быстро бежим. Янус! — зовет она кого-то. — Старшего ребенка возьми — и за мной!

И меня как-то сразу подхватывают теплые, но уверенные конечности. Они толстые по сравнению с обычными, менее подвижные, но уверенные. «Руки» — вот как они называются! У химан они есть, а у кхраагов я не помню. Увидев, что сестренок бережно берут на эти самые «руки», куда-то унося, надеюсь только на то, что не выкидывать. Но тут держащий меня в «руках» устремляется вослед, и я расслабляюсь. Неважно, что с нами случится, важны только малышки, и я разделю их судьбу, что бы нас ни ждало.

Перед глазами мелькают неосвещенные помещения, а затем появляется длинный коридор. Мы движемся очень быстро, почти летим, и я понимаю: хотели бы выкинуть, точно никуда не спешили бы. Значит... Нам хотят помочь? Возможно ли, что нас не обманывают? Отчего-то сильно кружится голова, но я вижу вокруг не похожих ни на кого существ и не нервничаю. Они чем-то на химан похожи, только уши на голове треугольные и, кажется, мягкие. А еще со мной очень ласково обращаются, как будто я ценность какая-то, а не выкинутый на помойку, и от этого мне хочется реветь просто, как маленькому, но пока нельзя... Я уговариваю себя, ведь мне неведомо, что меня ждет.

— Вэйгу, тревога! — выкрикивает самка, а затем укладывает Еию в необычный саркофаг. Рядом с ней обнаруживается еще один, куда попадает Иала.

Саркофаги закрываются, но крышки у них прозрачные, поэтому я вижу — сестренки просто спят, а не умерли. Одежда с них сама исчезает, а в это время очень ласковые руки раздевают меня. Я хочу узнать, почему саркофаг? Неужели нас хотят заморозить, чтобы мы спокойно во сне умерли и не мучились?

— За что? — тихо спрашиваю я, обманутый в своих ожиданиях. — Почему саркофаг?

— Это медицинская капсула, малыш, — ласково произносит самка, повернувшись ко мне. — Сейчас и тебя уложим, ты поспишь, а там и выздоровеешь.

— Или умру? — интересуюсь я, потому что словом «поспишь» смерть еще не называли. — Спасибо, — благодарю я ее. — Можно меня с сестренками?..

— Можно, — кивает она, кажется, даже не поняв моего вопроса.

А я спросил только, можно ли будет меня с ними похоронить потом... Не хочу с ними расставаться, а раз мы все равно умрем, то им-то какая разница? И вот обещание самки убеждает меня в том, что мы умрем. Поэтому я готовлюсь, спокойно глядя на опускающуюся крышку саркофага. В последние свои минуты я благодарю добрую самку за то, что это случится без боли.

Сон приходит внезапно, при этом я жду смерти, но она все не наступает. Мне кажется, я даже чувствую сестренок совсем рядом, а сам плыву в черной реке, которая меня лечит. Но мне важны сестренки, и я тянусь к ним изо всех сил, спустя бесконечно-долгое мгновение почувствовав их обеих. Я даже не понимаю, где оказываюсь, обнимая всеми верхними конечностями своих сестренок. И они вцепляются в меня, также плача.

— Дети, — констатирует чей-то голос, заставляя меня развернуться.

И тут я вижу ее — взрослую самку нашей расы, медленно надвигающуюся на меня. Я понимаю, мы обречены, и именно это понимание придает мне сил. Я становлюсь между нею и сестренками, предупреждающе шипя, задираю все верхние конечности в готовности защищать испугавшихся малышек.

— Что происходит, Краха? — слышу я удивленный голос. К самке нашей расы подходит самка химан, с удивлением глядя на нас.

— Дети боятся, — объясняет ей названная Крахой самка. — Насколько я вижу, боятся своего народа, а мы почти совпадаем, поэтому мальчик готов драться.

— Ужас какой! — восклицает химанка, глядя на меня с жалостью. — И что теперь делать?

— Если они боятся, — задумчиво произносит та, которая нашей расы, — то юные творцы в опасности, а дар мог активироваться на Грани, ну ты помнишь. Надо спасти детей!

В этот миг она исчезает, а химанка близко не подходит, только смотрит на нас. Я же, убедившись в том, что прямо сейчас мучить и бить не будут, обнимаю сестрёнок, успокаивая их, хотя обе уже очень сильно плачут. Но я понимаю: мы во сне сейчас, а это значит, что Иала и Еия живы. И я пока тоже. Но мне важен не я, а только они, поэтому и уговариваю обеих родных моих не плакать, надеясь только на то, что живы мы не только «пока»...

Место, в котором мы оказались, выглядит серой комнатой, но какой-то неоформленной, что для сна нормально. У меня уже были такие сны незадолго перед тем, как изменились родители, поэтому, наверное, я и не беспокоюсь. Мне просто хочется, чтобы всё, наконец, закончилось и мы оказались хоть где-нибудь... В безопасности.

Виктор

Какое-то внутреннее чувство подсказывает мне, куда бежать. Как будто что-то живое поселилось внутри меня, и вот именно оно заставляет меня бежать вперед, с ощущением — дорога каждая секунда. Кажется, если промедлить хоть миг, станет поздно. И вот, пробежав по темным коридорам и взлетев наверх, не дожидаясь подъемника, мы оказываемся в довольно большой рубке звездолета, где на диване обнаруживаются трое совершенно серых детей. Насколько я знаю, такой окрас для иллиан, а это именно они, нехарактерен.

— Звезды великие! — восклицает Варенька. — Витя, ты только посмотри...

Я уже и сам вижу: младшие дети на грани сознания, а старший, их обнимающий, весь дрожит. Он поворачивает голову, скорее всего, заметив нас, и буквально молит о помощи. Рассказав самое важное, по его мнению, мальчик едва не теряет сознание. Откуда я знаю, что это именно мальчик, потом разберемся, а сейчас...

— Тише, малыш, — гладит потянувшегося всем телом за лаской ребенка Варя, после чего начав командовать: — Витя, бери старшую, а я младшую, и быстро бежим. Янус! — зовет она кого-то. — Старшего ребенка возьми и за мной!

Я понимаю — надо бежать. Очень осторожно устроив девочку со свернутыми в клубок щупальцами, что наверняка что-то значит, у себя в руках, я быстро убегаю туда, откуда мы пришли. Рядом со мной бежит Варя, а за нами кто-то из десантников с мальчиком. Диагност в моей руке, не помню когда выдернутый из кармана, мигает красным огнем, подчеркивая опасность ситуации. Впрочем, все понятно и так — дети совсем на грани, и осознавать это сложно.

Мелькают перед глазами переходы — опасность для жизни ребенка. Для нас освобождают проходы, мигающий красным диагност в моей руке говорит обо всем. Тревога для Вэйгу, тревога для любого разумного существа — жизнь в опасности. В госпиталь «Перуна» мы буквально влетаем, сразу же укладывая нашу ношу в медицинские капсулы. Успели.

— За что? — шепотом произносит мальчик иллиан. — Почему саркофаг?

Он считает, что его хоронить собираются, или же это слово означает что-то другое? Надо корабль детей осмотреть повнимательнее.

— Это медицинская капсула, малыш, — ласковым голосом пытается объяснить Варенька. — Сейчас и тебя уложим, ты поспишь, а там и выздоровеешь.

— Или умру? — как-то очень безнадежно спрашивает ребенок. — Можно мне с сестренками?

— Можно, — отвечает Варя, давая команду на закрытие капсулы.

Она резко разворачивается ко мне и вдруг совершенно неожиданно для меня плачет. У нас есть эмоции, и плакать квазиживые умеют, но вот сейчас у меня, кажется, сердце на мгновение замирает от ее отчаянного плача. Я обнимаю Вареньку, желая спрятать от всего мира, глажу ее, шепчу что-то ласковое, отчего она медленно успокаивается. Я понимаю, о чем попросил не слишком поверивший нам ребенок, но гоню от себя это понимание, стараясь не думать... Не думать о том, что малыш просил нас похоронить его рядом с девочками.

Красные огни медицинских капсул сменяются мигающими желтыми, даря мне понимание — дети будут жить. Это, пожалуй, самое главное — они будут жить, поэтому можно слегка расслабиться, но только чуть-чуть, потому что осмотреть корабль просто необходимо.

— «Перун», связь с «Марсом», — отдаю указание я. — Доложи: обнаружены дети-иллиане при смерти, боятся разумных, к Ка-энин относятся нормально. Рекомендуется всех обнаруженных не пугать.

— Сообщение передано, — отвечает мне разум звездолета.

— Пойдем, родная, — мягко говорю я Вареньке, которая важнее для меня всего на свете. — Наша работа не закончена.

— Да, — вытирает слезы она. — Я уже готова.

Мы идем обратно на звездолет детей. Его метрика уже передана флоту циркулярно, и наши товарищи знают — это иллиане. Откуда именно они, нам пока неизвестно, но мы наверняка узнаем. Что именно произошло, выясним тоже, потому что ситуация сложная получается, ибо не только кхраагов коснулась она.

— Командир, — звучит в трансляции голос командира десантной группы, — ты это должен видеть.

— Уже идем, — вздыхаю я, отправляясь с Варей в сторону звездолета иллиан, к которому пристыкован «Перун».

Сначала дело, а переживания и эмоции надо оставить на потом. Учитывая, что нас позвали десантники, ситуация может быть нерешаемой с их точки зрения или вызывать какие-то сомнения. То есть нужно решение командира. Вот мы с Варенькой и идем решать, спокойно уже переходя на второй звездолет.

— Укажите ваше расположение, — вызываю я десант, получив затем «поводок», то есть маршрутную карту для коммуникатора.

Внутренностей этого корабля мы не знаем, того ощущения, которое меня только что вело к рубке, сейчас нет, поэтому и нужен маршрут, показывающий, что нам нужно «вниз». Я вздыхаю, глядя на лестницу, но улыбнувшаяся Варя показывает на подъемник, чем-то на наши похожий. Не совсем, правда, но узнать можно. Благодарно кивнув ей, отправляюсь в кабину. Она, конечно, рассчитана именно на тонкие щупальца иллиан, но с помощью мизинца набрать нужный уровень удается, и подъемник приходит в движение.

— Искали кхраагов, а нашли иллиан, — замечает Варенька. — Значит, явление массовое.

— Очень похоже, — киваю я. — А ты заметила, мы с этими расами раньше не встречались, что необычно?

— Обычно, на самом деле, — вздыхает она. —

Они же дикие, делающие первые шаги по пути Разума, а мы с такими не общаемся.

— То есть могли просто мимо пройти, — понимаю я. В этот миг двери подъемника распахиваются, показывая нам несколько ошарашенных десантников, стоящих прямо посреди ряда капсул странного вида. При этом возникает ощущение, будто они навалены кучей просто, и выглядит это еще более странно.

— Что здесь? — удивляется Варя, а я уже начинаю понимать, что именно мы видим.

— Судя по всему, капсулы криосна, — не очень уверенно сообщает мне командир десанта. — Только они, судя по всему, не автономны.

Да, новость плохая, но возможность решения такой проблемы есть. И снова передо мной дилемма — попытаться решить задачу самостоятельно или же спросить живых, у которых имеется опыт с капсулами криосна. Помню, была трансляция о найденных древних капсулах — то ли второй, то ли вообще первой эпохи. Так что опыт должен быть, а учитывая, что индикация на капсулах разная... В общем, не будем рисковать.

— «Перун», — активирую я коммуникатор, — сигнал на «Марс» — опасность для жизни ребенка. Детали такие: обнаружены криокапсулы с детьми, не автономные, цветовая индикация разная, запрос помощи.

Разум — он ведь не в безрассудности, а в умении оценивать объективно свои силы. Мы не оторваны от Человечества, поэтому попросить помощи не зазорно. Не до проверок и экзаменов — дети в опасности.

Операция по спасению

Мария Сергеевна

Экспедиция квазиживых внезапно обрастает странными подробностями. Во-первых, в поисках кхраагов они прошли сквозь аномалию, но, насколько я понимаю, непростую. Нечто подобное было у Вити, когда он Настасью спасал. Но тогда он в прошлое опустился, а тут мы подобного не наблюдаем. Только есть у меня ощущение, что это испытание, только на этот раз, судя по всему, испытывают наших квазиживых. Сестренки со мной, кстати, согласны.

— Объяснения Виктора очень похожи на активацию дара, — задумчиво произносит Лерка. — У малышей так бывает — без возможности объяснить, так что похоже на интуитивный дар.

— У них еще и с девочкой не все просто, — вздыхаю я, задумавшись о том, что видела. — Напоминает любовь, но раньше у квазиживых именно таких чувств не было.

— Всегда есть кто-то первый, — хихикает она. — Что у нас?

— У нас поиск, — я еще раз вздыхаю, потому что ничего мы пока не нашли. — Есть мнение, что повезет квазиживым.

— Сигнал с «Перуна», — как будто специально выбрав момент, сообщает мне разум звездолета. — Опасность для жизни ребенка. Обнаружены криокапсулы с детьми, немобильные. Запрос помощи.

— Ну, вперед, по координатам «Перуна», — приказываю я, хотя меня, скорее всего, просто в известность ставят.

На самом деле, очень мне не нравится происходящее. Планета кхраагов не настолько далеко удалена от нас, а мы с ними не встречались, при этом, судя по всему, нам предстоит встреча с иллианами, возможно и с аилинами, ну и с нам подобными химанами. Вот с последними ситуация загадочнее всего, потому что по описанию детей они ближе к нашим Отверженным, а такие сюрпризы нам совсем не нужны.

Мои мысли перескакивают на сообщенное «Перуном»: криокапсулы с детьми — очень плохие новости, просто очень. Потому что дети крайне плохо заморозку переносят, отчего у нас будут пациенты, и много, хоть «Панакею» зови... Стоп, а вот рас детей «Перун» не сообщил, отчего возможны различные последствия.

— Перед входом в гиперскольжение получен пакет от Учителей, — сообщает нам разум «Марса». — Желаете прослушать?

— Желаю, — вздыхаю я, понимая, что ничего хорошего там не будет. Для этого даже интуитом быть не обязательно — общая ситуация намекает, да и что случилось у кхраагов, совершенно непонятно.

— Опасность для жизни ребенка, — подтверждая мои мысли, звучит из динамиков комнаты совещаний. — Трое детей иллиан пробились на грани жизни в Академию. Боятся людей и Крахи. Локализация... координаты...

— Как координаты соотносятся с положением «Перуна»? — интересуюсь я, чувствуя, что обнаруженное квазиживыми и Учителями как-то коррелирует.

— В точности соответствуют, — отвечает мне «Марс», заставляя выдохнуть.

Тот факт, что дети-творцы пробились в

Академию на грани смерти, никого радовать, разумеется, не может, но вот совпадение координат — напротив. Так что шансы есть... Командовать я тут не буду, командир звездолета и сам все отлично понимает, не первый и даже не второй раз. Учитывая криосон, у нас совершенно точно нуждающиеся в экстренной помощи дети, а это так себе новости, несмотря на то, что Вэйгу на «Марсе» очень серьезный.

Пока летим, можно подумать. Итак, у нас звездолет квазиживых попал в неприятные обстоятельства. Кстати, это намек для нас — нельзя выпускать только квазиживые экипажи. У нас нет давно только «живых» экапажей, на кораблях обязательно есть хоть пара квазиживых. Так же должно быть и с квазиживыми. Это урок номер один. Дальше, квазиживые Виктор и Варвара... Или я ошибаюсь, или между ними есть чувства, которых оба не понимают: первые есть первые, а это значит — надо им помочь. Мамы-папы, которые объяснят, у них нет, значит, нужно мне выступить в этой роли. Можно сказать, пробуждение чувств и, возможно, даров у квазиживых означает только очередной шаг на пути Разума, что не радовать не может.

Планета кхраагов. Пока что выясненное нами выглядит так: кхрааги отчего-то принялись учить чему-то своих детей болью и страхом, затем выкинули их с планеты. То есть совершенно нелогичные поступки. Но как будто этого мало, часть их осознала, что натворила, оставив нам здание, набитое скелетами, а часть исчезла в неизвестном направлении. Только вот в чем закавыка, как папа говорит: слишком мало времени прошло для того, чтобы тела скелетами стали, а это значит, что информация не сходится и возможны варианты. А какие тут варианты возможны? Разве что темпоральная аномалия, о которых мы знаем очень мало. Получается, надо погружаться в прошлое, чтобы увидеть происходящее своими глазами.

Сообщение от Арха. На грани жизни в Академию пробились иллиане. Выходит, проблема коснулась не только кхраагов, но и других рас. Материнскую планету иллиан мы, кстати, не обнаружили пока. Возможно, там мы увидим ровно то же, что и у кхраагов. Но, учитывая масштабы явления, имеется опасность для Разумных. То есть у нас три нуля, что тоже так себе новости.

— Марьсергевна, пожалте в рубку, — слышу я голос командира «Марса», что означает — скоро прибудем.

— Лерка, за мной! — командую я, отправляясь на выход. Тут до рубки всего ничего, полкоридора пройти, но сестренка мне нужна, она у меня эмпат.

Войдя в рубку, киваю работающим офицерам,

до поры сохраняя молчание, а «Марс» покидает гиперскольжение, оказываясь в Пространстве. Такое ощущение, что мы за пределами Галактики — звезд мало, в пустынном космосе висят жестко состыкованные два корабля, в одном из которых я узнаю «Перуна», а второй вообще ни на что не похож.

— Стыкуйся с ходу, — приказывает командир «Марса». — К «Перуну», наверное.

— К «Перуну», — подтверждаю я, потому что Витю-то привел явно дар, а мы о втором звездолете ничего не знаем. Учитывая, как именно они состыкованы, это точно дар интуита, тут мне, как специалисту, все видно. — И вызывай квазиживых. Нужно быстро проложить питающую магистраль и перетаскать всех к нам, потому что криосон им хорошо совсем не делает.

Сейчас начнется основная часть работы, при которой я буду только мешать, поэтому, кивнув Лерке, двигаюсь в сторону переходного блока — с ребятами надо поговорить. Если Виктор или его Варя запаникуют от испытываемых ощущений, мало никому не покажется. Именно поэтому тетя Маша сейчас будет наставлять квазиживых на путь истинный и учить не бояться своих эмоций.

Ибо, получается, они у нас избраны кем-то неизвестным... Как в свое время были избраны Винокуровы.

Виктор

Как только выжили... Желтые огоньки капсул обо всем мне говорят, вот только причины такого состояния детей не очень понятны. Или мы имеем какие-то отдаленные последствия, или здесь что-то не так. Знаний у меня не хватает, а Вэйгу, конечно, диагностику на экран дает, да только я не врач.

— Пошли «Марс» встречать, — предлагает мне Варенька. — Тут мы ничего сделать уже не можем.

— Да, не доктора мы, — киваю я, оправляясь вслед за ней на выход.

На самом деле, дети не выдержали, потому что расслабились. Не ассоциируемся мы в такой форме с их врагами, вот они нам и поверили. Но это значит, что нельзя их с корабля отдавать, кто знает, как отреагируют, когда проснутся. Еще что интересно: искали мы кхраагов, а нашли иллиан, и значить это может... Во-первых, явление достаточно массовое, а это опасность для всех разумных. Во-вторых, здесь обитают именно те расы, которые были в закрытой вселенной, но при этом мы с ними никогда не встречались.

— «Перун», есть ли данные об обследовании

этого района? — интересуюсь я, пока мы ждем прибытия «Марса».

— Данные разведки не соответствуют звездной картине, — отвечает мне разум корабля, заставляя нас с Варей переглянуться.

Вот это уже совсем ни в какие ворота не лезет. То есть разведчик, скорее всего картограф, в данном районе был, при этом зафиксированная им звездная картина почему-то совсем не соответствует наблюдаемой сейчас. Звучит совершенной сказкой, потому как такого просто быть не может, разве что картограф в альтернативу какую попал.

— Стоп, а иллианы же очень на Учителей похожи, — припоминает Варенька. — Надо спросить!

Это она права — надо Учителей спросить о том, почему мы на иллиан не натолкнулись. Раз похожие расы, они могут знать, но даже это не объяснит вывод «Перуна» о несовпадении данных разведки. Я-то поначалу решил, что нас тут в принципе не было, а оно вот как оказывается.

— Получен пакет информации, — сообщает нам разум звездолета. — Наши спасенные пробились в Академию. Опасность для жизни ребенка.

— То есть они еще и творцы, — констатирует Варя, задумываясь все сильнее.

— Да, ситуация запутывается все сильнее, — я

обнимаю ее, потому что это приятно не только мне, но и, похоже, ей.

Ситуация действительно запутывается, ибо кто хотел уничтожить творцов любой ценой, я помню, а если тут причина не во внезапном сумасшествии расы, а в том, что дети — творцы, то нужно искать «остаточки» Врага. Будет это не слишком просто. В этот самый момент из прыжка выходит «Марс», судя по тому, что я вижу на экране. Тут мы не нужны, звездолеты договорятся сами.

— Вот о чем я подумал... — сообщаю Вареньке. — Не зря у живых командир живой, а разум звездолета квазиживой. Будь у нас так, сюрпризов не случилось бы.

— Значит, мы не должны летать одни? — интересуется она в ответ. — Так себе новость.

Она права: новость так себе, она означает, что экзамен мы свой провалили. Впрочем, я думаю, с этим вопросом нужно идти к старшим товарищам, они точно разберутся и посоветуют. А сейчас мы ждем стыковки «Марса» и дальнейших решений, ибо сдается мне — не все так просто у нас. Не зря же дети в таком жутком состоянии были.

— Второй уровень к посещению закрыт, — объявляет разум «Перуна».

Несмотря на то, что мы информацию воспринимаем почти напрямую, он действует по инструкции, а закрытие второго уровня логично — там стыковочные узлы. Сейчас специалисты «Марса» перевезут саркофаги детей на звездолет, а затем он, видимо, прыгнет отсюда куда подальше.

Бездумно глядя в экран, я и сам не замечаю, что прижимаю к себе ничуть против этого не возражающую Вареньку. Странно, на самом деле, я к ней отношусь, просто необычно, а что это значит, и не знаю. Но и она, кажется, благосклонно принимает мои телодвижения, что тоже вряд ли обычно. И даже спросить некого, вот что...

— Ну почему сразу некого, — отвечает на мои мысли голос той единственной, кто на это способен. Мария Сергеевна — глава группы Контакта.

Она телепат, самый сильный среди живых, насколько мне известно, при этом она единственная, кто может считать и нашу кодировку мышления. Поэтому я не особо удивлен, разворачиваясь с Варей к Марии Сергеевне, вошедшей в рубку. Живая смотрит на нас с интересом, а вот моя милая при этом реагирует так, как будто спрятаться хочет, а это уже совсем необъяснимо.

— Ага, — как-то удовлетворенно произносит глава группы Контакта, глядя на нас. — Голубки...

— Что это значит? — не понимает ее Варенька.

— Сейчас детей эвакуируем, и все вам

расскажу, — объясняет Мария Сергеевна. — У вас в госпитале еще есть?

— Есть, — киваю я. — Но мне кажется, их не надо перемещать.

— Договорились, — кивает она, а затем вздыхает: — Дети любой расы очень плохо переносят заморозку, после нее часто на грани жизни, а это значит...

— Или не знали, или им все равно, — понимаю, что она хочет сказать. — Но тогда, учитывая, что они одаренные... Кстати, тут ситуация еще сложнее.

Я рассказываю главе группы Контакта обо всем выясненном нами, начиная от состояния троих иллиан и заканчивая выводами «Перуна» о несовпадении с данными разведки. Мария Сергеевна задумывается, а затем приглашает нас на «Марс», посоветоваться. Варя во время всей моей речи ведет себя странно — прижимается ко мне и, кажется, никак не реагирует на окружающую действительность.

— Это не неисправность, девонька, — качает головой товарищ Винокурова. — Это у вас проснулись чувства, в конкретном случае — чувство любви.

— Но как так? — ошарашенно заявляет милая моя. — Мы же квазиживые, у нас нет этих гормонов!

— Не в гормонах дело, — вздыхает Мария Сергеевна.

Она рассказывает нам о чувствах, в том числе о том, что далеко не все они имеют причиной гормоны или инстинкт размножения. Говорит, что пока именно природа наших чувств ей не слишком понятна, поэтому она, собственно, и предлагает перейти на «Марс». Испытываемое нами действительно очень похоже именно на любовь, а это значит — нужно думать, что делать дальше и насколько нам комфортно будет. Я не слишком понимаю, о чем конкретно она говорит, но привычно ожидаю конкретики. Терпения-то у меня хватает.

Варенька сильно удивленной выглядит, но при этом расставаться со мной не согласна, что меня, кстати, очень даже устраивает. И вот мы идем в сторону переходной галереи на «Марс», чтобы узнать подробности происходящего с нами.

Сюрпризы

Капитан Ефремов

Интересно девки пляшут... Вот таких сюрпризов мы, можно сказать, не ожидали. Учитывая, что в полет отправился корабль исключительно с квазиживым экипажем, сюрпризов мы вообще не ждали, ибо они приверженцы инструкций. И вот сначала «сотка», а теперь вообще три нуля, правда, «опасность для Разумных» передал «Марс», но скучная жизнь командира поискового звездолета мгновенно обрела новые краски.

— Командир, — окликает меня Федор Кузьмич, наш навигатор, — объективная картина карте не соответствует.

— Весело, — хмыкаю я, потому что такого обычно не бывает. — Что именно не соответствует?

— Вот та звезда, — маркер очерчивает на экране желтый карлик. — Ее здесь по картам нет. А вот же она!

— Ну давай тогда полетим, — предлагаю я ему. — Может, чего интересного найдем.

— Есть, понял, — откликается Федор Кузьмич. Через мгновение звездолет ныряет в субпространство.

Это он правильно, если картина карте не соответствует, то поспешать надобно медленно. Есть у меня ощущение, что там мы какую интересную планетку найдем. Времени полета до визуально обнаруженной звезды у нас с час где-то, и потратить его можно на размышления.

А размышления у нас следующие: квазиживые нашли планету кхраагов, но не их самих, затем, судя по циркулярному сообщению с «Марса», обнаружился звездолет, полный замороженных «осьминожек», — самоназвание «иллиане». Причем исключительно дети, в неважном состоянии, а трое вообще на грани. И это наводит уже на мысли, ибо две расы «закрытой вселенной» обнаружены у нас под боком. А этого... Ну, не скажу, что совсем не может быть, но и вероятность небольшая. Опять же, расы, судя по всему, дикие, хотя сомнения в этом есть.

Кхрааги, как видно из докладов сначала десантуры, а потом и археологов, массово сошли с ума. Сначала выкинули детей, причем, учитывая, что в варианте заморозки, — на смерть, а потом частично убились, а частично улетели непонятно куда. То есть ситуация вообще никак не объясняется. Даже дикие, по-моему, на такое не способны. Имеем странную загадку, разгадывать которую нам, ну и еще нашим друзьям. Кстати...

— «Сатурн», — зову я разум звездолета, — а Учителя как-то комментировали наличие иллиан?

— Нет, командир, — отвечает он мне. — Только в самом начале, когда первые были найдены. По мнению Учителей, это дети другой вселенной.

— А тут они что забыли? — удивляюсь я, но ответа не следует.

— Выход — минута, — предупреждает меня квазиживой разум.

— На выходе — маскировку на полную и щиты, — вспоминаю я инструкцию, хотя навигатор, скорее всего, уже позаботился.

— Маскировка в адаптивном режиме, щиты подняты, — сообщает мне «Сатурн».

Серость субпространства сменяется на экране

планетарной системой, враз мне что-то напомнившей. Только вот в ней идет бой, и довольно серьезный. Корабли нескольких типов сходятся в мясорубке, при этом в пространство ничего не излучая. Впрочем, этот момент стоит проверить.

— «Сатурн», — решаю я все же опросить звездолет, — звездолеты в системе что-то излучают?

— Ответ отрицательный, — подтверждает мои подозрения «Сатурн».

— Кабину визуального осмотра, — приказываю я, поднимаясь со своего места.

Это тоже инструкция, кстати, ее еще Наставник составил: если есть сомнения в качестве визуальной информации, следует осмотреться глазами. Вот только кто может именно так воздействовать на нас... Этот вопрос можно решить позднее, а пока нужно все рассмотреть, чем я и занимаюсь. В саму башенку мне подниматься не надо, ибо у нас есть перископ, как у древних. И этот самый перископ, из башенки опустившийся сейчас, позволяет мне увидеть происходящее своими глазами.

— Что там? — интересуется Федор Кузьмич.

— Ну, боя нет, — отвечаю я ему. — Зато наличествуют обломки в большом количестве... Ну-ка, «Сатурн», на специальные сенсоры переключись, — приказываю я, отрываясь от перископа.

Картина на экране ожидаемо меняется — бой исчезает, зато вовсю плавают его результаты, а планеты... Первая безжизненна, вторая вся укрыта тучами, а вот третья... Боюсь, уже тоже безжизненна. Но подойти и проверить, что это было, надо, потому что дикари или нет, кто знает...

— Обнаружен звездолет неизвестного типа, сигналов не имеет, — сообщает мне разум нашего корабля. — Сканирование показывает вероятность обитаемости семь.

— Интересно, — я смотрю на подсвеченный звездолет, находящийся за пределами системы. — Давай на стыковку, — решаюсь в обход инструкции, но ощущение у меня... Дар просыпается, не иначе.

— «Сатурн», передать «Марсу» координаты планеты, — приказывает навигатор, исправляя мою забывчивость.

— Десанту на корабль, морфировать под Каэнин, — благодарно кивнув ему, продолжаю командовать я.

Вот сейчас и узнаем — хотя бы кто это был, если живых не найдем, вот только кажется мне, что живые будут. Дар это не шутки, он ошибаться не умеет, и если у меня настолько яркие проявления, то сейчас начнутся сюрпризы.

— Вэйгу, готовность, — извещаю я разум медицинского отсека, а все понявший Федор Кузьмич только вздыхает. Я ему сочувствую, но тут ничего не поделаешь: дар неумолим, а сюрпризы нам уже обещали. Все же кто проецирует бой в системе? Выглядит он как темпоральная аномалия, только это очень странно, на мой взгляд.

— Обнаружены дети в состоянии криосна, состояние тяжелое, — звучит вердикт десантников. Это значит, что мы их сейчас эвакуируем и быстро-быстро побежим в сторону «Панакеи», потому что до Минсяо отсюда далековато.

— Раса какая? — интересуюсь для порядка.

— Гуманоидная, — звучит в ответ. — Судя по всему, это химаны.

— Неожиданно, — киваю я, бурча: — Такое чувство, что кто-то перенес расы закрытой вселенной сюда...

Сейчас начинается работа по эвакуации обнаруженных капсул, а затем будем разбираться, что это вообще было. Точнее, разбираться будут ученые и археологи, это все-таки их работа. Я раздумываю о некоторых странностях обнаружения корабля с детьми, когда резко звучит сирена нештатной ситуации.

— Нештатная ситуация! — дублирует сообщение разум звездолета.

— Что произошло? — интересуюсь я, ожидая уже чего угодно, от явления Творцов до агрессии.

— Звездная система исчезла, — растерянным голосом, что для квазиживых разумов не слишком характерно, отвечает мне разум нашего корабля. — Совсем, включая обломки!

— А тот корабль, к которому мы пристыкованы? — интересуюсь я.

— А он на месте, — сообщает Федор Кузьмич, кивая на экран.

Вот это, пожалуй, уже невесело... Надо звать щитоносцев, ибо тут что-то совсем странное творится.

Капитан Алексеев

В первую очередь мы исследователи, ученые. Именно поэтому, обнаружив неучтенную планету, сначала обмениваемся информацией с коллегами, выяснив, что такой сюрприз у нас не один. Медленно вращающаяся в прицеле телескопа планета звезды, не имеющейся на звездной карте, уже третья из обнаруженных. Причем все они в одном секторе, и выглядит это до невозможности странно.

— Планета на первый взгляд необитаема, —

докладывает мне офицер десанта. — Предложение — спуститься и посмотреть.

— Хорошее предложение, — киваю я, пытаясь понять, что это все мне напоминает. — Работайте.

На центральном экране я выставляю все обнаруженные на данный момент звезды, ранее в звездных картах отсутствовавшие. Они и сейчас, строго говоря... Но в данный момент мне важно найти закономерность расположения звезд. В том, что она есть, я уверен, потому как в сказки не верю. Итак...

— «Паллада», — обращаюсь я к разуму звездолета, — расположи на карте обнаруженные недокументированные звезды.

— Выполняю, — коротко отвечает он мне, при этом еще и соединяет звезды линией.

— На прямой, что ли? — удивляюсь я.

— На прямой, — подтверждает «Паллада». — На равных расстояниях, то есть можно допустить...

Глядя на предположительное положение других звезд, я чувствую себя не очень хорошо — это совершенно точно вмешательство извне. Такого быть не может, с точки зрения известной нам науки, но ведь есть еще Творцы. Вопрос в том, умеют ли они такое, и если да — зачем это нужно? В любом случае к гипотетическим точкам надо послать поисковиков. Интересно, а источник есть?

— «Паллада», извести поисковиков о гипотетических точках, — прошу я наш звездолет, умащиваясь в кресле поудобнее. — Научной группе обработать данные от коллег.

«Ломоносов» передает постоянно, ведь обнаруженное ими вообще ни в какие рамки не лезет — найденные десантниками на планете скелеты искусственного происхождения. То есть их именно в таком виде сделали, а затем как-то подтасовали данные, непонятно зачем. Но вот невозможность с ходу определить искусственность меня и беспокоит. Как будто кто-то играет в куклы... Масштаб другой, да и «куклы» тоже, но вот ощущение игры — оно смущает.

— Планета химан, — докладывает десант. — Население отсутствует.

— А хранилища данных? — интересуюсь я.

— Имеются, — отвечает мне их командир. — Сейчас доставят.

Вот и посмотрим, что это такое сказочное имеется у нас. Есть мнение, что данные, которые мы с планет берем, сами по себе очень странные. Они не соответствуют друг другу, хотя у следователей есть свое мнение. Пока что все отлично объясняется внезапным сумасшествием, но вот в чем нюанс — расы повторяют те, что в «закрытой вселенной», при этом мы с ними никогда не встречались, что некоторым образом весело, по-моему.

— Командир, — включается связь с комнатой совещаний, — учителя говорят, что не чувствуют этих рас здесь.

— Иллюзия? — удивляюсь я, уже потянувшись, чтобы переключиться на десант, давая команду на эвакуацию, но меня останавливают.

— Нет, командир, — отвечает мне старший наших ученых. — Скорее сопряжение пространств, что бы это ни значило.

Вот это сообщение меня озадачивает. Термин «сопряжение пространств» мне лично не знаком, судя по всему, нашим ученым тоже, но при этом Учителя говорят, что планеты не принадлежат нашему пространству, если я все правильно понимаю. Значит, и обнаруженные дети тоже?

— Сообщение с «Марса», циркулярно, — вступает в разговор «Паллада». — Большая часть обнаруженных детей — квазиживые в отключенном состоянии.

Не выдержав, я высказываюсь на флотском диалекте. В переводе на всеобщий, сообщение «Марса» означает, что большая часть детей мало того, что квазиживые, так еще и с деактивированным мозгом. Строго говоря, куклы. Но вот смысла замораживать отключенных квазиживых совсем нет, поэтому ситуация моментально становится еще более необъяснимой.

— Десант, название планеты выяснить удалось? — подчиняясь своему дару, интересуюсь я.

— Так точно, — следует традиционный для флота ответ. — Астранум.

Стоп! Я знаю это название! В мнемограмме Александра Синицына оно точно было, нужно только найти, где именно. Не обращаясь к «Палладе», открываю свой наладонник, чтобы быстро пролистать закладки. Информацию из мнемограммы я точно записывал, так что у меня она быть должна. Ага...

А сказка получается очень интересной, потому что планета имеет то же название, что и в «закрытой». Может ли она быть той же? Если эта планета из «закрытой вселенной», значит, у нас совершенно точно внешнее вмешательство кого-то всемогущего. Поэтому нужно действовать по инструкции. Они кровью писаны, а в таком случае и подавно.

— «Паллада», «Марс» на связь! — командую я.

— Винокурова на связи, — доносится до меня усталый голос главы группы Контакта. — Что у вас случилось?

— Обнаружена планета, Мария Сергеевна, — сообщаю я. — Название — Астранум, что совпадает с мнемограммой товарища Синицына.

— Сюрприз, — констатирует она. — Самоназвания планет-то мы не опросили... Спасибо за информацию.

Есть у меня ощущение странное, что и остальные планеты совпадут, и что это значит — вопрос тот еще. Очень все-таки игру напоминает — и расположение, и наполнение, и спектр задач. Может, Испытание какое? Но кого тогда? Да и установлено совершенно точно, что минимум трое из иллиан были живы на момент помещения в медкапсулы. То есть не квазиживые, хоть и в критическом состоянии.

Думаю, ответ нам принесут хранилища информации с этой планеты, ибо все очень странно и сложно получается. Нет логического объяснения именно того, что мы наблюдаем... Хорошо, а как располагается корабль химан, обнаруженный коллегами, по отношению к этой планете?

Наклонившись к консоли, подключаю к ней наладонник — мне так удобнее. Итак, обнаружены корабли химан, то есть людей, и иллиан, то есть «осьминожек». Планета иллиан, кстати, не найдена пока, но если я все правильно понимаю, ее расположение должно быть в одной из двух точек, рассчитанных «Палладой», но планета химан под нами вращается, а корабль их...

— Поисковикам, циркулярно, — командую я,

зная, что разум звездолета все записывает и передает. — Возможные районы нахождения кораблей...

Я передаю товарищам то, до чего дошел сейчас с помощью корабельных ученых, подавших мне эту идею. Возможно, и найдут, хотя кажется мне, причина происходящего раскроется совершенно неожиданно.

Продолжение сюрпризов

Щитоносец третьего ранга Александрова

А вот и кхрааги, судя по тому, что я вижу. И звездолет по форме узнаваемый, чего, кстати, быть не должно, и сигналы у него... В любом случае десант подтверждает: это кхрааги, только дети. И обоих полов, что автоматически исключает «закрытую вселенную», вот только кажется мне, что товарищ Алексеев прав: на игру это все смахивает.

— Товарищ Александрова, — докладывает командир десантников, — найдены две женские особи, одна мужская, остальные куклы.

— Квазиживые? — я уже знаю результаты

обследования других кораблей, потому использую именно это слово.

— Нет, просто куклы, — вздыхает десантник. — Мозга нет, внутреннего фарша нет, ничего нет. Оболочка и вид спящего, при этом капсулы сигнализируют о нормальном сне. Дети боятся всех, кроме Ка-энин, но...

— Я поняла, спасибо, — киваю ему, отключаясь.

Итак, у нас обнаружены три звездолета трех рас «закрытой вселенной», при этом на каждом у нас две девочки и мальчик. Каков мотив именно такого разделения — совершенно непонятно. Расу аилин никто пока не обнаружил, но есть у меня ощущение... Нужно забирать живых в медотсек и двигать к «Перуну». Ситуацию стоит обговорить с Синицыными.

— Эвакуировать детей, проверить звездолет, — командую я, затем уже устанавливая точку прыжка.

На звездолете из живых только я, потому что он, строго говоря, разведчик. Вэйгу у нас небольшой, но детей в живых подержит, пока мы прыгать будем. Мне же нужно подумать, чем наблюдаемая ситуация может быть, ведь логичного обоснования я пока не вижу. Возможно, у товарища Винокуровой будут какие-нибудь идеи...

— Задача завершена, — информирует меня десант, после чего я набираю координаты прыжка.

— Нештатная ситуация, — привлекает мое внимание разум звездолета, заставляя буквально подпрыгнуть.

— Что такое? — не понимаю я.

— Звездолет исчез, — лаконично сообщает мне он, на что я просто давлю сенсор экстренного входа в субпространство.

Инструкции кровью писаны, потому мне совсем не хочется бегать и искать, что случилось с кораблем, откуда мы детей эвакуировали. По инструкции в таких случаях положено убегать, чем я и занимаюсь. Героя из меня не получится, я не Винокурова, поэтому следую правилам, но вот исчезновение корабля, да и, как я успела заметить, некоторое изменение вида звездного неба — все это говорит о том, что происходит что-то странное. Поэтому я быстро убегаю, а там разберемся. На борту у меня три кхраага в плачевном состоянии, с ними надо будет разобраться.

— Фиксирую недостоверные участки памяти, — сообщает мне разум звездолета, заставляя похолодеть. Что это может значить, я понимаю.

— Вэйгу, сколько пациентов находится в отсеке? — интересуюсь я.

— Медицинский отсек пуст, — звучит в ответ.

— Командир десанту, сколько и каких существ было эвакуировано? — уточняю у командира десантников.

— Трое кхраагов, дети, — отвечает мне он. — А в чем дело?

— Медотсек пуст, и разум звездолета фиксирует недостоверные участки памяти, — спокойно произношу я. — Поэтому мы возвращаемся к «Марсу», а там посмотрим.

— Есть, понял, — десантник удивлен, и я его понимаю.

Подобные случаи уже происходили, в основном в дальних полетах. Но вот мне сейчас просто страшно, и объяснить этот страх я не могу даже самой себе. Кажется мне, что нам предстоят еще сюрпризы, потому быстро набираю на браслете запрос успокоительного средства, чтобы в себя прийти. Я стала свидетелем того, чего на деле не было, — такие ситуации не новы, но означают что-то важное. Правда, что именно, мне неясно, но надеюсь, товарищ Винокурова хоть посоветует.

— Выход, — сообщает мне разум звездолета, и, действительно, спустя мгновение серость экранов сменяется видом трех пристыкованных друг к другу звездолетов. Облегченно выдохнув, посылаю звездолет вперед, почти на ручном управлении.

— Запрос срочной стыковки! — выкрикиваю я, сдерживаясь, чтобы не устроить истерику. Что на меня такое напало, не понимаю, потому что не должно у меня таких реакций быть.

— Стыковка разрешена, — равнодушно отвечает мне разум моей «Синицы», заставляя насторожиться.

— «Синица», степень осознания! — желание устроить истерику становится сильнее.

— Осознание — десять, — приговором звучит в ответ. По правилам, пилотировать дальше звездолет в таком составе экипажа нельзя.

— Десант, доложить состояние! — почти кричу от объявшей меня неожиданной паники, но в ответ тишина, и тогда я нажимаю сенсор связи. — «Марс»! Нуждаюсь в помощи!

Чувствую я себя так, как будто сейчас в обморок хлопнусь, но мне нельзя. Я же взрослая уже, двадцать пять скоро, почему тогда реагирую как более младшая? От внутренних ощущений становится совсем не по себе, а затем перед глазами темнеет. Мне кажется, я в обморок собралась, но почему? Что произошло?

— Спокойно, девочка, спокойно, — произносит уверенный голос, что-то шипит, и я обнаруживаю себя на носилках, быстро куда-то двигающихся. — Можешь назвать себя?

— Конечно, — киваю я, стараясь не обращать внимания на дурноту и сильное головокружение. — Щитоносец третьего ранга Александрова.

— Ну тут у меня для тебя есть разные новости... — я слышу тот же голос, но кажется он при этом каким-то очень взрослым, ему хочется довериться и ни о чем не думать.

И я доверяюсь, конечно, при этом никак не реагируя на то, что со мной делают. А что со мной делают? Перекладывают в капсулу, насколько я понимаю, но перед глазами все плывет, и сообразить я ничего не могу. При этом мне кажется, что я голоса какие-то слышу, кто-то что-то спрашивает, может быть, даже приказывает, а я засыпаю.

Это нормально, на самом деле, — засыпать в медицинской капсуле, поэтому я и не волнуюсь. Если будет надо, мне все расскажут... Ну, наверное.

Мария Сергеевна

Сюрпризы сыплются как из рога изобилия. Только на корабле иллиан кроме троих спасенных есть еще живые дети, на всех остальных... Спасено трое химан еще, но товарищи постоянно встречаются со свидетельствами измененного пространства, как у братца было. Именно поэтому я приказываю всем возвращаться. Надо осмотреться и прикинуть, где мы все находимся и что из произошедшего действительно имело место, а что нет. И вот первым звездолетом оказывается «Синица», при этом на связь выходит явно ребенок, причем в истерике.

— Откуда там дите? — пораженно шепчет Сережа из моей группы.

— Ты меня спрашиваешь? — по-девичьи хихикаю я. — Ну-ка, бери квазиживых — и рысью туда.

Через полчаса, впрочем, нам всем становится не до смеха, потому что именно такого я не видела еще никогда. Я даже представить себе не могу, кто способен подобное сотворить, потому как звездолет щитоносца, все его системы, бортовой разум и даже квазиживые кратно помолодели. То есть примерно в два раза каждый, отчего квазиживые вошли в состояние спячки, бортовой разум себя не осознает, а командир стала двенадцатилетней девочкой. Учитывая, что голова к этому не приспособлена, да и тот факт, что ребенок в истерике, заставляет ее уложить в госпиталь.

— Ничего не понимаю, — признаюсь я. — Ведь не может быть такого?

— Ну почему сразу не может? — отвечает мне

сестренка. — Ты Учителей спрашивала? Они, по идее, могут знать, что это за сюрпризы странные.

— Ты права, — киваю я, но вызывать наших друзей прямо сейчас не спешу. Во-первых, это не очень просто, учитывая, что мы довольно далеко от дома, а ресурс ретрансляторов для другого нужен. А во-вторых, еще не все корабли поисковой эскадры собрались.

На данный момент сюрпризов у нас хватает... Пожалуй, ситуация неизменна только у Вити с Варей, что опять же намекает на некоторую их избранность. А учитывая, что я могу прочесть их, то ситуация еще смешнее. Обычно телепаты квазиживых не читают — работа их мысли регулируется электронным, а не биологическим способом, но вот у этих двоих квазиживых все иначе. Либо они отличаются от обычных квазиживых уже слишком лихо, либо в их организмах произошли некоторые нам непонятные изменения под воздействием внешних факторов. В любом случае вопрос изучить необходимо.

— Товарища Винокурову просят в госпиталь, — раздается в корабельной трансляции голос нашего Вэйгу. Или я ошибаюсь, или наше светило медицинское несколько удивлено.

— Иду, — коротко отвечаю я, покидая рубку.

Вообще-то интересно, что именно могло

настолько удивить Вэйгу? Обычно у него голос совершенно спокойный, а сейчас... Я ускоряю шаг, подгоняемая предчувствием. Есть у меня ощущение, что с нашими квазиживыми это как-то связано. Учитывая, что у Виктора явно проявился дар, а у них обоих появились чувства, не просто эмоции, что для квазиживых вещь обыкновенная, а конкретно чувства — может быть что угодно. Еще вопрос — почему не техническая служба, а Вэйгу? Неужели квазиживые стали хоть немного живее? Нет, это, по-моему, фантастика.

Все-таки есть у меня ощущение некоторой виртуальности. Тут еще нужно учитывать, что сестренки мои немного растеряны — наши дары молчат, чего не было просто никогда. Впрочем, это может быть и испытанием нас на предмет возможного Контакта. Испытания очень разные бывают, так что все возможно.

Пожалуй, увидеть Виктора и Варвару в госпитале «Марса» я уже ожидаю. Тут же обнаруживается и совершенно ошарашенный начальник технической службы «Перуна», что тоже не удивляет. Я смотрю с интересом, наверное, поэтому он откашливается, принявшись докладывать:

— Квазиживые щитоносцы Виктор и Варвара обратились в техническую службу с целью проверки внутреннего диагноста, — рассказывает он. — При сканировании прибор обнаружен не был, так же, как и характерная для квазиживых структура.

— То есть они живыми стали? — не понимаю я, потому что раз ребята шевелятся, то не деактивировались.

— Не совсем... — тут вступает Вэйгу. — Они сейчас являются больше живыми, чем квазиживыми, товарищ Винокурова. Идет стремительное замещение квазиживой ткани, при этом самих пациентов не беспокоит ничего.

Вот это новость! Ощущение у меня при этом — как будто я сплю, ведь все мои знания противоречат только что услышанному. Нужно запрашивать Учителей, а пока пытаться понять, что с этим делать дальше. Стоп! Если они оба-два становятся живыми, то им нужна семья, ведь ни Варвара, ни Виктор жизни вне своей специальности просто не знают. О-о-о-о... Что-то меня хихикать тянет...

— Раз пациентов ничего не беспокоит, то до Минсяо точно потерпит, — заключаю я. — Виктор и Варвара — за мной, остальные делом займитесь.

— Принято, — отвечает мне Вэйгу.

— Вы чего не к себе, а на «Марс» двинулись? — интересуюсь я у обоих одновременно.

— Начальник техслужбы сказал, что наш Вэйгу

его не поймет, — отвечает мне Варя, крепко держащаяся за Виктора. Ой, что-то мне это напоминает...

— Ладно, — вздыхаю я. — Сейчас зайдем ко мне, я вам расскажу, какой интересной теперь станет ваша жизнь, а вы...

— Мы должны быть не здесь, — совершенно уверенно произносит Виктор, буквально заставляя меня активировать свои способности. — Мы должны лететь... — он задумывается на мгновение и добавляет: — Срочно!

— То есть дар, — понимаю я, решив двинуться вместе с ними. И подстрахую, если что, и помогу, ибо чует мое сердце, сюрпризы еще не закончились. — «Марс», «Перун» по зову уходит, я на нем, Лерка за старшую!

— «Марс» принял, — отвечает мне спокойный голос разума нашего звездолета.

Он у нас чего только не видел, поэтому уже не удивляется, зато немного удивлена Варвара, но я ей только мягко улыбаюсь, а Витя кивает, отчего девушка, на мой взгляд, от внешнего мира отключается. Интересно, что с ними происходит? Неужели такие чувства, как любовь, что-то пробуждают в них, меняя структуру? Тогда у нас будет много веселых сюрпризов. Или не слишком веселых, как получится. А пока нам нужно, судя по всему, спешить.

Витя с Варей как-то неожиданно оказываются передо мной, я же иду за ними, что правильно — на «Перуне» я гость. А в душе у меня опять предчувствие, да такое странное — как будто теплый щенок поселился, очень желающий куда-то спешить. Как в детстве я себя сейчас ощущаю, просто как в детстве...

Встреча в Пространстве. Виктор

При привычном опросе внутреннего диагноста ответа я не получаю, сильно этому факту удивившись. Он обычно выходит из строя последним, но что при этом делать, мне известно — в техслужбу надо обращаться. Вздохнув, встаю с койки, на которой мы с Варей в обнимку сидим.

— Что случилось? — сразу же интересуется она.

— Внутренний диагност не отвечает, — отвечаю ей. На мгновение в этих милых глазах мелькает задумчивость, а за ней сразу же страх, заставляя меня снова ее обнять. — Что?

— И мой не отвечает... — тихо отвечает она. — К техникам надо, да?

— Да, — киваю я, поднимая и ее, но объятий не размыкая. — Не бойся, все хорошо будет.

Варенька моя кивает, а я медленно двигаюсь в сторону двери. Беспокойства совершенно нет, да и кажется мне, что отсутствие ответа внутреннего диагноста правильно. Как такое может быть, мне не очень понятно, но и нервничать я не спешу, хотя именно нервничать для квазиживых нехарактерно. Это Варя себя больше как живая ведет, что вызывает, конечно, интерес. Заодно и спрошу техников, отчего так.

Мы движемся вместе по коридору в направлении подъемника, при этом Варенька вцепляется в меня чуть ли не изо всех сил. Поддавшись внутреннему желанию, беру ее на руки, что милая моя воспринимает как должное — лишь прижимаясь ко мне. Очень ее реакции для квазиживых нехарактерны, на самом деле.

Подъемник быстро возносит нас на технический уровень, я же, поддавшись порыву, уговариваю Вареньку не бояться. Есть у меня ощущение, что это именно страх в ней говорит. Откуда может быть страх у квазиживого, вопрос совершенно другой и сейчас неважный. Важно сейчас успокоить мою хорошую девочку. С этой мыслью я поворачиваю в помещение техслужбы, приводя начальника оной в состояние, близкое к шоку, — он такого никогда не видел.

— Что случилось? — интересуется он, глядя на нас очень удивленно.

— Не отвечает внутренний диагност, — объясняю я ему суть проблемы. — У обоих.

— Интересно, — соглашается начальник техслужбы. — Поставьте коллегу на поверхность, пожалуйста.

— Хорошо, — соглашаюсь я, медленно опуская Варю на палубу, а квазиживой уже берет сенсор диагноста в руку, чтобы провести поверхностный опрос систем.

— Не понял, — признается через некоторое время.

Повернув сенсор на себя, он проверяет работу аппаратуры, удивляясь сильнее, а затем еще раз пытается проделать диагностику с нами. И судя по всему, что-то у него не получается. Хмыкнув, он устремляется к выходу, поманив нас за собой. Я снова беру Варю на руки, потому что мне это действие кажется правильным. И ей, похоже, тоже. Поэтому мы идем за начальником нашей техслужбы, а он направляется вроде бы на «Марс».

— А почему туда? — интересуется Варенька, совершенно не желая со мной расставаться, да и я...

— Там Вэйгу мощный, — объясняет нам начальник технической службы. — Если вы вдруг стали живыми, он поймет, потому что сенсор говорит о том, что вы не квазиживые.

— Ничего себе... — удивляется Варя.

Я ее понимаю, но решаю никуда не торопиться. Если мы вдруг сменили свое качество, то бега и прыжков вокруг нас будет предостаточно. И вот так мы проходим галерею, зайдя сразу же в подъемник. Где находится госпиталь на «Марсе», известно всякому, ибо он целый уровень занимает. Именно туда мы и направляемся. Я стараюсь ни о чем не думать, чтобы себя не «накрутить», как живые говорят.

Подъемник останавливается, выпуская нас в святая святых медицины. Оглядевшись по сторонам, я пожимаю плечами и иду за устремившимся в одном ему известном направлении начальником техслужбы.

— Вэйгу, — с ходу начинает он говорить, — у нас проблема: у этих двух квазиживых имеются признаки живых.

— Интересно, — соглашается с ним разум госпиталя. — Присядьте-ка.

Нас обследуют, быстро, но несколько раз, а затем вызывают начальницу группы Контакта, потому что произошедшего с нами техника объяснить не может. Может быть, это чувства на нас так подействовали? Или появившееся мое внутреннее ощущение правильности? Пока я раздумываю, входит товарищ Винокурова.

— Квазиживые щитоносцы Виктор и Варвара обратились в техническую службу с целью проверки внутреннего диагноста, — сразу же начинает докладывать начальник технической службы. — При сканировании прибор обнаружен не был, также, как и характерная для квазиживых структура.

— То есть они живыми стали? — удивляется она.

— Не совсем... — отвечает разум госпиталя «Марса». — Они сейчас являются больше живыми, чем квазиживыми, товарищ Винокурова. Идет стремительное замещение квазиживой ткани, при этом самих пациентов не беспокоит ничего.

— Раз пациентов ничего не беспокоит, то до Минсяо точно потерпит, — заключает Мария Сергеевна, а я пытаюсь прийти в себя от таких новостей. — Виктор и Варвара — за мной, остальные делом займитесь.

— Принято, — отвечает местный Вэйгу.

А я в этот самый момент чувствую что-то необыкновенное. Нас куда-то тянет... Нет, не так — откуда-то из бесконечности Пространства кто-то очень важный зовет нас с Варенькой. Этому «кому-то» очень важны именно мы, поэтому нужно спешить. Я уже хочу рассказать об этом, но...

— Ладно, — сообщает нам товарищ Винокурова, отчего-то вздохнув. — Сейчас зайдем ко мне, я вам расскажу, какой интересной теперь станет ваша жизнь, а вы...

И вот тут ощущение этого зова становится нестерпимым. Я просто не могу ему сопротивляться, поэтому произношу совсем не то, что изначально хотел, но я буквально не управляю собой в этот момент, хоть и не пугаюсь, хотя, по идее, должен бы.

— Мы должны быть не здесь, — медленно, но уверенно произношу я. — Мы должны лететь... Срочно!

Винокурова как-то мгновенно понимает, что это мое внутреннее ощущение, отчего отдает какие-то распоряжения, а мы уже торопимся на «Перуна». Где-то там — я точно знаю, впрочем, где именно — мы очень нужны. Я не понимаю, откуда это узнал, но Варя, идущая рядом со мной, чему-то улыбается, и задумываться не получается. Она будто теряет свой страх, и сейчас мы вместе шагаем в сторону рубки «Перуна», чтобы отправиться туда, где очень нужны.

Почему-то мне кажется, что и Варенька чувствует этот зов, он похож на... Как будто в темноте потерянно мяукает котенок. Вот на что это похоже. Мимо нуждающегося в помощи мы не пройдем никогда, поэтому сейчас я введу координаты, и «Перун» прыгнет, чтобы как можно скорее оказаться там, откуда зовут именно нас. Отчего я чувствую этот зов таким образом, можно разобраться и потом, а сейчас...

Ощущение такое, что звездолет из гиперскольжения просто вываливается. Я внимательно смотрю на экраны, но не вижу ничего, кроме обычного окружения. Но я точно знаю — тот, кто звал меня, он тут. Или... она? На мгновение задумываюсь, пытаясь понять, где может быть тот, к кому тянется внутреннее «я», но тут мне на помощь приходит Мария Сергеевна.

— «Перун», — мягко произносит она, — сигналы приветствия по протоколу Первой Встречи.

— Выполняю, — коротко отвечает звездолет, а мне становится стыдно: о самом простом варианте я забыл. — Принимаю модулированный сигнал, расшифровываю.

— Не волнуйтесь, дети, я рядом, — таким же ласковым голосом произносит товарищ Винокурова, и у меня на душе теплеет от ласки в ее голосе. Откуда-то появляется уверенность, как будто... Как будто кто-то очень родной укрывает меня теплом.

— Ты пришел... — звучит негромкий голос. Он не из динамиков звучит, а, кажется, в рубке возникает. Детский голос...

— Я пришел, — соглашаюсь я, точно зная, что ребенок ко мне обращается. — Иди ко мне.

— А ты не будешь сердитым? — сразу же интересуется пока неведомый ребенок.

— Нет, маленькая, — я просто чувствую, что это девочка, хотя по голосу это неопределимо. — Дети превыше всего.

— Дети... И я? — удивленно спрашивает меня она.

— Ты особенно, — как умею ласково произношу я.

Почему именно я, что вообще происходит — все это мы узнаем позже. А сейчас мне очень нужно успокоить девочку, которая, по-моему, плакать собирается. Она мне какой-то родной кажется, хотя такого и не может быть, но... в следующий миг на меня с визгом налетает ребенок, как-то сразу оказывающийся в наших с Варей руках.

Девочке лет пять, по-моему, она плачет и цепляется за нас, а «Перун» тем временем подает сигнал тревоги. Прижав к себе ребенка, я внимательно смотрю на экран, где вырисовывается громада хищно выглядящего космического корабля, — ничем другим он, конечно, быть не может, вот только нет у меня ощущения опасности. В моих руках ребенок, девочка, вцепившаяся в меня, как в последнюю надежду.

— Принимаю модулированный сигнал, — предупреждает меня «Перун», команды на поднятие щитов которому никто не давал. — Расшифровываю.

— Не нервничаем, — спокойно произносит товарищ Винокурова. — Проверки бывают разные.

— Не отдавай меня… — тихо просит меня пока не представившаяся девочка.

— Никто никого не отдаст, — Мария Сергеевна делает шаг вперед, будто желая нас защитить, а в это время на экране появляется изображение.

— Отдай нам мясо, химан! — рычит очень колоритный кхрааг с экрана. — Это наше мясо! Отдай, и можешь уходить!

— М-да, — вздыхает товарищ Винокурова, не давая мне возможности ответить. — Не было бы у нас кхраагов, мы бы, может, и испугались. Сильно сомневаюсь, но все возможно. Итак?

— Она должна быть наказана! — рычит изображающее кхраага существо. — Она…

— Ну, можем повоевать, — задумчиво произносит Мария Сергеевна. — Можем поговорить, но желательно, чтобы при этом ее родители присутствовали.

— Она воспитанница, — на тон ниже произносит наш собеседник. — У нее нет родителей.

— Ну, теперь уже есть, — хмыкает глава группы Контакта.

— Но она же вам чужая! — восклицает кхрааг.

— Чужих детей не бывает, — твердо произношу я, и становится тихо.

Мне отчего-то кажется, что кхрааг удовлетворен моим ответом, да и в целом ситуацией. А товарищ Винокурова нас с Варей из рубки отсылает. Впрочем, она права — ребенка одеть нужно, покормить... Да познакомиться хотя бы! Я киваю, и мы с Варей покидаем рубку, чтобы заняться притихшей малышкой.

Если вспомнить историю Винокуровых, ситуация очень похожа на произошедшее с Наставником, поэтому вполне может статься, что сюрпризы у нас не закончились. Впрочем, дети действительно превыше всего, но хоть имя малышки узнать надо. Судя по всему, она теперь действительно наша, Мария Сергеевна вряд ли умеет в таких вещах ошибаться.

— Зовут тебя как? — спрашиваю я притихшую... пожалуй, дочку.

— А можно ты меня назовешь? — интересуется она в ответ. Я же киваю Вареньке, потому что чувствую: она назвать должна. А милая моя так хитро улыбается, точно что-то задумала.

— Будешь Машенькой? — интересуется она у вмиг заулыбавшейся девочки.

— Буду... — шепотом соглашается та. — А ты больно воспитываешь?

— Больно не будет никогда, — спокойно отвечает ей Варенька.

— Тогда хорошо... — расслабляется малышка, кажется, задремывая.

Обычного человека такой вопрос привел бы в ужас. Нас, впрочем, тоже, но мы щитоносцы, поэтому видели и знаем немного больше. Именно поэтому максимально ласково обращаемся с ребенком, пока что отложив раздумья о нас самих. Все-таки эволюция квазиживых, да еще такая — она шокирует, конечно. Но у нас сейчас дочка есть, и ей много чего надо, но в первую очередь — тепло. Напугал новопоименованную Машеньку кто-то. Учитывая, что она явно аилин, то есть «эльфийка», а с нами на связь вышли кхрааги, то случиться могло что угодно, но это товарищ Винокурова нам потом расскажет, а сейчас мы несем ребенка в столовую — кормить.

— Ты голодная? — спрашивает Машу Варенька.

— Немножко... — тихо отвечает та, но ее гладят, и она не пугается.

Что-то я не верю, что ее кхрааги мучили, но вот впечатление производит доченька, конечно... Интересно, как правильно воспитывают живых? Надо будет спросить у товарища Винокуровой, потому что у нас с Варей такого опыта нет. Значит, будем первыми!

Вот и столовая, тут пусто, потому что на звездолете вообще народу мало осталось, а сейчас тем более. Я усаживаюсь с Машей на стул, посадив ее к себе на колени, что ребенку очень нравится, и, поглаживая, начинаю рассказывать о том, что мы тут делаем, кто мы, что такое Человечество и какая она у нас очень любимая доченька. Маша замирает просто от этого рассказа, а в это время от синтезатора возвращается Варенька, с кастрюлькой, насколько я вижу. Ну да, Винокуровы — личности легендарные, вот милая и решила повторить традицию.

— Ну что, попробуем, чем мама Машеньку накормить хочет? — интересуюсь я мнением ребенка.

— Да-а-а-а... — тянет она, глядя на милую мою огромными своими глазами. Удивляется она, да и от природы глаза большие, вот и кажутся такими.

— Тогда доченька открыва-ает ро-отик, — произносит Варенька, явно кого-то копируя.

Похоже, кто-то или что-то решило нас испытывать до конца, потому что жизнь стала какой-то слишком динамичной. Но взамен у нас Машенька есть и еще трое иллиан. Чует мое сердце, останутся они нашими.

Новые друзья

Мария Сергеевна

Впервые провожу Контакт без своей группы, отчего мне не слишком комфортно. Впрочем, эта проблема решаема, по идее, рядом с «Марсом» уже довольно много кораблей, так что звездолет можно и дернуть.

— «Перун», передай на «Марс» сорок два, — негромко приказываю я, возвращаясь затем к разговору.

— Вы поняли правильно, — вздыхает кхрааг на экране. — Мы не мучаем детей любой расы, малышка немного... нашалила.

— Предлагаю соединить галереи, — вношу я свое предложение, помня, что они тем же воздухом дышат, что и мы, ну плюс-минус. — Для личного общения.

— Принимаю предложение, — церемонно кивает мне собеседник.

Его имя для произношения не самое простое, но я справляюсь, а мое короткое кхраагу нравится — его шипеть можно, так что первичное взаимопонимание достигнуто. Теперь нужно очень аккуратно найти точки взаимопонимания и выяснить, является ли визави достаточно разумным с точки зрения Критерия. Ну и есть у меня ощущение того, что на ребенка много чего в нашей истории «завязано», как папа говорит. Надо будет, кстати, Витю и Варю зарегистрировать. Буду им мамой, потому что им это очень надо сейчас. Они еще и сами не сообразили, но я-то понимаю, я все-таки не единожды мама уже.

Квазиживые, при всем отношении к ним как к равным, в любом случае ориентированы на функцию, а вот у живых появляется совсем другой спектр дел кроме работы. У Вити с Варей еще и дети, потому что иллиане, которых они спасли, скорее всего, уцепятся за них, очень уж страшное у малышей время было, учитывая их состояние. Вот только кажется мне, что память у детей наведенная, именно чтобы их жалко было. Но это мы выясним, а пока соединяются галереи, и я отправляюсь общаться. «Марса» еще с час ждать, но полагаю, что некоторые вопросы прояснять надо немедленно.

Галерея вполне обычная, я встречаю гостя у порога, чтобы проводить его в местную комнату совещаний. Стоило бы, конечно, «Марса» подождать, но теперь уже поздно, кроме того, мне думается, что и гостю есть что сказать, поэтому он только молча кивает, спокойно идя за мной.

— Я руковожу группой Контакта, — объясняю ему, — но мой звездолет отстал, ибо ребята почувствовали малышку.

— То есть вы здесь не случайно? — удивляется кхрааг по имени К'ркааш.

— Нет. У Виктора проявился дар, что для квазиживых необычно, но, видимо, бывает, — объясняю я. — А с дарами не шутят, это не игрушки.

— Вы... у вас есть дары? А какие? — заинтересовывается К'ркааш.

— Изначально Человечество имело дары интуитивные и эмпатические, но затем... — я рассказываю гостю о дарах, да и о том, что сейчас все больше творцов, которых важно вовремя определять, дабы не было сюрпризов, обучать с той же целью, и так далее. Мой визави от удивления распахивает челюсть, что для неподготовленного разумного было бы похожим на угрозу, но нюансы их мимики нам известны, хоть и сложно без разума «Марса», с одним наладонником. Впрочем, я, похоже, справляюсь.

— Мы творцы миров, — признается кхрааг. — Просто из совсем другого... другой... — он явно ищет слово, поэтому я, уже поняв, о чем он хочет сказать, помогаю.

— Из другой вселенной, — спокойно произношу я. — Но в эту вы попали, потому что?..

— За малышкой гнались, — признается он. — Она активировала артефакт Ркшака, отчего начались не самые простые сюрпризы.

Вот теперь мне становится уже очень интересно. Оказывается, ребенку никто вовремя не объяснил, что живые существа отнюдь не игрушки, у кхраагов понимание этого генетическое, а у аилин, как оказалось, нет. При этом, откуда именно взялась девочка — неизвестно, они не смогли обнаружить народ, породивший ребенка, а она сама была слишком маленькой, чтобы дать информацию.

— Значит, она просто появилась на корабле? — заинтересовываюсь я.

— Да, — согласно щелкает челюстями мой собеседник. — Мы полагаем, она пришла в момент опасности откуда-то...

— Прибудет «Марс», и мы вам покажем, откуда

она могла прийти, — вздыхаю я. — Но это не объясняет ни того, что произошло с нашими квазиживыми, ни причины, почему она потянулась именно к ним.

— А квазиживые это кто? — спрашивает меня К'ркааш.

— Созданные нами и обретшие разум организмы, — объясняю я, но, похоже, меня понимают неправильно — очень большое удивление на лице моего визави.

— «Марс» — товарищу Винокуровой, прошу указаний, — звучат слова в моем коммуникаторе, сильно меня радуя.

— Стыкуйтесь, — приказываю я. — Пойдемте, К'ркааш, сейчас мы вам покажем, откуда мог появиться ребенок, и что вообще у нас происходит.

По его рассказу я, в принципе, уже могу сделать некоторые выводы: малышка-творец в момент, когда была в опасности, перенеслась, правда, непонятно, почему к кхраагам, но мы с этим разберемся еще. Далее ее приняли как свою, но не имея опыта с другими расами, — кстати, надо выяснить почему — воспитывали в принципах цивилизации. Затем она умыкнула некий прибор, с помощью которого принялась в своем понимании спасать... Вот примерно так можно объяснить бардак, с которым мы столкнулись. По-моему, неплохо объясняется.

Есть множество моментов, которые вообще никак прояснить еще не удается, но я пока веду кхраага на «Марс», чтобы показать ему фильм-приветствие, а затем начать работать уже серьезно. Несмотря на то, что они из другой вселенной, которая при этом не альтернативное пространство, а нечто совершенно иное, дружбе это не помешает. По крайней мере, я на это надеюсь. Заодно, я так чувствую, выясним, откуда появился Д'Бол и другие Синицыны. Точнее, кто и с какой целью закрытую вселенную создал-то.

— Прошу проходить, — выйдя из подъемника, провожаю гостя в комнату совещаний. — Познакомьтесь, товарищи. Наш возможный друг К'ркааш. Лера, фильм включи.

Для гостя организуют удобный ему стул, ибо, учитывая наличие хвоста, сидеть ему не везде удобно, но «Марс» — разум опытный, поэтому правильный стул появляется моментально. Гость впивается взглядом в экран, я же отвожу Лерку в сторону, чтобы сообщить ей последние известия. Рот сестренки приоткрывается от удивления, и тут я вспоминаю о несделанном.

— «Марс», — негромко произношу я, — регистрация. Виктор и Варвара Винокуровы, предыдущий статус — квазиживые. Текущий — разумные нашего вида, щитоносцы, являются парой, воспитывают дочь.

— Регистрация принята, синхронизация стандартная, — реагирует на мои слова звездолет.

Вот теперь Лерка готова удивляться.

Виктор

Наверное, это действительно любовь, раз мы уже не квазиживые. Варенька моя совсем против объятий не возражает, но, видимо, наступает время и поговорить, пока ребенок спит. Почему я Машу чувствую такой родной, объяснить мне не удается, поэтому с этим вопросом я решаю подождать Марию Сергеевну. Может быть, у нее есть какие-то идеи на этот счет. И еще со статусом нашим нужно выяснить, ведь если мы не квазиживые...

— Что теперь будет, Витя? — тихо спрашивает меня Варенька.

— Жизнь будет, — уверенно, хотя подобного не чувствую, отвечаю я ей. — Будем жить, воспитывать детей, если... Если ты не против, конечно.

— Я не знаю, можно ли назвать то, что я ощущаю, любовью, — признается она. — Но я без тебя будто деактивируюсь.

— Думаю, можно, — киваю я, прижимая ее к себе. — Нам с тобой надо будет научиться быть живыми... Попросим совета, думаю, не оставят нас на произвол судьбы.

— Интересно, что с нами произошло? — задумчиво спрашивает Варя. — Это нормальное явление, или...

Я замечаю, что Маша уже проснулась и занимается сейчас тем, что подслушивает. Очень она милая при этом, вызывая внутри меня ощущения... живые это называют «нежность», кажется. Так вот, маленькая хитрюжка подслушивает, но губы, желающие сложиться в улыбку, ее выдают.

— Думаю, само явление нормальное, — отвечаю я Варе. — Как и развитие даров у людей. Возможно у нас это было подстегнуто каким-то образом, и одна хитрая подслушивающая девочка что-то об этом знает.

— Ой... — доносится от кровати Маши, стоящей впритык к нашим.

— Попалась, — улыбаюсь я, потянувшись к ребенку, но Варенька успевает первой, сразу же нашу хорошую заобнимав, отчего дочка расслабляется.

— Ты не сердишься? — спрашивает она меня, но ее уже гладят, так что ребенок просто улыбается.

— На тебя невозможно сердиться, — отвечаю я Машеньке. — Просто нам интересно.

Машенька совершенно точно что-то знает, но

вот давить на нее неправильно, поэтому Варя, неожиданно для себя ставшая мамой, несет ребенка умываться, а я вспоминаю об одном важном деле, которое нужно сделать — зарегистрировать Машеньку и привить. У нас универсальной вакцины нет, зато на «Марсе» обязательно должна быть. Кстати о «Марсе»... Если я все правильно понимаю, товарищ Винокурова его выдернет сюда, потому что сорок два все-таки.

— «Перун», — обращаюсь я к разуму нашего звездолета, — «Марс» уже прибыл?

— «Марс» пристыкован к четвертому шлюзу, — отвечает мне он. — Доступ не рекомендован, идут переговоры.

— Понятно, — киваю я, затем, подумав с минуту, продолжаю: — Регистрация. Девочка Маша, четыре года, родители Виктор и Варвара.

— Регистрация, — подтверждает «Перун». — Мария Викторовна Винокурова, четыре года, дочь Виктора и Варвары Винокуровых, щитоносцев Флота.

Вот эта информация вводит меня в состояние ступора. У квазиживых фамилий нет, только имена. А тут у нас не просто фамилии, мы, получается к одной из самых известных семей принадлежим. Именно поэтому я не реагирую на вернувшуюся с Машей милую мою.

— А что случилось с папой? — интересуется дочка, как-то очень быстро начав нас с Варей называть мамой и папой.

— Папа удивился, — отвечает ей Варенька, и тут я понимаю: она не слышала подробности моего общения с разумом звездолета. — А чему — он сейчас расскажет.

— Я Машу зарегистрировал, — объясняю я, кивнувшей милой моей. — И выходит, что мы Винокуровы. «Перун» так сказал... Значит, у нас есть...

— ...семья, — заканчивает за меня Варенька. — Мы не одни... «Перун», а кто... — она не может взять себя в руки, в глазах ее я вижу слезы, сразу же вскочив, чтобы обнять ее.

— Винокуровы Варвара и Виктор члены семьи Винокуровой Марии Сергеевны, — отвечает мудрый разум нашего звездолета, все поняв самостоятельно.

Теплое чувство какое-то возникает в грудной клетке. Получается, товарищ Винокурова нас усыновила обоих, потому что иначе бы «Перун» построил фразу по-другому. И вот эта новость заставляет нас замереть в объятиях. Притихшая Машенька явно не понимает, о чем речь, поэтому я объясняю ей:

— Понимаешь, доченька, у квазиживых нет фамилий, родителей, семьи, им это просто не нужно, хотя я бы поспорил, — рассказываю я очень удивленной дочке. — Но мы стали живыми, хотя по привычке думали, что у нас есть только мы, и ты вот, понимаешь?

— А у вас теперь есть семья, — кивает она. — Ну это правильно же!

— Понять бы еще, почему мы живыми стали, — вздыхает Варенька, а Машенька опускает голову, но грустить ей не позволяют, гладя по волосам, отчего она вздыхает. Очень правильная у нее речь, кстати, и еще даже вопроса не возникло о том, примет ли ее новая семья. Это очень интересно, на самом деле, потому что у меня вопрос в отношении себя как раз возник.

— У вас была любовь, когда вы были не совсем живыми, — объясняет нам ребенок. — А любовь, она изменяет, я просто чуть-чуть ускорила, потому что вам это нужно же, ну и чтобы мне разрешили с вами...

— Квазиживые могут быть мамой и папой ребенку, были уже случаи, — улыбаюсь я ей, опять удивляя доченьку. — Спасибо тебе, малышка, — тихо на ушко говорю я ей.

— Надо ребенка привить, — вспоминает Варенька. — И спросить у... — она запинается, не решаясь сразу произнести это слово, — у мамы, — наконец, удается ей, — что дальше?

Пробуждение

— Вот сейчас и запросим, — улыбаюсь я, думая о том, что мы сейчас от Маши мало отличаемся — о жизни живых мы ничего не знаем... — Но сначала — кормить очень хороших девочек!

Есть у меня ощущение, что видимая рассудительность Маши скоро пропадет и она станет обычным ребенком. Наверное, это какая-то адаптивная способность, и пока девочка не стала совсем маленькой, надо успеть ее расспросить — о произошедшем, о том, что она любит, что нет, и... Интересно, а что любит Варенька? Она сама-то знает?

Немного даже страшно открывающейся перед нами жизни, о которой мы ничего не знаем, при этом у нас дети. Иллиане, находящиеся в медицинских капсулах, скорее всего, нас примут, да и не поймет их никто больше, потому что прошлое может проявиться неожиданно. Но все-таки очень интересно выяснить, что именно произошло. Но сначала кормиться. Мне коммуникатор подсказывает — детей нужно вовремя кормить, да и живым тоже стоит, потому что внутреннего диагноста у нас больше нет, а болеть не хочется.

Думаю, после завтрака я запрошу «Марс» на предмет разрешения на посещение, а там и до нужной информации доберемся.

Некоторые объяснения

Мария Сергеевна

Пока группа работает с кхраагами, мы с К'ркаашем сидим за тонизирующим напитком. Мне немного непонятны несколько моментов, которые хочется прояснить в простой беседе. Кажется, что наши гости пришли не только в погоне за ребенком, которому, похоже, никакие корабли не нужны, но и с намерением устранить последствия шалостей, но тут у них возникают проблемы.

— И все же, как так вышло, что вы передвигаетесь на кораблях, а девочка нет? — интересуюсь я у кхраага.

— Не самый простой вопрос, — вздыхает он. — Мы полагаем, что у нее есть какой-то особенный талант, учитывая, как ей подчиняются артефакты Древних.

— Погодите, — останавливаю я его. — Вы хотите сказать, что сами не оперируете этими приборами?

— Нет, нам известны только несколько комбинаций сигналов управления, — вздыхает К'ркааш.

Эта информация мгновенно меняет мой взгляд на происхождение ребенка. Поначалу я полагала, что тезка перенеслась во вселенную кхраагов из закрытой, но вот теперь эта версия критики не выдерживает. Раз девочка спокойно вступает во взаимодействие с так называемыми «артефактами», то либо имеет доступ, либо просто знает, как ими пользоваться. А вот это может значить, что действительный возраст ее от видимого сильно отличается. Несмотря на это, я считаю ее ребенком, хотя детей у меня уже больше: ничего не знающие о мире «живых» Витя с Варей (кстати, надо их привить), трое иллиан в медицинских капсулах и загадочная девочка Маша.

К'ркааш принимается рассказывать историю так, как понимает сам, я же учитываю факт того, что он далеко не все может интерпретировать правильно. Итак...

Много лет назад... Сказку напоминает, честно

говоря. Много лет назад жила-была древняя цивилизация, оставившая множество приборов, которые кхрааги называют «артефактами». Некоторое время я его слушаю, а затем начинаю задавать уточняющие вопросы. И вот что у меня получается: мой собеседник — наследник древней расы, оставившей приборы в рабочем состоянии, а кхрааги должны просто обслуживать их по одному и тому же алгоритму. Это не помешало им развиться в самостоятельную расу, изобрести двигатели и обрести разум в нашем понимании этого слова. Они полностью соответствуют нашему Критерию, при этом даже не пытаясь изучить древние приборы.

И вот тут появляется Машенька. Совсем маленькая девочка, не похожая на кхраагов, но тем это неважно — чужих детей не бывает. Ее принимают, заботятся о ней, но и проецируют на нее свои знания и подсознательные умения. Например, для кхраага совершенно естественно не пытаться экспериментировать, но только не для этой девочки. Сумев «оживить» приборы, ребенок понесся «исправлять несправедливость». Таким образом, закрытая вселенная — наследие ушедшей расы, а Маша как-то сумела выдернуть оттуда небольшое количество существ вместе с планетами. Но так как ей многое просто не объяснили, она попыталась заставить существ стать разумными.

— Она постулировала критерий разумности, — подтверждает мои мысли кхрааг. — Но путь к разуму долог, чего малышка не учла.

— Как нам удалось установить, большинство существ оказались... как бы это помягче... — я ищу термин, который никого не обидит, но не нахожу его. — Куклами. Искусственное происхождение, минимум разума, сложные управляющие цепи — и все.

— Как нам удалось установить, такова ситуация в закрытой вселенной, со всеми, за исключением двух рас, — объясняет мне К'ркааш. — Полностью настоящими являются только иллиан и химане, а остальные...

— Но погодите, у нас есть несколько кхраагов из той самой вселенной, — возражаю я ему. — Они все одаренные, но разве в этом дело?

— Дело именно в этом, — вздыхает мой визави, удивляя меня фактом того, что живых кхраагов было совсем немного, а роботы использовались для массовки. Такая же ситуация была и с аилин.

Несмотря на объяснения, у меня многое не сходится, ведь по его словам получается, что все Синицыны, пришедшие из закрытой вселенной, в нее попали из других миров, причем неизвестным образом. На мой взгляд, так себе объяснение, но у наших гостей другого нет. Значит, будем искать, потому что, как мне кажется, такая версия критики не выдерживает.

— Принудительно перемещенные народы мы вернули, — продолжает свои объяснения К'ркааш. — Туда, где их взяли, за исключением детей. У нас есть возможность отменить воздействие.

Ну тут нужно нашим щитоносцам думать. По-моему, К'ркааш что-то не договаривает. В любом случае недоверие показывать нельзя, но пометить себе на будущее стоит. Хромает у наших гостей достоверность, при этом, насколько я могу судить, он правду говорит. То есть, похоже, наши будущие друзья находятся под контролем. Или они куклы сами по себе, или этого контроля не ощущают. Нужно будет обязательно проверить оба варианта. Сканеры на входе в комнату совещаний о К'ркааше информацию собрали, девочкам и мальчикам группы Контакта будет с чем поработать.

Наконец мы прощаемся — К'ркаашу надо возвращаться на его звездолет, а мне заняться детьми, ибо пока у нас идет общение, «Марс» их просто не допустит на борт — непривитые они, а дети в любом возрасте для нас превыше всего. Все-таки какая-то не слишком достоверная история получается, просто исходя из моего опыта.

— «Марс», — вызываю я разум звездолета, — Винокуровых с «Перуна» вызови ко мне, пожалуйста.

— Выполняю, — коротко отзывается он.

— Как там дела у Александровой? — интересуюсь я.

— Обратное развитие остановлено, ребенок нормально развит, находится во сне, — отвечает мне Вэйгу. — Возраст семь лет.

— Вэйгу и «Марс», нужно мнение, — решаюсь я поинтересоваться у обоих многомудрых квазиживых. — Какова вероятность того, что рассказ нашего гостя соответствует произошедшему?

— Три, — лаконично отвечает мне «Марс». Учитывая, что шкала у него десятибалльная, то ответ вполне понятен.

Можно, конечно, предположить, что малышке хотелось подружку получить для игр, и эту вероятность мы исключать не будем, но как-то недостоверно. Поэтому у щитоносцев будет еще задача установить истину, насколько это возможно. Есть мнение, что прямо сейчас это может и не получиться, но рано или поздно мы свои ответы получим. А пока я жду детей, обращаю свое внимание на наладонник. Очень мне интересны результаты диагностики К'ркааша.

Пробежав пальцами по меню, вызываю диагностическую схему. Теперь нужно подождать, пока прорисуется. Я усаживаюсь поудобнее в ожидании, время от времени бросая взгляд на прибор. Как-то долго он...

Виктор

Запросить «Марс» я не успеваю, ибо кормление у нас затягивается. Сегодня у Машеньки, судя по всему, есть настроение пошалить, по крайней мере ее поведение, по-моему, интерпретируется именно так. Дочка сначала изображает нежелание есть самостоятельно, поэтому ее начинает кормить Варенька, но Маша вдруг отворачивается от ложки.

— Что такое? — озабоченно спрашивает моя милая. — Не нравится? Невкусно?

— Вкусно, — отвечает ей улыбающаяся девочка, но все равно отворачивается. Варя застывает от такого несоответствия, и тут до меня доходит.

— Милая, это называется «капризничать», — объясняю я ей. — Наша малышка хочет очень маленькой побыть, поэтому мы ее будем отвлекать.

Машенька заинтересовывается, а я рассказываю ей услышанную не помню уже где сказку, что ее увлекает, и она позволяет себя покормить. При этом у меня возникает ощущение, что малышка наша пробует различные подсмотренные неизвестно где модели поведения. Нам с Варенькой с этим сложнее — нужно искать решения на лету, а так как у нас самих подобного опыта не было, это вдвойне сложнее.

— Сейчас доедим и пойдем Машеньку защищать, — информирую я ребенка.

— От чего защищать? — удивляется она.

И вот теперь у меня проблема: как объяснить малышке, что такое «вирусы»? Причем так объяснить, чтобы не напугать. И я начинаю рассказывать о болезнях, сразу же осознав: меня не понимают. Не видела она болезней никогда, что, конечно, бывает, но насколько часто, я не знаю.

— А вот мы сейчас пойдем на «Марс», и нам все-все расскажут, — предлагает Варенька.

— Ладно, — кивает Машенька, речь которой постепенно утрачивает «взрослость», по моему мнению.

Милая правильно решила: надо делегировать проблему более опытным разумным. В этот самый момент на коммуникаторы к нам приходит сообщение с просьбой явиться на «Марс». Это очень вовремя, потому что мы немного теряемся оба, насколько я вижу. Оказывается, быть живым значит немного больше, чем квазиживым, я и не представлял себе, насколько велико отличие.

— Если квазиживые массово начнут становиться живыми, будет проблема, — замечаю я.

— Постепенно начнут, — отвечает мне дочка. — Для этого нужна любовь, она будит то, что вы даром называете, и вот от этого и бывает происходящее с вами.

— Всемогущая ты моя, — улыбается Варя, вытирая лицо Машеньке, но та вдруг опускает голову и всхлипывает. — Что случилось? — с тревогой спрашивает милая, считавшая, что пошутила.

— Вы догадались, да? — тихо спрашивает ее дочка. — И... И теперь...

— Ты наша дочь, — твердо произношу я. — Ничто не способно этого изменить.

Сначала она будто и не верит тому, что услышала, а потом взвизгивает и лезет обниматься. Что бы Машенька ни натворила, как бы ни нашалила, она ребенок, а дети превыше всего. Это не просто слова, это сама суть Человеческой цивилизации, а мы с Варей ее неотъемлемая часть. Поэтому я беру ребенка на руки, и мы движемся в сторону галереи на «Марс».

Вот что мне интересно — кхрааги вели себя немного по-детски. То есть в их агрессию не поверил никто, кроме Маши, но так не бывает. Ее проверять смысла не было, разве что нас, но в детский театр — а выглядело именно так — мы совершенно точно не поверим. То есть либо нас не уважали, либо здесь что-то другое. Товарищ Синицын очень хорошо меня научил анализировать, и вот теперь, пока я несу ребенка в сторону галереи, у меня есть время разложить информацию по полочкам. Ощущение такое, будто бы меня приняли даже не за героя фильма, а за героя детской сказки. Только вот не бывает такого. Жизнь — она не сказка.

— «Марс»! — обращаюсь я к звездолету, едва только переступив порог галереи. — Куда нам?

— В госпиталь, — коротко отвечает он, подсветив путь.

— В госпиталь — это правильно, — замечает Варя, обняв нас с Машей. — Ничего не боимся, мы рядом.

— Я не боюсь, — мотает головой ребенок, а я иду по направлению к подъемнику.

Надо будет с Марией Сергеевной поговорить на предмет того, правильно ли мы поняли про усыновление, или же это просто формальность, потому что положена фамилия. Мне надо знать точно — одни мы или нет, да и совет нам нужен. На «Перуне» в медицинском отсеке трое иллиан спят, их тоже привить надо бы, а вакцины у нас нет, что странно, но объяснимо статусом линкора.

Подъемник возносит нас на уровень госпиталя, где нашу семью ждут прямо у дверей. И только взглянув в лицо товарища Винокуровой, я понимаю: мы совершенно точно не одни. На нем написана радость, а в глазах ее ласка. Отчего-то хочется обнять эту женщину, неожиданно принявшую нас, хотя мы взрослые уже.

— Здравствуйте, дети, — улыбается она нам. — Меня можно называть мамой, с папой познакомитесь, когда вернемся на Гармонию.

— Здравствуй... мама, — шепотом отвечает Варенька, готовая уже, я вижу, заплакать.

А затем нас обнимают ласковые руки. Вот такое у меня ощущение, при этом милая моя совсем удержаться не может, а с ней плачет и Маша, хотя я не понимаю почему. С мамой я вдруг действительно ребенком себя чувствую, что очень необычно, с моей точки зрения, а она уводит нас в госпиталь. Сначала мы видим традиционное устройство иммунизации детей — плюшевого мишку.

— Внученьку здесь защитят, — мягко произносит мама. — От всяких нехороших вирусов, чтобы она не болела и чтобы никто не делал ей больно.

— Совсем-совсем больно не будет? — удивляется Машенька, и я отмечаю ее реакцию — здесь что-то не так.

— Совсем-совсем, — кивает ставшая нам мамой глава группы Контакта. — Ну как, согласна?

— Да-а-а-а! — улыбается наша дочка.

Ей рассказывают, что нужно обнять медведя, а пока она будет это делать... Тут из стены выезжает еще один плюшевый медведь, удивляя нас с Варей.

— Папу и маму тоже надо защитить, — заговорщическим шепотом сообщает маленькой ее новая бабушка. — А то они живыми стали, но незащищенными, правильно?

— Ой... — сообщает Машенька, сразу сделав жалобные глазки, поэтому ее для начала все обнимают.

А до меня доходит — у нас-то вакцины тоже нет. Незачем квазиживых иммунизировать, они не болеют ничем, а вот нас с Варей уже надо, при этом новая мама хочет, чтобы нам этот процесс запомнился, как и дочке нашей. Почему она именно так поступает, я не спрашиваю, поймав себя на том, что доверяю ей полностью. Мама всегда знает, как правильно, по крайней мере все случаи, которые я со стороны видел, говорили именно об этом. Значит, нужно делать так, как она сказала.

Новый опыт

Мария Сергеевна

Сюрпризы у нас есть, разбирается с ними сейчас моя группа. Потому что полученное сканером живому существу принадлежать не может. Мне же нужно торопиться в госпиталь. У нас непривитые Машенька, Витя и Варя, причем они о том наверняка не подумали. Ну на то и родители, чтобы все учитывать.

— Вэйгу, — обращаюсь я к разуму корабельного госпиталя, — что в медотсеке «Перуна»?

— Трое иллиан в тяжелом состоянии, — звучит в ответ. — Ресурсов Вэйгу линкора не хватает, рекомендован перевод к нам.

— Как только Винокуровы на «Марсе»

окажутся, переводи капсулы, — решаю я, а потом, подумав немного, добавляю: — Виктор и Варвара Винокуровы переводятся в группу Контакта, «Перуну» приказ «следуй за мной».

— Зарегистрировано, — отвечает мне «Марс».

Для работы в группе Контакта я хоть адмирала перевести могу, а Витя с Варей сейчас от Машеньки отличаются мало: они, строго говоря, совсем дети, и их опыт ни на что не влияет. У квазиживых совсем иной опыт, а на Вику кивать не стоит — она слишком многое видела, потому и смогла стать отличной мамой. Вот скоро и мои дети подойдут, будем прививать, а потом много разговаривать.

— Марьсергевна! — обращается ко мне Сережа из моей группы, — по результатам сканирования это скорее квазиживой с биологическими элементами.

— Тогда объясняется, почему они так фиксированы на «артефактах», — понимаю я. — Спасибо, Сережа. Работаем нормально.

Для нас действительно нет разницы — живой или квазиживой, главное ведь не это, а разум по сути своей. Но цивилизация квазиживых, конечно, интересна, особенно нашим ученым. Надо будет проинформировать их по возвращении на Гармонию. Сейчас у нас другие проблемы и задачи.

— Маша, К'ркааш предлагает встретиться через

два их месяца, — сообщает мне находящаяся на связи с возможным другом Таня.

— Дай ему координаты Форпоста и ответь согласием, — улыбаюсь я. Теперь мы можем спокойно уходить домой и там уже разбираться, что и как происходит, хотя, кажется мне, загадка решается намного проще.

Подъемник опускает меня на уровень госпиталя, куда с минуту на минуту и дети подойдут. Их нужно привить, все на свете объяснить и увезти на Гармонию. Хотя, учитывая, что «Перун» не справился с иллианами, сначала все же на Минсяо. Заодно и детей посмотрят, ибо не было у нас такого «пробуждения» еще. Тут главное — их не напугать, потому что от малышей они, конечно, отличаются, но, на мой взгляд, несильно. Разве что не боятся всего на свете, а вот Маша...

Я смотрю на то, как ведет себя малышка, и узнаю в ней себя. Внучке надо выговориться, увериться в том, что ее безусловно любят, и тогда она будет возрасту соответствовать, станет малышкой, как я когда-то. Значит, так и решаем: малышку разговорить, ее родителям мягко все объяснить, и всех привить.

— А вот сейчас внученька обнимет мишку, и ее мама с папой тоже обнимут, чтобы им не завидно было, и Машенька увидит, что он не страшный, — очень ласково объясняю я, погладив всех троих.

Да, действительно дети — очень к ласке тянутся. Ну, детство у них было, но детство квазиживых несколько отличается от детства людей, у них развивается в первую очередь разум, хоть и по той же схеме... М-да, причем квазиживой разум ласку может и не воспринять, хотя если явление вдруг станет массовым... Перед нами еще один вызов. А пока они втроем обнимают соответствующие иммунизаторы, сразу же всех троих усыпившие, а я занимаюсь необходимыми делами.

— Вэйгу, состояние иллиан? — интересуюсь у разума госпиталя.

— Стабильное, но я рекомендую Минсяо, — отвечает мне он.

— «Марс», курс на Минсяо по экстренному коду, — командую я.

— Внимание, опасность для жизни ребенка, — строго по инструкции объявляет он и, судя по всему, мгновенно входит в скольжение.

Вот теперь мы полчаса подождем, пока иммунизация закончится, и будем разговаривать, пока летим. Если не ошибаюсь, то даже экстренно нам сутки лететь. На борту у нас, кстати, не только иллиане, спасенные детьми, но и те, что были на звездолете странной формы. Надо разобраться, что с ними.

— Вэйгу, — снова беспокою я разум госпиталя, — а остальные как?

— Эвакуировано шестнадцать живых иллиан и двадцать семь квазиживых, — отвечает он. — Квазиживые находятся в деактивированном состоянии, в экстренной помощи не нуждаются. Состояние живых такое же, как и у тех, кто с «Перуна».

— Спасибо, — благодарю я его, задумавшись.

Выходит, «Перун» просто заморозил ситуацию, что не очень нормально, надо будет попросить техников посмотреть его настройки. Возможно, проблема в отсутствии специалиста, но вывод, боюсь, будет тот же: полностью квазиживые экипажи, как и полностью живые, выпускать нельзя. Запишу для трансляции, ибо решать надо будет всем вместе — и живым, и квазиживым, и нашим друзьям, потому что проблема может стать серьезной.

— Вэйгу, что по сканированию ребенка? — интересуюсь, точно зная, что при иммунизации оценивается состояние тела.

— Очень похоже на длительную гибернацию, — отвечает мне разум нашего госпиталя. — Причем без логичных последствий, но некоторые изменения...

— То есть на Минсяо будем разбираться, — понимаю я, вздохнув.

Если представить такую ситуацию, что ребенок был воспитан расой — создателями тех кхраагов, с которыми мы говорили, а затем оказался в гибернации, проснувшись спустя значительное время, то знать она будет намного больше окружающих, кроме того фактическое число прожитых лет может не соответствовать видимому возрасту тела. И тогда логично, что малышка захотела все исправить согласно своему пониманию. Значит, надо учить тому, что далеко не все таково, каким кажется, и до того, как наносить справедливость, надо спросить. В целом ничего необычного, а вот такая мысль имеет право на жизнь.

Сейчас мои хорошие проснутся, будут они у меня очень голодными, потому и получат сначала традиционную кашу, а потом уже поговорим. Главное, чтобы дети чувствовали, что их любят, — обоим старшим это сейчас очень нужно, а внученьке и подавно. Выходит, она их просто к себе дернула... Интересно, с каким мотивом? Думаю, рано или поздно я это узнаю, а пока надо просто подождать.

Минуты текут неспешно, но, насколько я вижу, на иммунизацию мои хорошие реагируют правильно, проблем не возникает. Это очень хорошая новость. Просто очень, учитывая возраст тела малышки.

Виктор

Открыв глаза, чувствую очень сильный голод, только через мгновение вспомнив, что это нормально. Маша прыгает на меня прямо от медвежонка, да так резво, что я едва успеваю подхватить ее на руки. Варенька улыбается, как и дочка, попадая в мои объятия. Как-то немного иначе я себя чувствую, пытаясь опросить внутренний диагност, но ответа, конечно же, нет — мы теперь живые.

— Проснулись, — констатирует наша... мама. — Тогда за мной, кормить будем растущие организмы, — улыбается она.

— Растущие? — удивляется Варенька.

— Вам было что-то около двадцати лет, — объясняет нам мама. — Организм сейчас — на восемнадцать, а растет человек лет до двадцати пяти, так что...

— Ой... — произносят милая моя и Маша хором, а потом смеются, непонятно отчего.

— Вот тебе и «ой», — хмыкает глава группы Контакта, ставшая такой близкой, что и представить невозможно. — Пошли, а то твой мужчина сейчас кхраага схомячит.

— Ну не настолько я и голоден... — отчего-то смущаюсь я. Некоторые мои реакции необъяснимы, надо будет их попозже изучить.

Мы идем в столовую, а мама рассказывает нам последние новости. Мы с Варей переведены в группу Контакта, что вполне логично, потому что как квазиживые мы имели множество знаний, а вот как живые должны экзамены сдавать — и за школу, и за Академию, а до тех пор к управлению звездолетами не допущены. У живых больше ограничений, но я не жалею о том, что таким становлюсь, ведь у меня есть Варя и Маша.

— Кхрааги, изображавшие преследование Машеньки, — продолжает рассказывать мама, — оказались цивилизацией квазиживых, потому в принципе не могли на нее нападать, да, внученька? — спрашивает она у Маши.

— Да, — кивает та, затем ойкнув и попытавшись сделать виноватое выражение лица, но я ее обнимаю, Варя гладит... В общем, она явно передумывает, заулыбавшись.

— Мы с ними месяца через два на Форпосте встретимся, — заканчивает рассказ мама. — А сейчас — за стол!

Незаметно мы до столовой дошли, но слушаемся, конечно, сразу же. Это же мама! Машенька устраивается на моих коленях, рядом обнаруживается и Варенька, а мне уже очень интересно, чем нас покормят? Самое главное я уже понял: для мамы мы дети, при этом никто на самостоятельность нашу не покушается, но теперь у нас будет возможность идти тем путем, который выберем, хотя, по-моему, вариантов нет — мы щитоносцы.

Перед нами оказывается каша. Густого коричневого цвета, пахнет очень завлекательно, отчего рот заполняется слюной. Я узнаю это блюдо, о нем нам рассказывали, потому что легенда же — «традиционная» Винокуровская каша. Вот теперь и мы ее поедим. Я беру в руку ложку, готовясь кормить Машеньку, потому что не знаю, как у нее с самостоятельностью сейчас.

— А что будет дальше? — серьезно спрашивает Варя.

— Мы летим сейчас на Минсяо, — отвечает нам мама. — Во-первых, вас нужно осмотреть, во-вторых, ваши иллиане нуждаются в помощи, а в-третьих надо внучку осмотреть, потому что длительная гибернация детям вредна.

Я чувствую, как вздрагивает дочка, понимая — тайны не закончились, но при этом осознаю: ее надо убедить в том, что никто не бросит. Очень уж реакции у малышки были... характерные. Нам о таких товарищ Синицын рассказывал. Поэтому я прижимаю дочь к себе, хотя мой желудок против прерывания трапезы возражает.

— Что бы ни было, ты все равно наша доченька, — максимально ласково говорю я ей. — Тебя никто не бросит и будут любить. Понимаешь?

— Даже если я во всем виновата? — удивляется она.

— Даже если ты в чем-то виновата, самой нашей любимой дочкой ты быть не перестанешь, — отложив ложку, обнимаю ее обеими руками. — Мы вместе подумаем, как исправить.

— Уже никак, потому что я ту штучку выкинула... Когда вы меня... Я ее... Потому что... — речь дочки становится невнятной, я разворачиваю ее к себе, увидев, что она действительно уже плачет.

Покачивая в руках ребенка, тихо успокаиваю ее, да Варенька гладит еще, а наша мама смотрит с очень доброй улыбкой. Наконец Маша успокаивается и уже хочет что-то сказать, но я вспоминаю о том, что ребенок голодный, поэтому киваю милой, и в уже открытый рот ныряет ложка, несущая кашу. Сначала надо доченьку покормить, все разговоры могут и подождать.

Наверняка малышке никто не объяснял, что и почему можно, а что нельзя, скорее всего просто обложив запретами. А так с детьми нельзя, да ни с кем так нельзя — всегда объяснять нужно. Поэтому мы сейчас докормим наше солнышко, а потом выслушаем, успокоим ее и подумаем. Если подходить с аналитической точки зрения, как нас Илья учил, то… Мама сказала о длительной гибернации, значит, малышка могла спать очень долго, а проснувшись, оказаться среди кхраагов. А те, как уже известно, квазиживые. Если Маша относится к расе их создателей, то у них может быть прописано безусловное подчинение. Тот факт, что люди по отношению к квазиживым такого не сделали, еще ничего не значит.

— Согласно диагносту, Маша у нас спала семь тысяч лет, — сообщает наша мама, отчего насытившаяся дочка едва заметно вздрагивает, но ничего не происходит — ее все также обнимают, гладят и улыбаются.

— Я расскажу, — тихо произносит она. — Я родилась на исходе Луны, когда Лин уже решили уйти. Они решили, что стоит оставить наблюдателя, ведь приборы с собой забрать не могли, и создали меня. Я была первой аилин, но со мной что-то не получилось. Я хотела странного…

— Тебя ребенком создали? — спрашивает ее бабушка. — А других взрослыми, правильно?

— Да-а-а-а, — тянет Машенька, принявшись рассказывать.

В целом древняя цивилизация в нашем понимании была дикой. Ребенка лишили детства, уча пользоваться аппаратурой, обслуживать ее, при этом не считали равной, а будто механизмом каким. Но девочка бунтовала, и ее погрузили в гиперсон. Это не обычная заморозка, а что-то другое, я пока не понял, что именно. Малышка проспала все это время, пока наконец место ее сна не было найдено созданиями древних Лин — кхраагами. Так как внешне она от «хозяев» не отличалась... В общем, противоречить ей не могли, а малышка решила всех спасти.

— Закрытое пространство — это отстойник, но я увидела... — очень тихо произносит она, а нам уже все ясно.

— Ты правильно поступила, — говорю я ей. — Просто молодец.

Неверие в глазах ребенка сменяется счастьем. Она действительно спасала как умела в отсутствие помощи, ведь кхрааги были жестко запрограммированы. А отменять программу, мешающую их развитию, тоже нам, кстати. Но сейчас главное — объяснить ей, почему ее никто не ругает, а вот затем вместе подумать, можно ли было как-то иначе.

Минсяо

Мария Сергеевна

Чего-то подобного я и ожидала. Малышку просто признали «неудачной», но хотя бы не убили, а просто оставили спать вечно, как считали эти самые Лин, очень много чего не учтя. Вот самый лучший показатель того, что разум и уровень развития — очень разные вещи. Древние Лин, несмотря на очень серьезное могущество, по сути своей были дикими. Ибо только дикие народы могут не понимать ответственности за созданных. А они создали закрытое пространство ради складирования там обслуживающего персонала, при этом не позаботившись ни о чем, и маленький ребенок, лишь проснувшись, сразу же захотел все исправить...

Да, непростая история, в которой еще стоит разбираться, потому что кое-где концы с концами не сходятся. А сейчас мы прибываем в систему Минсяо, чтобы обследовать и подлечить моих хороших. Подлечить их явно надо — младшая Машенька бледновата, не могли ни стрессы, ни страхи, ни длительный «сон» для нее просто так пройти. Да и наплакалась она за время пути, пока ей мягко объясняли, что разумным заставить быть невозможно, каждая раса проходит свой путь самостоятельно, именно поэтому вырванные из закрытой вселенной сошли с ума.

Положа руку на сердце нельзя было ожидать от малышки ничего другого, ведь Лин ее не считали ребенком, да и вообще относились как-то слишком жестоко, поэтому для нас они однозначно дикие. Хорошо, что исчезли без следа. Теперь нам нужно помочь квазиживым кхраагам и думать, что делать с расами в закрытой вселенной. Да и следует ли что-то делать, учитывая, что фактически они самоуничтожились? Но это решат Разумные, а мы сейчас очень быстро стыкуемся с госпиталем, сначала передавая капсулы с иллианами.

Сейчас мне нужно будет уговорить всех троих в капсулы лечь, и как это сделать, чтобы маленькая не испугалась, я не очень себе представляю. Попробую начать с правды, а там посмотрим.

Зайдя в каюту семьи, вижу, что Машенька дремлет в руках Виктора, при этом выглядит очень бледненькой, что никому понравиться не может. Откат бывает и у детей, а история у нее сильно так себе, так что надо действовать быстро.

— Витя, Варя, прошу за мной, — негромко, чтобы не побеспокоить ребенка, произношу я. — «Марс», очистить третий радиальный, предупреди госпиталь.

— Выполнено, — отвечает мне разум звездолета, и я киваю.

Похоже, именно уговаривать не придется: внучка на грани сознания балансирует, то есть надо ускориться. Прибавив шаг, очень быстро двигаюсь к шлюзу, откуда уже спешит медицинская капсула — «Марс» все правильно понял. И вот стоит ей поравняться с нами, как Машенька теряет сознание.

— Не пугаться! — жестко командую я. — Ребенка в капсулу!

Витя укладывает Машу в аппарат, сразу же зажегший желтый индикатор, что означает довольно грозную ситуацию, а понявшая этот факт Варя падает в обморок. Едва поймавший ее Виктор, похоже, готов удариться в панику.

— За мной! — командую я, устремляясь во внутренние помещения.

Надо бы, конечно, капсулу вызвать, но мне просто не нравится ситуация, поэтому, влекомая даром, я заскакиваю в палату, дав команду на открывание взрослых капсул. Витя все понимает сам. Осторожно вынув Варю из комбинезона, укладывает в замигавшую зеленым капсулу. Значит, особо страшного ничего нет. Затем, повинуясь моему жесту, раздевается сам, занимая капсулу по соседству. Крышка закрывается, загорается желтый индикатор, что тоже совсем нехорошо, но обоих уже берет под контроль Вэйгу, а я спешу смотреть, что с внучкой.

— Ну как? — с ходу спрашиваю Таньку, обнаружившуюся в детском отделении.

— С малышкой не очень хорошо, — вздыхает она, что-то быстро набирая на выносном пульте, — но не критично. С иллианами ситуация стабилизирована до нас, поэтому часа через четыре выпустим этих троих — она показывает на доставленных с «Перуна» — и младшую девочку.

— Это внучка, — коротко объясняю я ей, на что сестренка понятливо улыбается.

— Все в порядке с внучкой будет, — кивает Танька.

— Она в гиперсне, что бы это ни значило, семь

тысяч лет провела, — я-то знаю, что все записано, но считаю нужным озвучить. — К тому же еще двое квазиживых живыми стали.

— Весело, — соглашается сестренка. — Но ты пока отдохни, а я поработаю.

— Спасибо, — киваю я ей, отправляясь в сторону комнат совещаний.

Мне нужно выяснить, что с остальными кораблями, и приказать флоту идти домой. Все непонятное, на мой взгляд, уже закончилось. Кроме того, нужно готовить Трансляцию. Эти трое-то точно Винокуровыми будут, Витя просто не сможет иначе поступить, но у нас еще шестнадцать травмированных детей. Так что первая трансляция именно о них, а об общей ситуации уже позже будет. Но вот трансляцию лучше готовить с борта «Марса». Четыре часа у меня есть, так что вполне успею.

— Лера, подготовь к трансляции блок с рассказом малышки, — прошу я сестру. — Я сейчас подойду.

— А за... ой, — понимает она. — Сироты, да?

— Да, — киваю я. — Преданные родителями сироты. И найди мне Вику, пожалуйста, у нас куча квазиживых в детском варианте, думать надо.

— Тогда и Сашу надо, — припоминает она одного из бывших квазиживых. — Я сейчас!

Я спешу на свой звездолет, по пути с коммуникатора запрашивая состояние флота. Судя по докладам, звездолеты собрались там, где было сказано, и после моего приказа отправляются сейчас обратно к Главной Базе. В общем-то, там есть кому покомандовать, поэтому за них я не беспокоюсь. Волнуюсь я сейчас за Витю с Варей, но Танечка все поняла, так что проконтролирует.

Подъемник меня возносит на наш уровень, а в зал совещаний я влетаю почти бегом — надо успеть дать трансляцию, чтобы люди могли подумать, кто возьмет детей, на это тоже нужно время. Именно поэтому я так и спешу сейчас. Так как дело касается детей, к трансляции уже все готово. Я вдыхаю, выдыхаю, успокаиваюсь, а затем делаю шаг в створ камер.

— Разумные! — звучит мой голос, и я точно знаю: меня слышат. В кабинетах, на заводах, в школах и больницах. — Случилось так, что мы приютили детей.

И дальше я рассказываю о том, что это за дети, насколько сильно они травмированы, сколько еще будут спать и какой ожидается их реакция. Я совершенно точно знаю: для каждого найдутся мама и папа. Малыши станут счастливыми и навсегда забудут о том, что когда-то оказались преданными, ведь мы разумные существа. Именно в этом и есть настоящий разум, а могущество само по себе не значит совершенно ничего.

Виктор

Открываю глаза и не чувствую паники, хотя, наверное, должен — сначала Машенька сознание потеряла, а за ней и Варенька, но нет паники у меня совсем. Крышка капсулы поднимается, я вылезаю наружу, сразу увидев милую мою, занимающуюся ровно тем же.

Даже не одевшись, я бросаюсь к ней, только сейчас отметив некоторые изменения, произошедшие с нашими телами. Варенька, вмиг оказавшаяся в моих руках, уже точно живая, ведь первичных половых признаков у квазиживых не бывает, они немного иначе размножаются. Почувствовав напряжение, понимаю, что и я изменился.

— Оденьтесь, голубки, — слышу я чей-то голос, но закрываю собой милую, прильнувшую ко мне. — Одевайтесь, и я расскажу вам, что произошло.

— Давай оденемся, — предлагает мне Варенька, при этом она, кажется, не хочет покидать моих рук. Я киваю, потянувшись за ее комбинезоном.

— Ты меня очень напугала, — признаюсь я, на что она только вздыхает в процессе одевания.

— Я больше не буду, — совсем по-детски произносит моя милая.

Почти молниеносно одевшись, мы разворачиваемся в сторону выхода, насколько я понимаю, хотя хочется просто обниматься, и все. У самой двери стоит незнакомая женщина в медицинской, судя по цвету, одежде. Светло-зеленый цвет только у докторов бывает. Чем-то она на маму похожа — такой же взгляд, да и улыбка, но вот мамы я пока не вижу.

— Маша подойдет попозже, — объясняет доктор. — Меня зовут Таня, я ваша тетя. Сейчас я расскажу, что случилось с вами, а там и детей забирать пойдем, согласны?

— Согласны, — киваю я, приготовившись слушать.

Нам показывают на кресла, в одно из которых опускаюсь я, а Варенька устраивается на моих коленях. И так мне это кажется естественно, что я просто обнимаю свою самую-самую, а тетя Таня только кивает, отчего-то вздохнув.

— Итак... Вы были квазиживыми, начав изменяться, — поясняет нам она, начиная свою речь. — Изменялись вы медленно, но потом одна маленькая хитрюжка ускорила процесс. От ребенка нельзя ожидать знаний анатомии, поэтому ваши организмы разладились, и это мы исправили.

Кроме того, помогли развиться мочеполовой системе.

— А Машенька? — с тревогой спрашивает Варя.

— Ей было не очень весело от стрессов, да и долгая гибернация ничего хорошего не сделала, — сразу же отвечает наша тетя. — Но это исправлено. Иллиан вы будете забирать, или?..

— Никаких «или», — качает милая головой. — Это наши дети.

— Так я и думала, — кивает тетя Таня. — Тогда слушайте...

Она рассказывает нам, что именно сломалось у детей, при этом напоминает, что и у Маши возможны психологические проблемы, что я как раз понимаю. Варенька, кстати, тоже, поэтому информация воспринимается довольно спокойно — все новости. Я же слушаю, подозревая, что основные проблемы будут у них в голове, потому надо очень осторожно со всеми детьми себя вести. И вот тут у меня появляется мысль.

— Милая, — обращаюсь я к Вареньке, — а что, если Лукоморье?

— Они сказок наших не знают, — качает она головой, — напугаются еще...

— Заодно и узнают, зато не будет резкого перехода, — объясняю ей.

— Тогда... — Варя задумывается.

— Интересная идея, — кивает мне тетя Таня. — Учитывая, что у вас малышка, которую довольно сильно мучили физически, судя по данным капсулы.

— Я это подозревал, — вздыхаю в ответ. — И еще она многое может, но теперь просто боится. Нужно ее учить, а что научит лучше сказки?

Вот тут милая моя соглашается, а тетя ведет нас обоих в другую палату, где обнаруживается сразу же принявшаяся нас обнимать мама. Насколько я понял, Машенька ускорила переход квазиживого в живое, но при этом не учла разницу структур. Поэтому Варенька в обморок упала не от страха за ребенка, а оттого, что мозг с нагрузкой не справился, ибо в людей мы верим, и с Машей совершенно все хорошо будет. Вот только получается, что Лин с девочкой обходились хуже, чем с животным... С этим еще следует разобраться, потому что сюрпризы могут быть очень неожиданными.

А пока я вглядываюсь в четыре горящих зелеными индикаторами капсулы. Трое иллиан и наша Машенька. С иллианами, кстати, не совсем понятно, но это мы узнаем: что нашло на их расу, а пока начнем с Маши. Легко коснувшись сенсора, вижу поднявшуюся крышку медицинской капсулы и тонкий покров, сразу же укрывший дочку. Абсолютно, по-моему, волшебные фиолетово-голубые глазки открываются, в них появляется осмысленное выражение, сменившееся узнаванием.

— С добрым утром, доченька, — ласково произношу я, а затем вынимаю нашу хорошую из капсулы. — Сейчас оденемся и будем братика с сестричками будить, хорошо?

— Да-а-а, — хриплым со сна голосом отвечает мне ребенок, оказавшийся на плоской поверхности. Варенька осторожно натягивает на нее комбинезон, стараясь не напугать, но мне кажется, страха сейчас уже нет, а что будет потом — узнаем.

— Умница какая, — хвалит ее Варенька. — Сейчас все проснутся и пойдем завтракать, а там и отправимся в сказку.

— В какую сказку? — не понимает Машенька.

— В очень волшебную, — вступаю я в разговор. — Чтобы Машенька наша расслабилась и больше о плохом не думала, договорились?

Она не отвечает, только улыбается очень счастливо. Кажется, часть ее страха была вызвана состоянием тела. Сейчас-то у Маши совершенно точно ничего не болит, и ей совсем не грустно, отчего можно сделать вывод: пока пугаться не будет. И вот я беру одетого ребенка на руки, поднося к одной из капсул.

— А здесь твой братик спит, — объясняю я сильно удивившейся дочери.

— Но он же другого вида! — поражается она.

— Чужих детей не бывает, ребенок, — улыбается Варенька. — Просто не может такого быть. Поэтому сейчас мы братика разбудим и сестренок еще, хорошо?

— Да-а-а! — какой у нее взгляд...

Маша выглядит пораженной, но при этом глядит и на Варю, и на меня... так на родителей смотрят. Я видел однажды, как дети в детском саду на родных реагировали. Кстати, надо будет детям поставить ознакомительный фильм для малышей. Вот увидят они мир, в котором нет места детским слезам, и хоть немного расслабятся. А там, глядишь, и сказка поможет, ведь истории мы им почитаем, к озеру сходим, в лес еще... Так и отпустят себя наши любимые дети. Вот интересно, раньше я себя больше ребенком чувствовал, а теперь очень хорошо понимаю: у меня семья. Интересно, отчего внутри меня такая перемена произошла? Надо будет спросить...

Новый мир

Ваал

Я открываю глаза, осознавая — жив. Ничего не болит, я лежу в саркофаге, кажется, но в тот миг, когда взгляд фокусируется, меня укрывает какая-то белая ткань. Это очень странно, потому что саркофаг такого точно делать не умеет... еще совсем недавно не умел, так что, выходит, нас спасли. Теперь вопрос в том, как малышки. Сильное чувство голода я привычно давлю, потому что оно неважно, совсем другие у меня приоритеты.

— Вот сыночек проснулся, — слышу я ласковый голос, которому здесь неоткуда взяться, и фокусирую глаза на говорящем. Это химан, но какой-то необычный.

Отчего-то я не пугаюсь, хотя химаны наверняка тоже с ума посходили. Но в руках этого химана я вижу с интересом смотрящего на меня ребенка. Спустя мгновение до меня доходит: это аилин, но при этом он себя чувствует уверенно в руках химана, что очень странно, по-моему.

— А первым братик, потому что мальчик? — спрашивает химана аилин. Я слышу по голосу, что это девочка.

— Он девочек спасал, кормил и защищал, — спокойно отвечает ей второй химан. Судя по виду, это самка, насколько я помню страницу из учебника. — Они без него бояться будут. Ну-ка, сыночек, иди к маме на руки.

Она как-то очень бережно вынимает меня из саркофага, чего со мной уже очень долгое время не делали. И тут я понимаю, о чем они говорят, осознавая — малышки спят. Не умерли, а спят, но меня разбудили первым, чтобы Иала и Еия не пугались! Такое понимание и забота буквально оглушают. Очень странные химан меня называют сыном...

— А почему вы меня так называете? — спрашиваю я, не полностью осознавая, что со мной делают, а в это время меня, как я чувствую, одевают.

— Потому что ты наш ребенок, — уверенно говорит тот химан, который маленькую аилин в руках держит. Она вряд ли старше Еии, хотя точно я определить не могу.

— Но я же чужой! — непонимания становится больше.

— Чужих детей не бывает, — улыбается ласково поглаживающая меня... мама?

И я чувствую, для нее это действительно так! Внутренние мои ощущения подтверждают, что мне правду говорят, при этом обращаются очень ласково... Ощущаю я себя совсем растерянным, а обнимающая меня химанка не позволяет прийти в себя, как-то незаметно надев на меня комбинезон и поставив на ноги. Мы находимся в светло-зеленом помещении, полном саркофагов, но каких-то очень странных, на наши совсем не похожих. Насколько я вижу, большинство пусты, только два заняты. Возможно, это младшие? Очень хочется надеяться, я даже шаг делаю к ним.

— Правильно, сынок, — произносит химанка. — Пусть дочки первыми тебя увидят.

— Почему вы такие? Почему?! — не выдерживаю я.

— Потому что мы разумные существа, — звучит в ответ, а я чувствую, что сейчас заплачу от этой слышимой в каждом слове уверенности. — Иди, буди сестренок.

— Значит, вы теперь наши... — почему-то мне трудно произнести это слово, хотя я уже понимаю: случилось чудо.

— Мы теперь ваши мама и папа, — улыбается химанка. — А вот Машенька — сестренка.

— Да-а-а! — радостно выкрикивает малышка, и я вижу: она не боится, вот совсем! Неужели...

Я подхожу к саркофагам, при этом зеленые огни не гаснут, а разгораются будто ярче, немного даже болезненно, поэтому я прикрываю их передней верхней парой конечностей. Огни гаснут, а крышки становятся прозрачными, и я вижу сестренок, сразу же укрытых какой-то белой тканью. Крышки поднимаются, глазки раскрываются, и в них больше нет боли. На меня смотрят сестренки, за которых я согласен на что угодно.

— Здравствуй, Иала, здравствуй, Еия, — показав улыбку и радость встречи конечностями, я наклоняюсь к ним. — Мы в сказке, малышки.

— В сказке? — удивляются они хором.

— У нас есть... родители, — шепотом произношу я. — Из сказки, и мы им важны.

Я вижу, малышкам очень трудно поверить, но тут рядом с саркофагами оказывается названная сестрой аилинка, сразу же погладившая малышек. Они смотрят на нее, совсем растерявшись.

— Ура! Наконец-то вы проснулись! — радуется новая сестренка. — Сейчас вас мама и папа оденут, а потом мы завтракать пойдем!

— Мама? Папа? — Иала готовится заплакать, а химаны в это время вынимают обеих, перекладывают на длинный стол и принимаются одевать.

От ласковых прикосновений, поглаживания, от того, что им говорят, мои младшие плачут. Да и я плачу, потому что наши новые родители рассказывают нам всем, насколько мы важны, нужны, как нам рады... После всего пережитого это просто невозможно слышать, потому что так не бывает. Мне кажется, что я сплю, но забурчавший живот сразу же отрицает эту мысль.

Вот плачущие в руках наших... родителей... малышки просто не могут остановиться, а Маша — так ее назвали — берет меня за правую пару верхних конечностей и, не сдавливая, куда-то тянет за собой. Взрослые отправляются в ту же сторону, и я покоряюсь. Мне важно, чтобы маленьким плохо не делали, а я... мне все равно, что со мной будет, главное же они.

Мне кажется, взрослые понимают эту мою готовность, но сразу не останавливаются, а сначала приводят нас в небольшое помещение, где я замечаю стол, стулья разной конфигурации и много чего непонятного. Малышек очень осторожно сажают в высокие кресла, затем помогают забраться и мне, при этом очень комфортно мне оказывается сидеть, а вот потом...

— Ваал, — обращается ко мне химан, — как считаешь, будет лучше нам покормить младших, или ты хочешь?

Я сначала даже не знаю, что ответить, потому что впервые в жизни мое мнение кого-то интересует. Никогда такого не было, чтобы меня спросили, взрослые всегда лучше знали, как правильно, а моя задача была только покориться. И вот теперь я слышу этот вопрос, ощущая себя... даже слов нет, чтобы объяснить. Иала и Еия, которым задают ровно тот же вопрос, выглядят так, будто их на яркий свет смотреть заставили, при этом они уже очень голодные — я же вижу.

— А можно... Можно, чтобы Ваал? — тихо спрашивает Еия, сразу же сжавшись и закрывшись всеми верхними конечностями.

— Можно, — улыбается ей химанка, которая наша... мама. — Сейчас будем есть.

И действительно, проходит всего несколько мгновений, и перед малышками, да и передо мной оказывается миска с незнакомой едой. Я даже не уверен, что пойму, как ее есть, но тут папа на примере Маши начинает показывать, при этом ведет себя так, что вместе с ней рты открывают и Иала с Еией, поэтому я копирую его. Копирую и кормлю своих сестер, совершенно не желая задумываться о том, что будет потом.

Виктор

Ввести детям успокоительное непосредственно при пробуждении было очень хорошей мыслью. Тетя Таня точно знала — это необходимо, что реакция сына и подтвердила. Все трое иллиан, несмотря ни на что, находятся, по-моему, в шоке. Кашу они чуть ли не впервые в жизни пробуют, чего быть не может, если Маша действительно просто перенесла планеты. Вот только сдается мне, сказка была чуточку другой, а ребенка использовали. Вопрос только, кто именно... Квазиживые кхрааги не могли — девочка слишком на создателей похожа, но с этим еще наставники разбираться будут, а вот кто...

Впрочем, сейчас у меня совсем другие проблемы: поевшие дети нуждаются в разговоре, при этом мне важно помнить, что их родных пытались заставить следовать Критерию, так что с тезисом «дети превыше всего» надо быть аккуратными. Правда, что делать именно сейчас, мы знаем:

они чуть-чуть отдохнут, и мы пестрою толпой пойдем на «Марс», так мама сказала. Нам к Кедрозору надо, чтобы в тишине и покое убедить детей в том, что здесь безопасно. Научить их тому, что все плохое закончилось, а нас — быть родителями. Поэтому с нами и мама отправится, а там... там посмотрим. Все-таки что-то мне кажется странным именно в поведении иллиан — не детей, а тех взрослых, которых они помнят. Странные реакции у детей, будто бы все внове. Надо маму спросить, может ли такое быть?

— А теперь давайте поговорим, — предлагаю я детям. Варенька в это время гладит их по головам, отчего напрягшиеся было младшие иллианки расслабляются.

— А о чем? — интересуется Маша.

— О том, что мы сейчас делать будем, доченька, — улыбаюсь я ей. — Мы с вами идем на «Марс», это такой звездолет. Там нас бабушка ждет.

— А что такое «бабушка»? — спрашивает меня Ваал, подтверждая некоторые мысли.

— Это мама мамы, — объясняет ему Варя.

— Живая? — ошарашенно интересуется он, даря мне понимание: все с ними было как минимум непросто.

— Ой... — громко сообщает Маша, но я прижимаю ее к себе, успокаивая. Есть у меня мысль, что некоторые воспоминания и детей, и ее не очень истине соответствуют.

— Живая, — киваю я, — а затем мы в сказку полетим. Поживем некоторое время одни, вы успокоитесь, а мы вам расскажем, почему ничего плохого больше быть не может.

— Мнемограф нужен, — тихо произносит Варенька. — Очень.

Она права, только в отношении детей использовать эти методы не очень правильно — можно разбудить воспоминания, которые малышей травмируют. Но я тоже понимаю, почему прибор нужен. Услышавший наш разговор Ваал уже хочет спросить, но я просто объясняю, что такое мнемограф и почему детям он не очень разрешен. Затем, подумав, трогаю сенсор связи.

— Мама, можно тебя попросить в столовую третьего уровня госпиталя подойти? — спрашиваю я, едва только проходит сигнал установления связи.

— Отчего ж нельзя, — улыбчивое ее лицо дарит поддержку. — Пять минут.

— Значит, ты можешь увидеть, как мучили малышек... А зачем? — интересуется сын.

— Чтобы знать, что тебя и их напугать может, — объясняю ему. — И исключить это.

— Чтобы мы не пугались... — шепчет Ваал, а

сестренки его на меня, как на адмирала флота, смотрят — с восхищением просто.

Установить точно, чего они могут испугаться, мы не можем, очень запутанная история получается. Да и согласная на мнемограф Машенька — кажется мне, что ее использовали, а бардак она как раз предотвратить пыталась, а не наоборот. Слишком много в ней страха, да и несоответствия буквально режут слух... Кроме того, дети. Иллиане, на первый взгляд, очень испуганы, несмотря на успокаивающее средство, в то же время воспринимают любое действие по отношению к ним спокойно, а так просто не бывает.

Факт, что в истории Человечества известны случаи, когда детям модифицировали память, играли ими, прикрывались, мне знаком. Именно он и заставляет меня сейчас серьезно раздумывать над вопросом, не было ли здесь чего-нибудь похожего. С одной стороны, Ваал справился со звездолетом, а это не так просто, но с другой... Что-то не так. И младшие... Маша считает, что использовала некий прибор для того, чтобы выдернуть из закрытой вселенной разумных, заставляя их любить детей, отчего они все сошли с ума. И вроде бы возможно такое, мама покивала в ответ на рассказ, но...

— Что случилось, сына? — интересуется та, о

ком я только что думал, неслышно подходя к столу.

— Ой, какие тут дети хорошие собрались, внучек-то сколько! И внучок даже есть!

Она искренне радуется детям, чему они очень явно удивляются. Именно это показывает мне, что я прав в своих логических построениях, вон и Варенька моя серьезной становится. Поглаженные бабушкой дети тянутся к ласке, но если у них в прошлом она присутствовала, должно быть хоть какое-то воспоминание, сравнение, а у них нет. Как будто они были совсем одни долгое время, причем это реакция тела, а не разума.

— Детям нужен мнемограф, — негромко произносит Варенька. — Очень нужен, потому что есть претензии к памяти.

— Как в вашей истории, — уточняю я, потому что эту историю в пример нам приводили.

— Вот так даже, — мама тоже становится очень серьезной. — А малыши понимают, что это значит?

— Мы согласны, — за всех отвечает Ваал. — Вы хотите позаботиться, узнать, что с нами было. Значит, рассказывать не придется и Иала с Еией не будут плакать. А что может быть важнее этого?

— Согласна, — кивает ему наша мама. — Тогда пойдем со мной.

Младших иллианок берем на руки мы с Варей, а они чуть не придушивают нас щупальцами.

Страшно отчего-то малышкам, и в этом страхе обязательно надо разобраться. Наша мама на мгновение становится главой группы Контакта — спокойно рассказывает детям, что такое мнемограф.

— Все, что вы видите и слышите, все, что ощущаете, — говорит она, поглаживая тех, до кого дотягивается, — откладывается в вашем мозге. Мнемограф может расшифровать эти данные, но одновременно способны пробудиться и не самые приятные воспоминания, что может сделать плохо.

— Они и так у нас не самые приятные, — Иала всхлипывает, сидя в моих руках. — Если это поможет, то пусть, братик правильно говорит.

— Что же, раз вы решились, хорошо, — кивает ей наша мама. — Таня, сестренка, запускай мнемограф.

— С чего вдруг? — сильно удивляется тетя Таня, но потом кивает.

Мама ей быстро объясняет, что и зачем нужно делать, поэтому она показывает детям на полукапсулы, которые кроватями выглядят. Раздевать детей при этом не нужно, а уснут они одновременно, хотя смотреть мы будем по очереди. Чует мое сердце, в котором дар беспокоится, что сюрпризы нас ждут, причем, скорее всего, немедленно.

— Засыпай, маленькая, — мы гладим каждую, следя за тем, чтобы не пугались, а потом приходит черед Ваала.

Сын убеждается, что девочки просто спят, и робко улыбается нам. Поверил, значит, и это очень хорошо. Теперь не ошибиться бы...

Мнемограф. Мария Сергеевна

Первыми решили смотреть малышек Иллиан, затем Ваала, а Машу оставить напоследок, ибо есть у меня предчувствие, что ее история не так проста и нам понадобятся дополнительные специалисты. А пока они доберутся до Минсяо, благо я их уже вызвала, мы смотрим малышек.

— Контрольный прошел нормально, — первая у нас Еия, насколько я вижу, и контрольный опрос у нее без особенностей, хотя особенности быть должны, но смотрим. — Пробуждение на корабле и дальнейшая линия без разрывов.

— Что это значит? — не понимает Витя, обнимающий беспокоящуюся Варвару.

— Что от момента просыпания и до спасения

памятью не манипулировали, — отвечает ему моя сестренка. — Пойдем на более ранние слои.

— А саму информацию просматривать не будем? — удивляется он. — Ведь...

— Сначала общая картина, — вздыхаю я, потому что процедуру знаю, осознавая: не зря Танечка начала именно так.

— Стоп! — командует она, подзывая меня поближе.

На стоп-кадре картина: ряды клеток, в которых находятся дети иллиан, и куда-то спешащие двое кхраагов. Чего-то подобного я и ожидала, учитывая состояние детей. Теперь Таня отмечает два положения по информации, содержащейся в мозге, и начинает искать следы манипуляции, учитывая, что у детей отсутствовали характерные реакции, которые мы наблюдали у младших Синицыных.

— Вот оно, — уверенно показываю я пальцем на участок памяти.

— Думаешь? — с задумчивостью в голосе Таня проверяет мои слова, но визуализированная картина заставляет ее высказаться на флотском традиционном наречии — трое аилин что-то делают с малышкой иллиан. — Не смешно, — заключает она. — А у второй то же самое?

С более старшей девочкой попроще — мы знает, что и где искать, поэтому получаем тот же результат — аилин, меняющие память ребенку. Зачем это делается, совершенно непонятно, но перед нами теперь этическая проблема: надо ли детям помнить то, что было на самом деле?

— На программы проверь, — советую я, и Таня сосредоточенно кивает. — Восстанавливать не будем, пусть лучше думают, что от них отказались, чем вспомнят, что родителей съели на их глазах. Но вот тот факт, что обе из закрытой вселенной, причем с фермы кхраагов....

— Мальчика смотреть будем? — спрашивает помощник. Таня только кивает, а вот мои дети сидят тихо.

— Варя, Витя, младшие девочки иллианки из закрытого мира, — объясняю я. — Им аилин зачем-то изменили память и каким-то образом сумели вывезти за пределы пространства.

— Учитывая, что ушедшие Лин их полные копии... — негромко произносит Варя, и тут до меня доходит, что именно она сказать хочет. Но тогда очень нехорошие вещи получаются, с этими самыми аилин связанные.

— Давай мальчонку смотреть, — закончив, Таня передвигает шар мнемографа. — Будут помнить, что их родители... В общем, то же, что и раньше: настоящая память и виды гораздо страшнее.

Да, тут я с ней согласна, хотя получается, мнемографирование нужно всем спасенным. Не дай звезды, что-то всплывет. Получается в таком случае, планеты иллиан просто не было. Но кхрааговская и химанская были же... Ладно, разберемся.

— А вот тут сюрпризы, — замечает Таня, потому что память ребенка, скорее всего, полностью переписана. То есть, судя по некоторым признакам, его держали в виртуальности, выпустив только к малышкам, а до того момента... Даже установить, что делали, нельзя — виртуальность.

Не скажу, что меня радуют новости, но теперь я понимаю: планеты иллиан не было, а то, на чем они путешествовали, вряд ли могло само управляться. При этом Таня показывает мне элементы мнемограммы: обучение полетному делу, обучение уходу за представителями его расы, обучение боевому искусству, но при этом мальчик явно находится в некой школе.

— Звук осмысленный есть? — интересуюсь я.

— Нет, — качает головой Танечка. — Но тут нужно щитоносцам посмотреть.

— У нас их аж двое, — улыбаюсь я, а вот Витя с Варей слаженно делают шаг вперед, закапываясь в мнемограмму.

— Спасателя из него делают, — произносит наконец сын. — Он должен любой ценой постараться после просыпания увести звездолет, на котором находится кто-то важный. При этом... хм...

Они разбираются с мнемограммой, и процесс этот непростой. Но выглядит для меня все как некая операция аилин из закрытого пространства, при этом мы уверены в том, что планета иллиан есть, а вот планеты аилин нет. И чем обоснована подобная вера, я не понимаю. Также не очень хорошо осознаю, как именно они умудрились пройти Стража. Может быть, это не аилин по сути своей?

Ребята что-то обдумывают, а потом кивают друг другу, прося Таню переместить область считывания в одно им известное место в записи. И вот тут...

— Открылось нам великими Лин, что дети наши послужат жертвой во имя справедливости, — произносит чей-то властный голос, при этом, если верить переводчику, говорят на языке аилин. — Маленький мститель падет на головы проклятых, отчего мы сможем покинуть свою тюрьму и овладеть глупыми химанами.

— Это что? — не понимаю я.

— Это мотив, — объясняет мне Витя. — Детей приготовили в жертву, чтобы иметь повод к войне, но вот как одно связано с другим, я не понимаю.

— Разберемся, — кивает Варя, отчего-то вздыхая. — Давайте уже Машеньку посмотрим, и пусть дети отдохнут.

— Стоп! — громко произносит сын, что-то показывая зазнобе.

— Ну вот... — расстраивается она. — И тут вранье...

— Мама, у Ваала нет достоверной памяти вообще, — поворачивается ко мне растерянно выглядящий Витя. — Такое ощущение, что ее полностью удалили, а сверху наслоили несколько... искусственных. Как такое может быть?

— Спросим совета Разумных, — отвечаю я.

— Точно! Трансляция! — реагирует он и успокаивается.

Да, сложная ситуация получается у нас. Если с девочками все более-менее понятно, они массовку создавали, то с мальчиком не все просто, да и с остальными, особенно квазиживыми на борту, надо будет разбираться. Какой-то план у аилин должен же был быть? Вопрос только, какой именно... Этим мы тоже будем заниматься, а сейчас подождем наших эскулапов и экспертов, чтобы понять, что у нашей «всемогущей» соответствует рассказанному, а что нет. Появилось у меня подозрение, что операция аилин и то, что сделали с Машей, как-то связаны. Несмотря на возраст тела, несмотря на подробности, есть у меня странное чувство, причем это даже не дар, а внутреннее убеждение. Кстати... Откуда оно у меня?

Прибывшие специалисты сосредоточены, внимательны, они выслушивают предысторию, то есть все то, что известно Вите и Варе. Отношение к щитоносцам уважительное, и это хорошо. Профессор Федоров кивает, узнавая историю всего того бардака, что имел место, а затем просит дать возможность взглянуть на мнемограмму Ваала, что ему сразу и предоставляется.

— Маша, генокод малышки проверяли? — интересуется Альеор.

— Насколько смогли, — вздыхаю я. — Есть небольшие отличия от девочки аилин, которая в единении с Сашкой, помнишь, я рассказывала? И нет ни одного совпадения с известными нам.

— Цивилизация Лин известна, — кивнув в ответ на мой вопрос, начинает наш друг. — Она была полностью уничтожена задолго до того момента, когда мы обрели разум.

— То есть не ушла, а была уничтожена, — понимаю я, переоценивая известное мне. — Но тогда надо внимательно относиться ко всему, с ней связанному.

— Да, — кивает он, внимательно глядя на экран.
— Ну-ка, покажи мне ее генокод.

Вэйгу реагирует даже без моей просьбы, а Альеор достает свой вариант наладонника, сверяясь с ним. На некоторое время повисает тишина, так как специалисты заняты мнемограммой Ваала, которая и так самая загадочная. Профессор Федоров хмурится, но общается с коллегами на своем языке, очень ученом, отчего у меня возникает желание включить транслятор, чтобы хоть что-нибудь понимать.

— По генокоду девочка — истинная Лин, — заключает наш друг. — Поэтому работать надо будет очень осторожно, ибо выходит, что ее то ли спасали, то ли в жертву принесли, за ними это водилось.

— Так и собирались, — вздыхаю я, осознавая: она не созданный организм, значит, с памятью тоже могут быть нюансы.

— Так, товарищ Винокурова, — обращается ко мне профессор Федоров. — Мальчик — короткоживущий искусственный организм. Функции у него на уровне наших квазиживых, поэтому вариантов мне видится два: или смена тела, благо это ему скоро откажет, или переключение в квазиживого, что для нас неприемлемо.

— Значит, смена тела, — соглашаюсь с ним, благо мы такое умеем, да и представитель наших друзей из той расы, к которой я недолго относилась, тоже тут и поможет, я знаю. — Танечка! — зову кивнувшую сестренку.

По возрасту Ваал откатится, но взамен у его сестренок не будет страха, к счастью, причина его обнаружена. Теперь наступает очередь Машеньки, при этом Альеор объясняет профессорам, с чем они, возможно, столкнутся. Его благодарят, и начинается работа.

— Отметка рождения, — приказывает профессор Федоров, оперируя мнемографом на каком-то другом уровне, чем знаком мне. — Есть травма в пределах месяца.

— Какая травма? — удивляюсь я, потому что мешанина линий и цифр на экране мне ни о чем не говорит.

— Судя по всему, гибель близких, — сообщает мне Таня, заглядывающая профессору через плечо.

— При этом сильный болевой раздражитель у Машеньки.

— То есть родителей убили на ее глазах, сделав ей очень больно, — понимаю я.

— Ага-а-а-а... — тянет ассистент профессора, показывая тому на еще один участок.

— Да, очень похоже, — кивает он, что-то еще настраивая. — Вот так.

— Фане'яло, лидё синэ... — поет тонкий дрожащий голос из динамика.

— Это язык Лин, — вздыхает Альеор. — Колыбельная, поет ребенок.

— Что и ожидалось, — кивает профессор, показывая нам на экран, а там...

Я судорожно вздыхаю, вспоминая подвал, малышек в нем и ожидание смерти. Картины в памяти сестренок в детстве просто отпечатались в моем мозгу, хоть я и не была с ними там. Рядом всхлипывает и Танечка, сразу же потянувшись ко мне обниматься. Десяток едва одетых детей в темном помещении. Взрослый, потрясающий чем-то, принуждающий их учить наизусть какие-то слова и пугающий до обморока.

— Этих детей называли отбросами, — тихо переводит Альеор. — Они заучивали системы... насколько я могу судить, самоуничтожения.

— Брандеры, — коротко произносит Витя, даря мне понимание — их убить хотели.

История Машеньки оказывается очень невеселой, но помогает убедиться — весь тот бардак она устроить не могла, у нее не имелось необходимых знаний. Оказавшись загруженной в звездолет, она была усыплена с тем, чтобы, выждав определенный срок, напасть на некоего врага, уничтожив его планету вместе с собой. Но то ли сигнала не было, то ли сломалось что, и малышка проснулась спустя семь тысяч лет.

— Кхрааш! — удивленно восклицает квазиживой кхрааг на экране.

После чего девочку никак не контролируют, поместив в одиночестве в каком-то зале. Огромное помещение, полное приборов. Только малышка одна... А нет, не одна, но квазиживая просто не понимает, как за ней ухаживать, ведь у этих кхраагов нет детей — они воспроизводят сразу взрослые особи. И вот маленькая начинает искать себе того, кто поймет... И находит по образу и подобию окружающих ее.

— Вот почему именно мы, — догадывается Витя, обнимая Варю. — Квазиживые, умеющие любить. А процесс она подстегнула, не понимая, что делает. Но ведь Маша перенеслась на корабль...

— Дар, Витя, — вздыхаю я, задумавшись и о даре Ваала. — Она творец, а они такое могут. Кстати, товарищ Федоров, Ваал же в Академию пробился...

— Дар — свойство души, Маша, — отвечает мне

профессор. — Это разум, который от конфигурации тела не зависит, понимаешь?

— Да, — киваю я, потому что такое объяснение вполне согласуется с тем, что мы знаем. — И что теперь?

— Теперь следует выяснить, кто или что устроило тот самый «бардак», — говорит Витя. — Ответы надо у кхраагов искать, заодно сняв привязку на Лин. Но вот причина произошедшего явно скрыта у кхраагов, потому что другого объяснения я не вижу, может, наставник...

— Все возможно, — киваю я, готовясь дать команду на прерывание исследования, но товарищ Федоров с доброй улыбкой показывает мне кое-что на экране. — Значит, иллиан выдернула все-таки она, — понимаю я. — Чтобы папу проверить и дать ему шанс?

— Да, — кивает мне Танечка, наблюдающая за тем же самым. — При этом лейтенант ей не подошел, хоть и готов был... Ведь чужих детей не бывает.

— Маша дала вам шанс, — объясняю я понятое своим присутствующим здесь детям. — И когда ты взял ее на руки, Витя, она «сожгла мосты», как папа говорит.

— Доченька моя, — совсем по-девчоночьи всхлипывает Варенька. — Тогда на Кедрозоре будем сказки рассказывать, и в них же жить. И все будет ладно у маленьких.

— Очень правильная мысль, — кивает профессор. — А следствием пусть «Щит» занимается.

Ну, строго говоря, ребята и сами оттуда, но сейчас им точно будет чем заняться, да и мне с ними тоже. Надо среднего моего вызвать и еще кого-нибудь для того, чтобы было с кем играть, но пока им лучше побыть друг с другом, ну и со мной, разумеется. Значит, пора давать команду переводить на «Марс» и потихоньку будить, благо процедура смены тела Ваалу отработана уже. Понаблюдать за его состоянием можно и в Лукоморье.

Надо же, какая непростая история оказалась...

Кедрозор

Ваал

Просыпаюсь я в кровати, во вполне обычной каюте. Чуть поодаль стоят еще три, в которых сестренки шевелятся, а родители обнаруживаются прямо напротив. Они стоят, обнимая друг друга, с улыбкой глядя на нас. Стены каюты светло-зеленые, на них, насколько я вижу, два экрана висят, один из которых показывает вид из... кажется, вид из окна на зеленую лужайку, хоть я и не уверен.

— Проснулись, дети? — задает мама риторический вопрос. — Тогда встаем, умываемся, едим и в сказку летим.

Интересно, что им удалось выяснить? Я хорошо понимаю — нам вряд ли скажут, но очень уж любопытно. Родители тем временем уже начинают заниматься младшими. Я же чувствую себя как-то иначе, нет привычной боли, а есть что-то непонятное. Поднявшись с кровати, тянусь за комбинезоном, его не обнаруживая. Ко мне подходит мама.

— Хватит комбинезонов, — улыбается она мне. — Давай я тебе помогу. Сначала мы надеваем бельё, оно специально для тебя сделано, чтобы тебе было удобно.

Натянув на меня что-то вроде обрезанного комбинезона белого цвета, мама на этом не останавливается, даря все новые слова: «шорты» и «майка». Новая одежда не стесняет движений, позволяет верхним конечностям двигаться свободно, но при этом дает ощущение защищенности. Очень необычное состояние, ранее, по-моему, не испытанное, что странно, на самом деле. Ведь я жил на планете, почему тогда мне одежда в новинку?

— Удивляешься, сынок? — понимающе кивает мама. — Ничего, после завтрака поговорим, а потом и в сказку, хорошо?

— Как скажешь, — киваю я, ошарашенный формулировкой. Но может быть, это только такая фигура речи. — А если бы я не согласился?

— Тогда бы мы поговорили сейчас, — пожимает

она плечами. — Но твои сестренки голодные, поэтому пришлось бы искать выход.

— Вы волшебные... — слышу я голос Иалы, понимая — она права.

Она действительно права, ведь родители не обманывают, не стремятся решать за нас, а напротив — спрашивают наше мнение, и оно им в самом деле интересно! Это настолько необычно, что даже и не верится. Но вот же оно!

Нас выводят из каюты, и тут я отмечаю темно-зеленый цвет стен. То есть мы уже не в госпитале, а на корабле? Нужно будет спросить, а пока мы проходим совсем немного, причем сестренки держатся за меня и за родителей, но молчат. Они просто ошарашены, судя по широко открытому центральному глазу. У нас, иллиан, можно много чего понять по центральному глазу, ведь у него особенные функции.

— Рассаживаемся, — улыбается папа, а потом я вижу, как глаза его вспыхивают от счастья, и, обернувшись, вижу бабушку. Как нужно вести себя, чтобы у детей при виде родителей в эмоциях счастье преобладало? Надеюсь, однажды я пойму...

— Доченьки, Иала, Еия, сыночек, — обращается к нам мама, указывая на два набора столовых приборов, — здесь у вас есть ложки, их вам удобно щупальцами держать будет, а тут палочки, ими тоже можно есть, кому как удобнее.

Щупальцами? А, понял! Мама так называет верхние конечности! Интересное название, надо будет запомнить, а перед этим понять, почему для меня неоспоримый факт то, что эти двое химан — мама и папа. Были бы они иллианами... Я бы испугался, наверное, но вот сейчас отчего-то воспринимаю их именно родителями и не могу понять почему.

На завтрак у нас каша с белой жидкостью, очень вкусной. Жидкость называется «молоко» и для меня внове, хотя раз есть такое слово, значит иллиане его знают. Об этом тоже нужно подумать, но потом, сейчас каша очень аппетитная. Я с удовольствием ее ем, понимая, что будто стал младше, но вот может ли такое быть... А еще в процессе одевания я заметил исчезновение старых шрамов на теле, что мне кажется чем-то из области фантастики, потому что... хм...

— Поели, дети? — интересуется папа, когда мы доедаем. — Сейчас мы вам расскажем, что показал мнемограф, а потом сразу же летим в сказку.

— Как расскажете? — пораженно спрашивает Иала, и я киваю — о том же подумала, что и я.

— Вы имеете право знать, — объясняет завтракавшая вместе с нами бабушка. — И знать, и учитывать. Вам не расскажут лишь того, что пока для вас опасно.

— Значит, слушайте, — вздыхает папа и поднимает взгляд на меня. — Ваал...

Спасибо ему за то, что начал с меня, потому что в короткой речи он объясняет все, что заставляет меня сейчас сильно тревожиться. Итак... Мое тело было создано искусственно, и долго прожить я не должен был. Представив, что было бы с младшими, если бы я умер на их глазах, едва не плачу, а вот они уже вовсю, поэтому родители прерываются, чтобы успокоить малышек. Они даже предлагают обо мне не при всех, но сестренки, конечно же, не соглашаются. Я бы тоже не согласился, так что это нормально.

— Несколько слоев памяти, — объясняет папа, рассказывая, что именно это значит. — И нестабильный организм, поэтому ради спасения сыну сменили тело.

— Как так? — не понимаю я, и тут объяснять начинает бабушка.

Внимательно прислушиваясь к ней, я понимаю, что был кем-то вроде робота, но теперь совершенно точно живой иллианин, только более юный, чтобы дать возможность мне к нормальному телу привыкнуть. Оказывается, те, кто нас мучили, очень хотели, чтобы я постепенно умирал, пугая сестренок. Но теперь все уже будет хорошо, поэтому мне нужно от таких новостей поплакать. Да нам всем нужно, на самом деле, — у Еии и Иалы новости не лучше моих, но их хотя бы не хотели убить… Хм… кажется.

— Всего того, что вы помните, не было, — вздыхает обнимающая обеих моих сестренок мама. А Маша на папу взобралась, кстати, и смотрит так, что я тянусь ее погладить. — А вот того, что было, мы решили вам не показывать, потому что это очень страшно.

— Спасибо, мама… — негромко отвечает ей Иала. — Хватит нам, наверное, кошмаров…

Нам действительно кошмаров хватит, потому что, выходит, над нами опыты ставили, а вот как именно мы оказались на том самом звездолете, похоже, пока не знает никто, но обязательно выяснят. Мне это папа твердо обещает, а ему я верю. Я теперь, пожалуй, родителям очень верю, потому что они показали нам всем и доверие, и готовность защитить, и принятие… Мы на равных с ними, я чувствую, а это значит — мы уже в нашей сказке. Я о таком и мечтать не смел.

Дав сестренкам, да и мне успокоиться, о Машеньке начинает рассказывать мама. Вот ее действительно хотели убить, очень жестоко, но что-то сломалось, и она теперь жива. Это очень хорошо, что она жива!

Виктор

Мама нам многое рассказывает... Мне уже не кажется странным ни факт нашего с Варей усыновления, ни то, что мы ее безусловно мамой принимаем. Интересно, как с папой будет? По связи мы с ним уже разговаривали, и ощущение защищенности, возникшее в простом разговоре, не покидает меня и сейчас. Мама права: во многом мы с Варенькой сейчас дети, ведь у нас есть то, чего не было раньше — гормоны, влияющие на настроение, состояние, эмоции... И то, с чем живые живут с детства, у нас возникает только сейчас, отчего начинаются не самые простые, как она говорит, «нюансы». Мне нужно быть более внимательным к Вареньке, а ей — учиться держать себя в руках, особенно когда плакать хочется, потому что при детях нельзя.

Вот сейчас мы очень осторожно рассказываем Машеньке о том, что всего, что она помнит, по большей части не было, а была «ненужная» древнему народу девочка, которую те готовились, по сути, принести в жертву. Мы очень осторожно об этом говорим, но Машенька все понимает, устраиваясь на моих руках. Самое главное она осознает: в том, что произошло с братом и сестрами, ее вины нет. Да и вообще нет никакой вины в том, что ребенок хотел маму и папу.

— А теперь мы с вами успокаиваемся и летим в сказку, — предлагает бабушка.

— В еще более сказочную сказку? — удивляется Еия. — А какая она?

Мама знала, что этот вопрос рано или поздно будет озвучен, поэтому выдала нам с Варей цветастую книжку для детей. Она сделана по образу и подобию древних, только страницы, разумеется, не бумажные. Бумага давно уже нигде не используется, это просто никому не нужно. Я открываю сразу же привлекшую внимание детей красивую обложку и начинаю рассказ о говорящей печке, бабе Яге и волшебстве наших сказок. Разумеется, сказки составлены с прицелом на Лукоморье, поэтому в них все очень добрые и понимающие. Пугать отправляющихся в сказку детей совершенно не нужно.

И вот они слушают буквально не дыша, ведь именно сейчас мы к волшебству прикасаемся. Я читал пространные рассуждения авторов древности о том, что, когда Человечество устремится к звездам, сказки устареют и станут не нужны. Какая чушь! Детям очень нужны эти самые сказки, да и взрослым положа руку на сердце тоже, ведь именно они учат доброте.

— Готовы? — спрашиваю я своих детей. Они все приняли меня и Варю, поэтому у нас вариантов нет — будем растить, воспитывать, а главное, всегда будем для них.

— Да-а-а! — радостно улыбается Машенька, и остальные дети поднимают щупальца, показывая те же эмоции. Вот встретятся с Синицыными, и будет большая компания иллиан у нас.

Собрав как-то расслабившихся, по моим ощущениям, детей, топаем в сторону катера, что унесет нас в Лукоморье. Сажать весь «Марс» там нельзя, а вот электролет вполне. Вот сейчас мы устроим детей, они посмотрят сверху на планету, а затем сразу в дом, и на улицу очень осторожно выпускать будем. Так мама считает, конечно, потому что я не догадался, что дети могут синего неба испугаться.

На самом деле, мама права: мы с Варенькой моей сейчас во многом подростки, поэтому будем учиться быть взрослыми. Тем более у нас дети, ничего об окружающем мире не знающие, так что сначала будет сказка, которая научит доверять окружающему миру, а лишь потом фильмы об окружающем, детский сад, школа... Но не сразу, потому что поспешать надо медленно. Это и мама говорит. И вот мы не спеша устраиваемся в электролете, где детей опять удивляют мягкие объятия кресел.

— Все сделано для вашей безопасности, — объясняю я им. — Чтобы не поранились случайно, не испугались...

— Чудо какое, — потрясенно выдыхает Иала. — И теперь всегда так будет?

— Вы всегда будете самыми важными, — киваю я, улыбнувшись. — Ведь дети для всех нас очень важны, а вы дети.

— Мы дети... — шепот Машеньки почти не слышен, но я понимаю, почему она так удивлена.

Хоть и не помнит многого наша малышка, но внутренние реакции ее выдают — и ожидание боли, и страх сделать что-то неправильно, и многое сверх того. Дети у Лин были двух категорий: копировавшие социальный статус родителей и сироты. Так вот сироты оказывались никому не нужными, ими занимались специальные представители народа, только выглядело это совсем не семьей, как у аилин, а скорее детским домом из истории Человечества, причем худшей его вариацией.

Лин, насколько нам известно, погибли в бессмысленной войне. При этом закрытая вселенная все же не была их изобретением, они просто использовали пространство, перекрыв выход своими разработками. А вот чем изначально было это закрытое ото всех пространство, мы рано или поздно выясним, потому что все наши предыдущие знания, включая сообщенное Учителями, судя по всему, не соответствуют действительности. Это и Учителей удивило, кстати, поэтому нам еще будет чем заняться, а пока самым важным трудом останется воспитание наших детей.

Электролет, мягко накренившись, что внутри совершенно не чувствуется, медленно входит в атмосферу планеты, и дети замирают у огромных панорамных иллюминаторов, ошарашенно вглядываясь в бесконечное море зелени. Мы летим так, что жилые постройки городов почти не заметны, а виден только расстилающийся под нами заповедник. Чуть поодаль проходит уже и граница силового поля, накрывающего участок Лукоморья. Именно там, в визуально не отличающемся лесу, живут квазиживые звери, а среди полных вкуснейших ягод кустов нет и не может быть опасности для ребенка.

Электролет зависает над будто пришедшей из Темных Веков избушкой, медленно приводя стыковочный модуль к ее трубе. Именно через трубу избы мы попадаем внутрь, как посылка пневмопочты, раз — и уже все стоим, осматриваясь, внутри большой комнаты, что носит название «горница». Затем я вспоминаю инструкцию к «волшебной избе» и низко кланяюсь, как было показано на иллюстрациях.

— Добрый день, тетя Печка, примешь ли гостей? — интересуюсь, переводя ключевой фразой комплекс в рабочее состояние.

— Здравствуй, добрый молодец да девица красная, — отвечает мне голос из печки, где, как я знаю, синтезатор специальный стоит. — И вы, деточки, здравствуйте.

Комплекс волшебной сказки переходит в рабочее состояние, о чем говорит предложение «тети Печки» замесить тесто, дабы пирожки получились на славу. Дети наши замирают просто от такого, даже не представляя себе, что делать надо, ну а мы с Варенькой очень хорошо смотрели инструкцию, поэтому, усадив детей на лавку, что подле стола стоит, отправляемся священнодействовать.

Волшебная изба

Ваал

Папа называет избу волшебной, а я сразу даже не понимаю отчего, но когда с нами начинает говорить печь, точно такая, как на картинке, очень удивляюсь. Даже заглядываю внутрь, но это просто печь, изнутри черная, и запах в ней такой... специфический, мне незнакомый совсем. Наверное, поэтому я решаю расслабиться и поверить, что мы в сказке, а для младших все вокруг представляется просто чудом. Правда, я сейчас тоже младший уже, и мне очень комфортно как-то быть таким, будто раньше я был слишком большим, а вот сейчас стал каким должен быть.

— А теперь мы будем с вами пирожки лепить, —

информирует нас уже мама, она надевает «передник» — это одеяние такое на завязочках, только спереди одежду закрывающее, и нам всем аналогичные раздает.

— Передник нужен для того, чтобы не пачкать одежду, — информирует нас папа. — Сейчас начнем. Правил никаких нет, — добавляет он, угадав мои мысли.

Я же действительно не знаю, как правильно лепить эти пирожки, но тут перед нами оказывается «тесто». Я впервые вижу подобную массу, что родители понимают, показывая, что такое пирожок, как его делать надо. Сестренки тянутся верхними конечностями, хотя нам это не слишком просто, но я быстро приноравливаюсь, поглядывая и на них, чтобы, если что, помочь.

Так аккуратно, как у родителей, у нас, конечно, не получается, но нас хвалят. И мама, и папа хвалят совершенно искренне за каждый пирожок, и в какой-то момент я не замечаю сам, насколько мне легко становится. Очень спокойно и как-то радостно становится на душе, как будто мы не едой занимаемся, а в веселую игру играем. Поэтому я уже не думаю ни о возможном наказании, ни о том, что вдруг делаю не так.

— Вот и налепили пирожков, молодцы какие, —

произносит мама, собирая все, нами налепленное, на плоский лист, кажется, железа.

Она поворачивается к печке, а я вижу уже бушующий огонь внутри, который как-то незаметно опадает, позволяя маме устроить пирожки, а затем и закрыть зев печки. Мы все в тесте и муке перемазанные, но мне почему-то совсем не страшно. Родители зовут умываться. Вода оказывается в совершенно невероятном устройстве — оно за дверью находится, но под крышей. Так вот, это устройство имеет штырь снизу, на него надо нажать, набрать в конечности воды, и тогда умыться можно. Именно поэтому нас троих умывает папа — конечности у нас иначе устроены.

— Что-нибудь придумаем и с рукомойником, — гладит меня по голове папа, а затем предлагает осторожно из-под крыши выглянуть.

Я же жил на планете, но, только выглянув, понимаю: нам будет очень трудно. Небо такое огромное, затягивающее. Кажется, сделаешь шаг — и оно засосет в себя, отправляя в космос без скафандра. Едва осознав это, я шагаю назад, а вот Маша смело выходит из-под крыши, оглядываясь по сторонам.

— Вы трое никогда не жили на планете, — спокойно объясняет мне и сестренкам мама. — Поэтому вам сложно, а Маше нет.

— Но я же помню, что жил! — восклицаю я, но она только качает головой.

— Нет, сынок, это была ложная память, — вздыхает она. — Мы не будем сейчас думать, за что ты ее получил, но факт остается фактом. Мы начнем все вместе медленно привыкать к солнышку, небу и травке, хорошо?

— Хорошо, — изображаю конечностями полное согласие я.

И вот тут до меня доходит — она сказала «все вместе». Значит, даже те, кто могут по планете без страха ходить, будут с нами, чтобы мы не чувствовали одиночества. Я негромко объясняю это сестренкам, которых затопляет эмоциями так, что они немедленно пускают слезу. Им очень сложно осознать сказанное, да и мне тоже, потому что такое отношение просто непредставимо.

— Пойдемте в дом, — предлагает нам мама. — Вам как спать хочется? Чтобы у каждого своя была комната или всем вместе?

— Мы лучше с братиком, — сразу же говорит Еия, на что Иала просто соглашается, а вот Маша задумывается.

—Если с родителями нельзя, — негромко произносит она, — то я со всеми тоже... Страшно очень одной.

— С родителями неправильно будет, — сообщает ей неизвестно откуда взявшаяся бабушка. — Вот и я с вами поживу, а там и дедушка подтянется.

— Спасибо, мама, — от души, по-моему, произносит наша мама, а бабушка просто очень по-доброму улыбается.

Почему будет неправильно с родителями, я, кстати, не понимаю, но с вопросами гожу, потому что мама достает из печки «противень», это еще одно слово, ставшее теперь знакомым. И на нем... румяные, одуряюще просто пахнущие наши пирожки. Это точно те самые, которые мы лепили, ведь они неодинаковые, где-то кособокие, где-то сплющенные. Еия сразу же свой узнает, да и Иала тоже, а Маша радуется просто, хлопая в ладоши. И вот это все убеждает меня в том, что мы в сказке, заставляя полностью отпустить себя.

Пирожки горячие, очень вкусные, но при этом нас даже печка хвалит. Вот действительно, очень добрым, ласковым голосом, рассказывая, какие мы хорошие, такие пирожки налепили. И я, даже не осознавая этого, улыбаюсь. Очень хочется мне улыбаться от таких добрых слов, потому что они будто стирают все мое прошлое, которого не было. Я уже знаю, что своей памяти, то есть действительной, у меня почти нет, отчего совершенно неизвестно, что именно со мной происходило, но мне...

Мне все равно, ведь взамен я получил существ, которые совершенно точно не предадут.

Так же, как папе и маме все равно, как я выгляжу и какой я расы, мне важно не то, что они химаны, а то, что не предадут. Звезды великие, они же нас так любят, причем буквально с ходу! Вот просто раз — и любят. Да я даже представить себе не мог, что так можно своего ребенка любить, а ведь мы не родные. Но мама и папа считают, что чужих детей не бывает, и для них это действительно так. Внутреннее мое ощущение говорит о том, что они меня не обманывают, вот совсем!

— Поели, теперь немного отдохнем, — предлагает нам папа. — А потом будем в игры играть.

— А дальше? — сразу же спрашивает Иала.

— Как стемнеет на улице, еще раз выйти попробуем, — объясняет ей он. — Чтобы понять, что именно вас пугает.

— Хорошо, — кивает почему-то аилин.

Мне кажется, Иала, Еия и Маша как-то между собой разговаривают, будто мысленно. Только я не знаю, возможно ли это и как у них получается, если возможно. Но вот они сейчас переглядываются, и я просто не могу избавиться от ощущения, что они не просто друг на друга смотрят, а разговаривают. Но разве это возможно?

Виктор

Есть у меня ощущение, что девочки имеют еще и телепатический дар. Для Маши это было бы логично, а вот для остальных — не знаю. Надо маму спросить, все же она телепат, возможно, и чувствует что-то. Так на душе спокойно оттого, что нам есть кого спросить, на кого опереться. Права она: совсем не взрослые мы с Варей пока еще. Нужно учиться быть взрослыми, а ведь у нас еще подтверждение квалификации в Академии будет... Мы теперь живые, и к нам совсем другие требования предъявляются, насколько я помню.

— Переиграем немного, — сообщает мне мама, пока Варенька помогает девочкам и их брату улечься. Экранов тут нет, поэтому милая моя читает сказки детям, а меня мама останавливает.

— Сейчас с орбиты купол спустят. Перейдете в него, и будем регулировать прозрачность. Дети привыкнут к небу над головой, зато посидят на травке, все ж таки ночью спать надо.

— Хорошо, мама, — киваю я, понимая, что ей виднее.

На самом деле, конечно, она права, потому что дети совершенно непривычны к планете, а это значит — в их жизни ничего подобного не было.

Интересно все же, не можем ли мы как-то остановить ту жуть, что происходит в закрытой вселенной? Впрочем, в чем-то даже хорошо, что от нас ничего не зависит, ибо вмешиваться в жизнь диких...

Дети как-то очень быстро засыпают, а из их общей спальни выходит Варенька моя, откладывая на стол книгу, которая содержит переработанные сказки разных народов. Сделано это для того, чтобы реальность Лукоморья не казалась чуждой и дети привыкали к тому, что ничего плохого случиться не может. Насколько я помню, так заведено еще самой старшей Винокуровой — нашей бабушкой. Мы, кроме мамы, ни с кем еще не встречались, но уже принимаем семью всем сердцем.

— Уснули, — улыбается Варя, а я просто любуюсь ею.

Она такая красивая, что просто дух захватывает, причем свои реакции мне очень сложно объяснить. Но вот сейчас смотрю на нее и не могу глаз оторвать. Даже слов не хватает, чтобы описать, до чего она сейчас прекрасная. И Варенька, поймав мой взгляд, как-то вдруг оказывается рядом. Мы обнимаем друг друга, и будто весь мир исчезает, даря понимание — сейчас не нужны слова. Мы просто есть друг у друга, и так будет всегда.

— Да, это и называется «любовь», дети, —

улыбается нам мама, а я себя таким счастливым чувствую, что и не описать.

— Такое счастье... — шепчет Варя. — Просто слов нет.

— Надо будет вам с Танечкой пообщаться, — будто самой себе говорит наша мама. — Физическая близость, конечно, вершина любви, да и не готовы вы еще, но санпросвет, как папа это называет, необходим.

— Это понятно, — вздыхаю я, потому что некоторые реакции организма ставят, конечно, в тупик. Именно поэтому совет и нужен.

Увидев движение за окном, понимаю, что мамины слова с делом не расходятся — грузовой электролет устанавливает прозрачный купол, сразу же протягивающий галерею ко входной двери. Значит, сначала отрегулируем прозрачность так, чтобы купол был хорошо виден, а затем будем потихоньку увеличивать, пока дети не привыкнут к небу над головой. По-моему, идея прекрасная.

Время проходит совершенно незаметно. О папе я не спрашиваю, по привычке считая, что все необходимое нам расскажут. Хотя от жизни квазиживого надо отвыкать. А еще необходимо расспросить Машу, ведь мне знать необходимо, что именно нас сделало живыми. Но вот часть ответа внезапно обнаруживается у мамы.

— Витя и Варя полюбили друг друга, — объясняет она нам, говоря о нас, как о ком-то другом, отчего я слушаю внимательнее. — Как результат возникшего чувства, первоначальной конструкцией не предусмотренного, у Вити проявился дар интуита, а у Вареньки нашей — эмпата, которым ей еще предстоит научиться владеть. Именно эти дары, насколько мы все понимаем, и дали начало изменению квазиживой ткани.

— То есть мы уперлись в предел для квазиживого и перешагнули его, становясь живыми? — интересуется в ответ Варенька моя. — Но тогда Маша могла разве что подстегнуть развитие.

— Так и случилось, — соглашается с ней наша мама. — Почему она выбрала именно вас, мы еще узнаем, но развитие у вас началось самостоятельно — благодаря любви.

— Чудо, получается, — улыбается моя милая. — Ой, дети просыпаются.

Теперь я понимаю — это ей дар подсказал. Варенька эмоции наших малышей уловила сквозь дверь, поэтому мы с ней идем к детям. Нужно каждого погладить, рассказать, какие у нас лапочки проснулись. Необходимо каждую минуту показывать им любовь, обращаясь как можно более ласково. Настрадавшиеся малыши должны чувствовать уверенность в том, что ничего плохого с ними произойти не может.

Илья Синицын, кстати, скинул сообщение на коммуникатор с просьбой указать, когда мы гостей готовы принять будем. У него пятеро иллиан, и он считает, что нашим будет полезно это общение. Я, правда, тоже так думаю, и вовсе не потому, что для меня товарищ Синицын совершенный авторитет, чуть ли не абсолютный. Еии, Иале и Ваалу действительно будет полезно и общение, и игра с такими же иллианами. Тогда им окажется намного проще принять окружающую действительность.

Вот и они, мои хорошие, радостные, даже улыбаются, явно повторяя за нами. У иллиан обычно эмоции жестами выражаются, но наши дети особенные, поэтому они копируют проявление эмоций, принимая их за правильные. Это, по-моему, очень даже хорошо, ведь им жить среди людей... Хотя, судя по тенденциям, не только среди людей, ведь у Человечества уже столько рас, что и не сосчитать, наверное. И это просто отлично, потому что неважно, как мы выглядим, лишь одно имеет значение — разум. Мы все разумные существа, вот что важно.

— А что мы сейчас делать будем? — интересуется Машенька, и кажется мне, она от имени всех спрашивает.

— Бабушка придумала, как сделать так, чтобы вы не пугались, — отвечаю я. — Поэтому мы на травку пойдем. Посидите, поиграете, небо потрогаете...

— Как потрогаем? — удивляется Иала.

— А вот увидите, — надеюсь, хитрое выражение лица у меня получается.

Дети заинтригованы и уже хотят поскорее посмотреть, что же там такое за дверью, которое можно конечностями потрогать. Иллиане, кстати, свои щупальца именно так — конечностями — и называют. Надо будет выяснить, это для них обычно или другое название есть, а то могут и не понять, если в детском саду о руках говорить начнут.

Открытия

Ваал

Над нами — медленно темнеющий небосвод, уже и звезды виднеются. Наступает вечер, а я просто лежу на спине и смотрю в укрытое почти прозрачным куполом небо. Мы все четверо так лежим рядом друг с другом, потому что зрелище завораживает. При этом мне кажется, что девочки как-то между собой переговариваются.

— В том зале тоже было много огоньков, — тихо произносит Маша. — Они непонятные были, кроме одного.

— Ты увидела что-то знакомое? — интересуется наша мама, сидящая на траве рядом с нами.

— Там экран был такой... и много разных на нем

квадратиков, — кивает наша сестренка. Я понимаю: она рассказывает, как проснулась в этом времени. — Я его откуда-то знала, — вздыхает она. — Но мне вдруг так захотелось... чтобы любили.

— Я тебя понимаю, — глажу ее верхней конечностью по голове, отчего Маша замирает.

А затем она начинает говорить о том, что хотела сначала нас всех спасти, а потом потянулась куда-то, увидев наших маму и папу. Я понимаю, конечно, что без Маши нас могли и не найти, ведь она сделала так, что мы прямо в пространстве оказались. Я очень хорошо знаю это, поэтому благодарен ей. И родителям тоже.

— А что с другими случилось? — спрашиваю маму.

— Бабушка обратилась к разумным, — улыбаясь, отвечает она, — и у каждого из иллиан появились мама и папа, ведь чужих детей не бывает.

— У каждого? — удивляюсь я. — А как же...

— Квазиживые дети стали живыми, — объясняет она нам. — Мы умеем менять тела, вот делать квазиживых живыми, не меняя тело, пока нет.

— Я очень хотела, чтобы вы почувствовали меня, — тихо всхлипывает Маша, отчего ее все начинают обнимать.

А я смотрю в звездное небо. Звезд на нем очень много, так много, что и не сосчитать. Кажется, столько я никогда не видел. При этом у меня ощущение, будто откуда-то оттуда на нас смотрят добрые глаза и ничего плохого произойти не может.

— А кто живет там? — спрашиваю я маму.

— Там живут Разумные, — уверенно отвечает она. — Те, для кого мы друзья и кто нам друг.

— Наверное, я уже смогу выйти из-под купола, — сообщает Еия, на что мама наша просто хлопает в ладоши, и купол исчезает.

Вот только я не чувствую опасности. Мне совсем не страшно, да и сестрам почему-то тоже. Может, это потому, что купол все равно здесь? Я знаю, что он здесь, вот и не боюсь? Очень хочется проверить, хотя есть еще одна версия — насчет ночи. Ведь ночное небо я не раз видел. Моя это память или нет, но я же видел его...

— Мама, а можно как-то из-под купола выйти? — интересуюсь я.

— А не испугаешься? — она серьезно смотрит на меня, но, увидев мое согласие, дает какой-то знак... папе.

Повернув голову, я вижу папу. Он, судя по всему, с внешней стороны купола стоит с какой-то целью, возможно даже и затем, чтобы нас подстраховать. Папа что-то нажимает, а потом подзывает меня к себе рукой. Я встаю, делаю шаг и понимаю: купола нет. Но страха по-прежнему не чувствую, как будто он весь улетучился вместе со светом дня.

— Необычно, — замечает папа, приобнимая меня за плечи, а я неожиданно даже для себя обнимаю его всеми верхними конечностями. — Что ты чувствуешь?

— Покой, — отвечаю ему, старательно раздвигая губы в улыбке, потому что конечности заняты. — Как-то очень спокойно и хорошо у меня на душе.

— Вот как, — он улыбается мне в ответ. — Ну что же, тогда утром посмотрим, может, и не нужен будет купол. Пойдемте-ка в дом.

Я понимаю: нам спать пора, потому что режим никуда не девается. Нельзя всю ночь гулять, а потом днем отсыпаться. Но мне странно немного… Иллиане не ночные существа, отчего тогда мне так комфортно именно ночью? Возможно, там, где я жил на самом деле, был полумрак. Интересно, где я жил, в тюрьме?

Сам факт того, что родителей не было, не существовало их предательства, меня, на самом деле, успокаивает. Папа рассказывает, что поначалу они не хотели говорить, что открылось в памяти сестренок, но мама решила, что сказать будет правильным, и ее все послушались. Ну тут понятно почему — она же мама. Что может быть важнее ее мнения?

Ужин у нас довольно легкий, по крайней мере, так его называет мама — молоко и пирожок из испеченных нами. Обед был очень обильный, даже несмотря на то, что мы почти никаких блюд не узнали. Зато словарь пополнился новыми словами: «щи», «гречка» и «морс». Вот морс — он такой насыщенный вкусом, чуть кисловатый, но не имеющий аналогов. Еда здесь просто отменная, это не космический корабль с непонятно чем в качестве меню.

Укладывают нас всех в одной комнате. Во-первых, мы сами так попросили, а во-вторых, если кошмары, то помочь всем сразу проще, чем к каждому бегать. А кошмары у нас могут быть. И еще я сегодня заметил: Маша очень неуверенно рассказывает о том, что она делала, значит, может плохо помнить. Или же... Мог ли кто-то другой сестренку убедить в том, что она что-то устроила, а она этого не совершала? Не знаю...

— Дети закрывают глазки, — произносит папин голос, а потом он начинает петь. К нему и мама присоединяется, и вот они уже на два голоса поют очень ласковую песню о том, что все давно спят: и цветочек, и травинка, и таким хорошим детям надо тоже засыпать.

Я уже знаю, как называется песня, — это «колыбельная», ее поют детям, чтобы спалось сладко и не было кошмаров. Мне кажется, я плыву в теплой воде, меня покачивающей, отчего сон наступает как-то очень быстро, но в нем я не вижу ни прошлого, ни настоящего, а только мириады звезд. Меня окружает множество звезд, заставляя понимать — Вселенная просто огромна.

Одна из звезд привлекает мое внимание, не знаю даже чем. Я желаю подлететь поближе, что у меня получается. Тут я вижу, что вокруг нее вращается несколько планет. Причем две из них явно необитаемы, а на орбите третьей висит длинная такая колбаса орбитальной станции. Мне откуда-то известна именно такая форма станции, при этом я знаю, что она не иллианская. Но вот эта станция меня и притягивает, и пугает одновременно.

Оглядевшись по сторонам, я стараюсь как можно точнее запомнить, как выглядят звезды вокруг, и планета тоже. Мысль у меня простая: проснусь — спрошу родителей, они-то точно узнать смогут, что это за планета и почему станция такая страшная. Вот пугает она меня почему-то, хоть я и не понимаю почему.

Мне кажется, я вишу, разглядывая ее, всю ночь, то есть весь свой сон. При этом она не кажется мертвой, а вот в звездной системе и на планете еще, кажется, никакого движения нет совсем. Наверное, это что-то значит...

Виктор

Стоит только стемнеть, и у детей исчезает страх открытого пространства, у всех четверых. Насколько это нормально, я судить не могу, но вот мама хмурится, а затем связывается с тетей Таней. Она педиатр, то есть специалист по детям. Я разговор не слушаю, а уложив наших малышей спать, просто обнимаю усевшуюся мне на колени Вареньку.

Наши с ней чувства называются «любовью», и она многогранна, но вот в отличие от людей, у нас нет периода «притирания» друг к другу. Мы как будто давным-давно живем вместе, поэтому желания как-то сходятся. У изначально живых все иначе, а у нас с Варей именно так, и насколько это обычно, я не знаю. Мама объясняет, что любовь бывает разной, и такой, как у нас, тоже, поэтому задумываться не надо.

— Таня говорит, можем завтра попробовать вывести на солнышко, — мягко произносит наша мама. — Возможно, у детей все-таки был напланетный опыт, но именно ночной, что странно, конечно...

— Да, иллиане совсем не ночные существа, — кивает Варенька. Та поза, в которой она находится, думать ей никак не мешает.

Тут мама настораживается, как-то счастливо заулыбавшись, и в мгновение ока исчезает из комнаты. Только сейчас я замечаю, что за окном садится электролет. Получается, мама почувствовала кого-то? Она смотрела совсем не в окно, но сразу же понеслась встречать.

— Посмотрим? — спрашиваю я Варю, кивая на окно.

Она соглашается, поэтому мы оказываемся у окна, чтобы увидеть очень красивое зрелище — мама обнимает смутно знакомого мужчину. Все Винокуровы в Галактике известны, ведь они в очень многих трансляциях мелькают, да и экспертами работают, поэтому спустя мгновение мужчину я узнаю. Похоже, это наш... папа. Вот только примет ли он нас? Ведь мы же не дети... В этот момент всхлипывает явно думающая ровно о том же самом Варенька. Я сразу же обнимаю ее, прижимая к себе, а она уже, кажется, заплакать хочет.

Я отлично понимаю: мама нас взяла, но он же нас принимать не обязан. Пытаясь представить, что будет, если мы ему не понравимся, я чувствую себя вдруг каким-то очень маленьким, чего быть, разумеется, не может, потому что я взрослый же, несмотря ни на что. С трудом беря себя в руки от нахлынувших непонятно почему эмоций, я успокаиваю уже расплакавшуюся Вареньку. До сих пор «папа» был просто понятием, термином, можно сказать, а вот сейчас, увидев, как они с мамой обнимаются, я осознаю: мы же совсем чужие им... Может быть, не нужно навязываться?

— Что я тебе говорила, — слышу я мамин голос. — Как и всякие подростки, уже себе что-то придумали.

— Дети же, — вторит ей уверенный голос, заставляющий меня развернуться, чтобы увидеть непонятно как оказавшегося в комнате мужчину. — Здравствуйте, дети.

— Но мы же... — Варя уже готова объяснить, что мы совсем не дети, но тут нас просто обнимают.

— Вы дети, — твердо произносит наш... папа? — Сколько бы вам ни было лет, вы наши дети.

И такая у него уверенность, что я понимаю — он действительно так считает. При этом я чувствую себя неожиданно уверенно, как будто наш новый папа просто смел в небытие все мои сомнения и непонятно откуда появившуюся тоску. Даже не могу классифицировать эти эмоции, что меня пугает, да и Варю, насколько я вижу, тоже.

— Так, дети, пойдемте-ка поговорим, — предлагает нам папа, продолжая обнимать.

— Мы сейчас... — тихо отвечаю я ему, прижимая к себе Варю, которая совершенно точно не может справиться со своими эмоциями. — Что ты чувствуешь? — спрашиваю я ее.

— Тепло... — отвечает она мне. — Но почему, мы же... Мы... А он сразу раз, и все...

— У Ваала такие же эмоции, — напоминаю я ей, отчего милая моя плакать как-то вмиг перестает, задумавшись.

Мы рассаживаемся у стола, чтобы поговорить, как папа сказал. Я в этот самый миг понимаю несколько вещей: во-первых, он действительно папа, и для него этот факт незыблем, как строение звезд, во-вторых, мы во многом дети, раз так отреагировали. Вот, правда, почему мы реагируем именно так, для меня загадка, потому что не должны, по идее, но тем не менее... надо спросить!

— А почему мы так отреагировали? — интересуюсь я, пытаясь в себе разобраться. — Ведь у нас не было грустного детства, нас не предавали, да и вообще...

— У вас детства никакого не было, начнем с этого, — улыбается мама. — Вы у нас первые «пробужденные».

— Что значит «пробужденные»? — не понимает этого термина Варя.

— Значит, в вас пробудились чувства, дары, отчего вы и изменились, — объясняет она нам. — Поэтому был временно принят этот термин.

— Пробуждение... — шепчет любимая моя, будто пробуя на вкус это слово.

— Да, пробуждение, — кивает наш папа. — И поэтому вы проходите подростковую часть вашего детства, а при этом у вас самих уже есть дети, отчего вам сложно. Ну и штормит вас, как и положено.

— Ой... — до Вари доходит. — Гормоны, да?

Да, об этом мы забыли — гормоны, регулирующие все в нашем организме. Теоретически-то мы о них знали, но, столкнувшись непосредственно, растерялись. Это означает, что многое из того, что было известно лишь теоретически, теперь нуждается в практической проработке. Это не очень просто осознать, но дарящие уверенность наши взрослые обещают с этим помочь. Тут еще вот такая штука — части инстинктов у нас просто нет. Мы стали живыми, но не скопировали генокод людей, создав свой, а поэтому всего того, что в них заложила природа, у нас просто нет.

— Будем учиться, — улыбаюсь я, чувствуя просто невыразимое облегчение.

— Папа, — Варя немного меняет цвет лица, это называется «краснеть», — мне почему-то надо прикасаться к Вите. Постоянно, а когда я не чувствую его, сразу плакать хочется.

— Вот как? — удивляется наш новый папа. — А у Вити аналогичные ощущения?

— У меня изначально так, — я вздыхаю, опуская голову. — Еще когда у нас лекции были, но Варя... Она не очень хорошо, по-моему, ко мне относилась.

— То есть взаимный импринтинг получается? — тут приходит очередь удивляться и маме. — А такое бывает?

— Да еще как! — хмыкает наш папа. — Вспомни его тезку и племянниц своих. У Защитника с Настей все то же самое, помнишь?

Они что-то обсуждают, а я затягиваю Варю за талию к себе на колени. Она вздыхает, прижимается к моей груди и закрывает глаза. Это значит, что ей приятно и спокойно так, отчего и я улыбаюсь. Мне кажется, я чувствую ее — эмоции, ощущения, чуть ли не мысли. Но разве так бывает?

Приветы прошлого

Ваал

Проснувшись, я уже хочу бежать, чтобы рассказать об увиденном, но призадумываюсь. Сейчас, по просыпании, мне кажется странной эта станция, которую я откуда-то знаю. Рассказать, конечно, надо, но сначала сестренкам помочь. Я поднимаюсь, одеваясь, и вижу уже раскрывшиеся сонные глазки Еии и Иалы, а Маша спит как-то тревожно, по-моему, — она чуть хнычет во сне, и, осознав это, я бросаюсь к ней, чтобы обнять.

— Мама! Папа! — зову я, не добудившись сестры. — С Машей что-то...

— Спокойно, все будет хорошо, — кроме мамы и

папы в спальне моментально обнаруживается и бабушка с каким-то дядей.

Папа берет Машу на руки, бабушка достает что-то похожее на длинный серебристый карандаш, прикладывает к шее сестренки, затем что-то тихо шипит. Машины глаза открываются, при этом она, насколько я вижу, и не понимает, где находится, сразу начав плакать.

— Что случилось у маленькой? — спрашивает наша мама. — Что приснилось?

Я же чувствую: Маша не может ответить. Замечает это и бабушка, сразу же нажав что-то у себя на руке. Я знаю, там браслет коммуникатора находится, а еще я понимаю — состояние сестренки как-то с моим сном связано. Она что-то видела или... вспомнила?

— Папа, погоди, — обращаюсь я к нашему папе. — Мне сон приснился, а в нем станция такая, как колбаса, только страшная очень.

— Подожди, какая станция? — удивляется он, отвлекаясь от Маши.

— Длинная такая, не круглая, — пытаюсь я объяснить. — И очень страшная, а еще я чувствую, это как-то связано с тем, что с сестренкой произошло.

— Мама? — обращает он на себя внимание

бабушки. — Сын — творец, мог и поймать состояние.

Сразу же начинается какое-то активное шевеление, а я иду помогать сестренкам, уже довольно сильно испугавшимся, кстати. Нужно их одеть, помочь умыться и покормить, пока взрослые успокаивают Машеньку. Насколько я понимаю, бабушка вызвала помощь с орбиты, а так как мы ничем помочь не можем, пытаемся хотя бы не мешать.

— Сейчас Таня прилетит, посмотрит, насколько безопасно, — произносит бабушка, — а вы пока с сыном попробуйте определить, что именно он видел.

Что это значит, я понимаю через минуту — папа, старающийся не отходить от мамы, берет в руки плоскую пластину наладонника, усаживает меня рядом с собой и начинает расспрашивать, какие звезды были вокруг той системы, что я видел. Я же прислушиваюсь к себе, чувствуя — если будет нужно, я найду эту систему.

— Папа, а можно мне общую картину? — интересуюсь я, не в силах объяснить свои ощущения.

— Обзор? — переспрашивает он и что-то меняет на наладоннике.

Теперь я вижу общую картину. Как работать с этим аппаратом, я в целом откуда-то знаю, поэтому, протянув руку, начинаю искать знакомую из сна картину. Наконец мне что-то кажется знакомым, я поворачиваю изображение до тех пор, пока не понимаю, что почти нашел, и тогда начинаю приближать картину. Меняются звездные системы, то, что было точкой, выглядит теперь спиральной галактикой, а я чувствую буквально, где находится то, что мне необходимо.

Все ближе и ближе, по моим ощущениям, наша цель. И вот наконец я вижу — та самая звезда, только окружение выглядит чуточку иначе. Я задумываюсь, но тут обнаруживаю сенсор с надписью «симуляция». Наладонник, оказывается, может показать мне, что было с этой системой в прошлом, поэтому я включаю симуляцию, указав шаг в десять лет. Вот теперь надо подождать... Почему я считаю, что видел систему именно в прошлом — не знаю, просто не могу объяснить своего решения.

— Сейчас Машенька полежит, — краем уха слышу знакомый голос доктора из больницы, — и все пройдет. Нервничать не надо, кошмары для нее дело обыкновенное.

— Таня, но как же так, ведь мнемограф... — произносит бабушка.

— Так бывает, — уверенно отвечает ей тетя Таня, и вот в этот момент картинка на наладоннике вдруг совпадает.

— Стоп! — выкрикиваю я, лишь затем догадавшись остановить симуляцию сенсором. — Папа! Вот...

— Мама! Папа! — сразу же зовет он, вглядываясь в обнаруженное мной. — Сын нашел, что ему приснилось. Это спиральная в созвездии Ориона, только...

— Только? — бабушка, конечно же, сразу же слышит недоговоренность.

— Полтораста лет назад, — констатирует папа.
— Но как так?

Взрослые сразу же начинают шевелиться, с кем-то связываться, о чем-то говорить, а мы с сестренками усаживаемся гладить нашу Машеньку, которой постепенно лучше становится, я же вижу. Она уже без паники в глазах смотрит, хотя ей очень нравится, когда ее гладят. Мне сейчас кажется даже, что Маша совсем маленькой за эти моменты стала, поэтому я и обхожусь с ней, как с малышкой.

— Сейчас Машеньку умоем, потому что наплакалась же моя хорошая, — я стараюсь очень ласково говорить с ней, и это работает — она успокаивается. — А затем покормим очень хорошую девочку. Вот вместе с сестренками покушает наша лапочка, да?

— Да-а-а-а, — удивленно глядя на меня, шепотом тянет она, начиная улыбаться. Сначала робко-робко, а потом все ярче, как будто фонарик зажигается.

— Это вы правильно придумали, — мамина рука гладит меня, и ощущения от этого действия просто неописуемые. Неужели Маша так же нашу ласку чувствует? Или все дело в том, что мама гладит? — Сейчас дедушка с бабушкой разберутся с тем, что видел по сне Ваал, а мы пока поедим все вместе.

Оказывается, Машеньку можно и лежа покормить, просто чтобы не пугать — она слабенькая еще после своего сна, который ее чуть не убил. Видимо, что-то совсем ужасное приснилось. Наверное, она нам расскажет, когда сможет, а пока мы просто будем все вместе завтракать. Сегодня на завтрак у нас «оладьи», они еще называются «оладушки», и блюдо это всем нам незнакомое.

Выглядящие овальными золотистыми блинами, оладушки очень вкусные, особенно с вареньем и со сметаной еще. Так у Винокуровых принято их есть, то есть это традиция семьи. Традиции надо уважать, хоть и не заставляет никто. Блюдо, несмотря на то, что оно традиционное, оказывается настолько вкусным, что я просто им наслаждаюсь. И сестренки тоже, перемазываясь в сладком варенье; они не боятся наказания за это, счастливо улыбаясь. Мы научились по-человечески улыбаться, а не по-иллиански, хотя, что означают жесты, помним. Однако ж у меня такое ощущение, что использовал именно жесты радости, улыбки и счастья я очень редко, если вообще использовал, поэтому переучиться на людской вариант оказалось очень просто.

Все-таки, несмотря на сложное утро, день у нас сегодня хорошо начинается.

Виктор

Дети действительно довольно спокойно относятся к синему небу, хотя покрытие головы иллиан становится нетривиальной задачей, но мы справляемся. Усадив всех четверых на травку, мы с Варей внимательно следим за тем, чтобы они не пугались, но страха нет. Вот только вчера был, а сегодня уже нет, и это, по-моему, необычно.

Что касается приснившегося Машеньке, мама говорит, незачем ее еще раз через мнемограф проводить, и тетя Таня того же мнения, поэтому я просто занимаюсь детьми, а наши родители выясняют, кто отправится в указанную сыном систему. Другое дело, что видел он ее в состоянии полутора сотен лет назад, а Маша, по идее, в то время уже спала. Как та самая система могла быть связана с дочкой, я себе представляю слабо, честно говоря.

— Наши друзья отправятся к системе, — сообщает мне папа. — У них там исследователь неподалеку крутится, так что часа через два узнаем, что внук обнаружил.

— Спасибо, — киваю я.

И вот этот самый момент Машенька выбирает для того, чтобы рассказать, что именно ей приснилось. Она начинает рассказывать о больших залах, где очень больно, и еще нужно запомнить последовательность движений каких-то. Я понимаю — действительно не нужен мнемограф, ведь она вспомнила то, что было в мнемограмме. То есть у нее получился эдакий привет из прошлого.

— Это Машина история, — объясняет детям Варенька. — Народ Лин, к которому она принадлежала, предал нашу хорошую, и много детей вместе с ней. Это прошло, маленькая, такого больше не будет.

— Я знаю, — кивает доченька. — Очень страшно было, просто жутко.

— Вас отучали думать, превращая в живые бомбы, — рассказываю я. — Но с тех пор прошло много тысяч лет, поэтому нервничать не надо, все хорошо будет.

— Хорошо, что они исчезли, — произносит Ваал, и не согласиться с ним я не могу. Это действительно хорошо, потому что настолько могущественная, но совершенно дикая цивилизация...

— А кто это у нас тут в гости пожаловал? — слышу я мурлыкающий голос.

Это разум «волшебной избы» рысь выпустил, поэтому я внимательно смотрю за тем, чтобы дети не испугались, но опасаюсь я, похоже, зря: сильно удивившиеся дети сразу же тянут руки и щупальца к никогда не виданному ими говорящему зверю. При этом даже Маша сразу улыбаться начинает. Все-таки хорошо, что мы им сказки читаем и показываем — ничего не знают дети об опасности диких зверей, которых в Лукоморье просто не может быть.

Кроме рыси тут есть и волк, и даже медведь, при этом когда выпускать и выпускать ли, решает разум Лукоморья, он тут у нас очень хорошо развитый, да еще и находящийся в контакте с педагогами и больницей просто на всякий случай. Вот сейчас рысь рассказывает сильно заинтересованным пушистой кошкой детям о том, кто она и что здесь делает, а я ощущаю вибрацию коммуникатора. Бросив взгляд на браслет, вижу отметку скорой трансляции, что меня удивляет, конечно, но не сильно. Трансляций в последнее время довольно много — и открытия у ученых, и наблюдения, и совета просят…

— Интересно как, — задумчиво произносит наша мама, и вот это заинтересовывает уже меня:

она, по идее, знает обо всех трансляциях заранее по линии «Щита». — Ну давай послушаем.

Я обнимаю поглядывающую в сторону детей Вареньку, активируя режим совместного просмотра. На экране появляется заставка — символ наших друзей, причем, насколько я понимаю, как раз тех, кого посмотреть попросили, при этом времени прошло меньше, чем ожидалось. Возможно, не по этому поводу трансляция?

— Разумные! — с экрана смотрит представитель наших друзей, которые чаще всего в энергетической форме встречаются. — Нами обнаружены остатки древней цивилизации, при этом...

Да, пожалуй, такого и мы не ожидали. Находящиеся в глубоком гибернационном сне дети в возрасте Машки. И казалось бы, достаточно разбудить да воспитать, но проблема здесь глубже, именно поэтому трансляция срочная — дети находятся в критическом состоянии, и, если их выводить из сна, они практически гарантированно, насколько нам известно, погибнут. Кроме того, у них полностью отсутствуют конечности, как будто не росли никогда. И вот наши энергетические друзья не знают, что с этим делать.

— Они именно живые или квазиживые? — тронув пальцем сенсор, интересуюсь я.

— Могут быть квазиживыми? — сильно удивляется наш друг, оборачиваясь к кому-то.

— Могут, — уверенно киваю я.

— Сейчас проверим, — сообщает, затем повисает пауза.

Насколько я знаю, наши друзья тестируют состояние организма, а у квазиживых оно мало того, что другое, так у деактивированных... При обычном сканировании энергетическими методами квазиживой именно как живой в критическом состоянии и выглядит. На мысль о том, что они неживые, меня как раз уточнение об отсутствии рук и ног натолкнуло. Если они квазиживые, то это просто заготовки, а вот если живые, то у нас проблема, и очень серьезная.

Внутреннее мое ощущение правильности, которое мама даром называет, говорит о том, что ничего плохого у нас быть не может, поэтому я просто жду новостей. Насколько я понимаю, ждут все Разумные, поэтому наши друзья, скорее всего, проверяют и перепроверяют информацию.

— Двое живых, остальные квазиживые, — сообщает наконец наш друг. — Но как так?

— Цивилизация Лин, которой принадлежит, судя по всему, станция, — объясняю я, — была очень дикой, но технически развитой. Она использовала детей в качестве брандеров, а когда те, по-видимому, закончились...

Продолжать не нужно, все и так понимают, о чем я говорю. Но вопрос в том, что именно случилось полторы сотни лет назад, и это я прошу наших друзей уточнить. По нашим сведениям, цивилизация Лин исчезла очень давно, но, если остались от них какие-нибудь корешки, проблема может стать очень серьезной.

— Живых детей лучше переправить на Минсяо, — предлагаю я. — У них уже есть опыт, а вот что касается квазиживых...

— Будем разбираться, — наш друг меня благодарит, после чего трансляция прекращается.

Казалось бы, гораздо проще было сразу спросить у нас, но, на самом деле, нет. Откуда было нашему другу с исследовательского модуля знать, что мы понимаем, куда и зачем его попросили слетать? Ведь напрямую они с нами не общались, а просто получили просьбу по своей линии, от своего начальства. А так проблему очень быстро и эффективно разрешили, на мой взгляд. Вот именно для этого трансляции и нужны.

Лукоморье

Ваал

Дни пролетают совершенно незаметно, а я понимаю, что прошлое отпускает нас. Волшебные сказки, которые нам читают мама с папой вечером, становятся реальностью днем. Мы дружим с тетей Рысью, она с нами с удовольствием играет, гуляем по полянке и даже едим ягоды прямо с кустов! Постепенно я начинаю понимать, что значит «дети превыше всего», и это совсем не то, что мне помнилось. Мне кажется, моего прошлого вообще не было, а учитывая, что памятью моей манипулировали, это действительно может оказаться так. Впрочем, думать о прошлом не хочется.

— Дети, сегодня у нас гости, — сообщает нам

папа сразу после завтрака. — Пятеро иллиан поживут с нами, пока их мама рожает.

— Витя, а как же Саша и другие? — не понимает наша мама, хотя я не догадываюсь сразу, о чем речь.

— Они наотрез отказываются маму свою оставлять, поэтому будут на Минсяо, — отвечает он, и вот тут до меня начинает что-то доходить. — А младшие согласились поиграть и помочь нашим детям подготовиться к детскому саду.

Вот тут все становится на свои места: дети сказали, что не оставят маму, и им пошли навстречу. Не заставили, не принудили к чему-то, что считали правильным взрослые, а признали правоту! Одно дело, когда слова, а совсем другое, когда так, поэтому я некоторое время чувствую себя необычно.

— А почему «детский сад»? — не понимает Иала. — Мы же большие уже?

— Не совсем, доченька, — очень по-доброму улыбается наша мама. — Вас немножко неправильно информировали. Еия у нас четырехлетняя, а тебе и Ваалу шесть, так что вполне на детский сад тянет. Ну а Машенька наша...

— Я помню, — кивает наша пятилетняя сестра.

Это буквально вчера было — Маша вопрос задала, поэтому к нам опять тетя Таня прилетела, чтобы точно установить, сколько нам лет. Вот только я результатами не поинтересовался, ведь мне казалось, что о себе я все знаю. Странно, что шесть мне всего, ведь я помню совсем другое и рассуждаю же точно не как малыш. Почему так?

— Вас держали во сне, дети, — вздыхает мама, поглаживая каждого по голове. — При этом вы переживали не самые простые испытания, но в голове, а тело совсем не выросло, понимаете?

Ой. Это действительно «ой», потому что внутри, получается, мы старше, только все равно никак в окружающем мире еще не ориентируемся, а это не очень хорошо. И вот теперь прибудут к нам такие же, как мы, чтобы нас научить... Они совершенно точно нас учить станут, потому что мы ничего не знаем. От этого мне немного страшно, но не слишком сильно, ведь родителям мы уже верим. Верим в то, что защитят, верим в то, что помогут. И в то, что ничего плохого случиться не может, мы тоже уже верим.

Наверное, это хорошо, что мы начнем с детского сада, хотя принять тот факт, что мы на самом деле маленькие, довольно сложно, однако ж родителям виднее. Поэтому сейчас мы ждем гостей, просто изо всех сил, ведь хочется же поговорить с теми, кто тут живет. Да и что такое «детский сад», я себе представляю очень примерно.

Гости прилетают к обеду, по моим ощущениям, — двое иллиан постарше и трое помладше. Странно, что они сразу нас приняли, то есть для них нормально получается, что мы такие же, несмотря на то, что иллиан ведь нет в Галактике. То есть все иллиане попадают сюда так же, как и мы.

— Привет! — помахав необычайно толстой верхней конечностью, улыбается один из них. — Давай знакомиться! Я Вася, вот тут Ладушка, а еще...

— Ваал, Маша, Иала, Еия, — представляю я девочек, отмечая впрочем, что имена у наших гостей совсем не похожи на иллиани. Интересно, в чем тут секрет?

Этот вопрос я, конечно же, сразу задаю, а вот ответ меня удивляет: им комфортнее, когда имена человеческие. Интересно, а нам так же будет? Кстати, Вася мне объясняет, почему я «там» считался большим, а «здесь» маленьким. У людей года иначе считаются, а вот по развитию тела... Именно то, о чем мне родители и сказали — по развитию тела мы еще малыши. Вася говорит, это хорошо, потому что у нас будет время адаптироваться.

— А что это такое — «детский сад»? — спрашивает Еия.

Вася и Лада наперебой рассказывать начинают,

и выходит у них что-то действительно волшебное. А мне интересно же, просто очень, да и не понимаю я половину объяснений, с чем к родителям иду. Папа некоторое время раздумывает, а потом его взгляд очень хитрым становится. Правда, отчего так, я сразу и не догадываюсь.

— Мы с вами сейчас будем в детский сад играть, — говорит он нам, отчего я замираю, не в силах произнести ни звука. — Вася с Ладушкой и младшими сейчас скоренько представят, как все внутри выглядит, а вот пото-ом...

— Ура! — радуются младшие, а мне как-то необычно очень. Мы друг друга совсем не знаем, только сегодня же познакомились, а нам радуются так, как будто мы в одном доме выросли, и вот это, конечно, подкупает.

Еия и Иала уже улыбаются, а Машенька кучу вопросов задает, при этом никто не раздражается. Тот факт, что взрослые обладают просто космическим терпением, я принял уже, но такие же дети, как мы, тоже! Это так необычно, что я просто расслабляюсь, решив — будь что будет.

— А почему у тебя конечности такие толстые? — интересуюсь я у Васи.

— Это мы руки формируем, — объясняет он. — Руки-то всяко удобнее, чем щупальца, и ложку взять, и коммуникатор надеть.

— А зачем коммуникатор? — удивляюсь я.

— Ну ты что! — возмущается Василий. — А с родителями поговорить, а расписание какое-нибудь выяснить, а за здоровьем следить? Да и просто на помощь позвать, если что!

— Коммуникаторы? Для нас?! — кажется, мы все четверо выглядим, как ночные птицы сейчас, ослепленные светом дня. Действительно непредставимо же!

— Конечно, — уверенно кивает он, показывая мне, как работает детский коммуникатор. Обернувшись на девочек, я понимаю: Иала сейчас плакать будет, потому что это такая гарантия получается, что и словами не объяснишь.

Я обнимаю сестренку, к нам присоединяются и все остальные, чтобы подарить немного своего тепла. Именно сейчас я понимаю очень четко: все плохое закончилось, ведь с такой гарантией ничего страшного случиться точно не может. А Лада начинает рассказывать о детском саде, при этом так интересно, что я уже забываю обо всем, но папа, разумеется, помнит.

И вот спустя несколько минут я вижу какую-то комнату, прямо посреди лужайки стоящую. Даже и не представляю себе, как такое возможно, но долго думать мне не позволяют — Вася и Лада утаскивают нас всех в эту зеленую комнату, чтобы... играть?

Виктор

Совершенно неожиданно дети легко включаются в игру. Нет периода приглядывания, осторожных подходов. Синицыных наши дети воспринимают моментально, как будто всю жизнь были знакомы. Я помню, Илья говорил, что у младших со старшими то же самое было, значит... Значит, это может быть особенностью расы, или же они могут на каком-то уровне чувствовать друг друга, пусть даже и не осознавая.

Все-таки, есть у меня ощущение, что иллиане, особенно девочки, как-то промеж собой разговаривают мысленно. Надо этот вопрос с мамой уточнить. Ваал явно нет, а вот девочки? С девочками все непросто, но кроме того, все чаще меня посещает мысль о том, что с нами будет... Подтверждать же знания нужно?

— Ага, — удовлетворенно произносит неслышно подошедшая мама, глядя на игру младших. — Очень хорошо. Тогда за внучатами мы присмотрим, а вы двое идите в дом.

— А зачем? — интересуется Варенька.

— Экзамен школьный сдавать будете, — хихикает она, показывая нам обручи полевого виртуализатора.

Все экзамены сдаются в виртуальной реальности, а учитывая, что я интуит, то и подавно. На экзамене меня важно поставить в такие условия, когда будет проверяться уровень знаний, а не подсознательное ощущение правильности. У людей довольно много с этим связанного опыта, поэтому я только обнимаю Вареньку и, кивнув, отправляюсь в дом. В школах стоят капсулы, обеспечивающие полностью виртуальное пространство, но есть и такие решения — с обручами, тогда мы не получаем обратной связи от прикосновений, например, но для школьных экзаменов это не особо и нужно.

Усевшись за стол, я с интересом смотрю на маму, а она просто протягивает нам обручи. Понятно, никаких вводных не будет, а будет просто обзорный экзамен. Возможно, в него включат и Академию, чтобы два раза не ходить, а может быть, и нет.

— Обручи синхронизованы, — по-своему интерпретировав нашу заминку, сообщает мама, вызывая улыбку у Вари.

Это означает, что в виртуальности мы вместе будем и никто никого не потеряет, а иначе Варенька моя плакать станет. А чтобы она плакала, никому не нужно, поэтому очень хорошо, что мама подумала. Поэтому я уже спокойно надеваю обруч, готовясь к своему первому опыту — у квазиживых экзамены иначе устроены.

Перед глазами появляется что-то на рабочий кабинет похожее. Стол, два стула, на которых мы с Варей обнаруживаемся, и доска перед нами с заданиями. При этом, насколько я вижу, задания от простых к сложным идут. То есть не специально для нас с Варенькой, а в принципе для тех, кто не имеет подтверждения обучения. За последние годы таких много было — у тех же Винокуровых, например. Я беру стило, принявшись решать задачи, исторические вопросы освещать, ну и специализированные, конечно. Варенька, сдержано улыбаясь, занимается тем же.

Никаких проблем я не вижу, ведь, несмотря на то, что нас не учили по школьной программе, объемы знаний давали полностью, и с изменением формы жизни эта информация никуда не делась. По крайней мере, пока я не испытываю трудностей. Задача сменяется вопросом, навигационные правила следуют за историческими проблемами... И вот, наконец, виртуальное пространство пропадает.

— Курс школы полностью на отлично, — сообщает нам обоим папа, обнаружившийся за тем же столом, что и мы. — Сейчас передохнете, и дальше пойдем.

— Ура, — улыбается Варенька, сразу же потянувшись обниматься.

Очень ей обниматься нравится, да и мне положа руку на сердце тоже. И хотя принимаем мы детей своими, но в такие моменты и сами детьми становимся. А родители это очень хорошо понимают, помогая нам и взрослыми быть, и с детьми тоже... Опыта же у нас никакого нет, какой у квазиживых опыт-то?

— Мама, — решаю я обратиться к очень важному для нас человеку. — У меня ощущение, что девочки между собой мысленно разговаривают, а Ваал как-то подсознательно их чувствует.

— Ваал — творец, — вздыхает она. — Это совсем другая история, а вот девочки обмениваются образами, это заметно, поэтому учить их надо будет серьезно. Насколько мне известно, ни у кого больше этот дар в такой форме не проявлялся.

— Откуда все-таки взялись иллиане? — интересуюсь я. — Ведь у нас в Галактике только Учителя на них более-менее похожи?

— Считается, — наша мама глава группы Контакта, кому как не ей задавать такие вопросы. — Считается, — повторяет она в задумчивости, — что раса иллиан среди разумных отсутствует многие тысячи лет, но дело в том, что мы не общаемся с неразумными, а там все возможно.

— А если представить, — я вспоминаю, чему нас товарищ Синицын учил, — что некая цивилизация лишена всего, скажем, в результате катастрофы, при этом она изначально разумна? Для нас же при совпадении Критерия уровень развития неважен?

— На самом деле важен, — качает она головой, о чем-то задумавшись. — Но в случае именно выживания, уровень развития может быть оценен неправильно. С другой стороны, все «дикие» имеются в каталоге, так что можем и посмотреть.

— А пока мы разберемся с уровнем ваших знаний, — добавляет папа, показывая глазами на обручи, тогда как сильно задумавшаяся мама с кем-то связывается посредством коммуникатора.

На самом деле моя идея имеет право на жизнь. Если иллиане стали жертвой катастрофы или войны, оказавшись на какой-нибудь планете «без всего», тогда они были вынуждены строить свое будущее с самого начала, показывая низкий технический уровень при картографировании. Но тогда не объясняется, откуда взялся Ваал и девочки. С одной стороны, могли быть из «закрытой вселенной», но данные мнемографирования... Либо случилось это довольно давно — до уничтожения кхраагов, либо что-то мы о квазиживых кхраагах не знаем. Мы, положим, о них вообще ничего не знаем...

Тут мои мысли обрывает сигнал готовности. Экзамен, насколько я вижу, первого курса, академии «Щита». Это сразу же заметно и по окружению, и по тому, что предлагается расследовать. Первый курс — значит, что-то очень простое, базовые инструкции. Итак, вводная: «ребенок, играя, залез в звездолет на Арктура-шесть, после чего отправился на экскурсию». Допустим, это именно так, что может значить подобное? Только то, что ребенок находился в виртуале, потому что ребенок в звездолете возможен только при наличии допуска, а вот «играя» — сильно вряд ли. Далее: для старта у него совершенно точно ни знаний, ни опыта нет. И допуска опять-таки тоже. Значит, первая отметка о недостоверности вводной и пункты объяснения, вторая отметка — неисправность разума звездолета.

Поиск

Капитан Ефремов

Говорят, Александрова, девчонка эта, стала ребенком совсем. Интересно, как это у нее получилось? А еще по слухам, кхраагов встретили, квазиживых. База Флота полнится слухами, кроме того, происходит и обмен информацией, которую от слухов не сразу и отличишь. Мы отдыхаем после очень странного поиска, которого вроде бы и не было. С одной стороны, имеется довольно много спасенных детей, но и детей в виде квазиживых, а вот Александрова так и кукол нашла, что совсем ни в какие рамки не лезет. Кому-то нужно было показать массовость, но кому и зачем? Это непонятно и совсем ненормально.

— Командир, вызов из Штаба, — сообщает мне ничему уже не удивляющийся разум моего звездолета, заставляя отставить поднос с недоеденным обедом.

— Срочно? — интересуюсь я.

— С рекомендацией немедленного вылета, — звучит в ответ.

Значит срочно. Интересно, что еще у нас такого интересного случилось, что дергают разведчик? «Сатурн» — поисковый звездолет, и раз дернули именно нас, то логично, что надо что-то найти. Или кого-то. В нашем деле, скорее, кого-то, учитывая обнаруженных иллиан, да и их состояние тоже. Информация разная, ибо выглядит так, будто детей отняли у родителей, заморозив и послав подальше. Возможно, появилась возможность найти родителей?

Вздохнув, покидаю столовую Главной Базы, в которой занимался сбором и анализом слухов. Переход на «Сатурн» тут совсем недалеко, можно и пешком дойти. А что касается слухов, то у нас что только не курсирует, и информацию из них добыть можно. Вот например, у Синицына из «Щита» рожает жена, при этом старших детей из госпиталя не выгонишь, а младшие как раз на Кедрозоре. И там же квазиживые с «Перуна», но не просто же так они там? Вот и курсируют слухи, причем версии самые дикие, вплоть до того, что квазиживые живыми стали...

Повернув в переходную галерею, я все еще поражаюсь различным новостям и информации сравнительной достоверности, которую на Базе услышал. Тут мои мысли перескакивают на вызов. Раз вылетать надо не откладывая, то сюрпризы от интуитов, ну или творцов... Скорей, от интуитов, для них характерно на уровне ощущений работать, творцы-то сразу точку дают. По нашему прошлому вылету тоже вряд ли, ибо, если дело в детях, то эвакуатор пошлют. Значит, что-то надо именно найти...

Пройдя по галерее, поворачиваю в сторону подъемника. Мне, упрощенно говоря, на самый «верх» надо, хотя понятия «верх» и «низ» на звездолете очень относительны, конечно. Впрочем, это дело привычки. Подъемник меняет стены, перекрашивая их в молочно-белый цвет, и быстро, буквально в мгновение ока, возносит меня на «командный» уровень. Здесь и рубка, и зал совещаний, один из двух имеющихся на «Сатурне».

— Добрый день, Федор Кузьмич, — здороваюсь я, зайдя в рубку. — Что у нас?

— У нас поиск в секторе «сигма-пять», — меланхолично отвечает мне офицер-навигатор. — Причем, почему именно там, не уточняется.

— То есть группа Винокуровой, — понимаю я. Только у группы Контакта сильнейшие интуиты во флоте, да и для них характерна именно такая постановка задачи. — Ну полетели тогда.

— Сатурн, — командует Федор Кузьмич, — отстыковка, выход за пределы системы, движение по маршруту.

— Сатурн понял, — традиционно для флота откликается звездолет.

Да, задача у нас типа «найти то, не знаю что», даже подозрений нет, но вот боевой контакт возможен, даже очень. Я внимательно смотрю на малый экран, отмечая себе то, как именно поставлена задача. И вот в этот момент я замечаю маленькую такую деталь: отмену для нас Первой инструкции. То есть запрет на контакт с дикими конкретно для нас отменен, а это уже наводит на мысли.

— Похоже, нам с дикими общаться предстоит, — вздыхаю я, показав навигатору на подпункт приказа. — Иначе зачем инструкцию отменять?

— Или с теми, кто только похож на диких, — резонно замечает он. — Иллиане же откуда-то взялись в Пространстве?

Очень много противоречивой информации с этими иллианами, и выглядит она как будто нечто назначило в основном детей расходным материалом. Вот именно поэтому боевой контакт вполне возможен. Ну, «Сатурн» к нему подготовлен, конечно, хоть и нет у меня опыта именно боевого, но такой опыт разве что у Винокуровых найти можно. Так что спокойно движемся куда сказано.

— Слышал, «Синица» вернулась странной, — произносит задумчивым голосом Федор Кузьмич, — пигалица-командир девчонкой стала, а сам звездолет будто со стапелей... Но все на уровне слухов, конечно.

— Отдали ребенка обрадованным родителям, — улыбаюсь я, хотя радоваться тут нечему особо. — Учителя, по слухам, о многовременной флуктуации говорят, но что это такое, да и что случилось с девочкой, непонятно совершенно.

— Ну хоть плакать не будет, — все также задумчиво произносит он. — Детство опять же... А у нас двойное резервирование квазиживых и мозга звездолета.

— Это логично, — киваю я, раздумывая о том, отправиться ли отдыхать или нет.

— Принудительный выход из гиперскольжения, — сообщает разум «Сатурна». — Причину не наблюдаю.

Ну как действовать в случае, если с кораблем происходит что-то необъяснимое, я в курсе — уносится сигнал на базу, а «Сатурн» включает сигналы дружелюбия и приветствия. То есть в первую очередь мы предполагаем Контакт, а враждебность лишь потом. Хотя, разумеется, готовы и к тому, и к другому. Но ответа на наши сигналы нет, да и что нас выдернуло из гиперскольжения непонятно.

— Сканирование Пространства, — вполне логично, по-моему, реагирую я.

— Обнаружен объект правильной формы, — сообщает мне в ответ звездолет. — Производится сканирование.

Правильная форма — это шар, цилиндр и тому подобное. И быть естественным этот небольшой объект совершенно точно не может — наука против, поэтому, думаю, вскорости мы узнаем, с чем конкретно нас свела судьба. Мне, разумеется, очень интересно, да и навигатору моему любопытно.

— Принимаю модулированный сигнал, — продолжает радовать нас «Сатурн». — Расшифровываю.

— Сообщение на «Марс», — командую я. — Принят модулированный сигнал.

— Сигнал расшифрован: «Запретная зона, покидать или смерть», — озадачивает переводом наш звездолет. — Язык сигнала — кхраагский.

— Очень интересно, — киваю я. — Давай связь с «Марсом», но наша реакция, думаю, уже понятна.

Кстати, а как так вышло, что раньше на это никто не наткнулся?

— Раньше через этот сектор в гипере не ходили, — объясняет мне Федор Кузьмич. — Незачем тут ходить, нет же вокруг ничего.

Может, и нет, конечно, но на что-то интересное мы уже наткнулись. Вопрос в том только: сообщение — предупреждение или угроза?

Виктор Сергеевич

Сигнал я получаю от сестренки. Как раз собирался с внуками и правнуками отправиться на озеро, но тут приходит сигнал. При этом сестренка, которая бессменно уже который год группой Контакта командует, довольно лаконична.

— Витя, у нас «Сатурн» в поиске, передал сигнал, но это не контакт, а возможное боевое соприкосновение, — сообщает она мне. — Я сейчас с детьми плотно занята, ты не мог бы...

— С бывшими квазиживыми? — понятливо киваю я. — Не беспокойся, сейчас посмотрим, что там и как.

— С ними, да, — вздыхает она. — Помнишь, как с Виталием было? Вот такие же сущие дети, но и у них уже есть...

— Удачи, сестренка, — смеюсь я, решая

семейную вылазку отложить. Хорошо, что заранее не предупреждал. — «Сириус», боевая тревога. Принять на борт десант, готовность к вылету полчаса.

— «Сириус» принял, — звучит в моем браслете. Я же раздумываю: милую брать или не стоит? Дар больше за «брать», поэтому иду к Настеньке моей, чтобы рассказать, что планы у нас немного изменились.

На самом деле, я сестренку в этом очень даже поддерживаю, потому что у меня боевой опыт есть, а у нее как раз нет, да и дело у нее сейчас не менее важное — у нас двое квазиживых жизнь обрели, а это значит, что вскорости и других может постичь та же судьба. Насколько я понимаю, обретение жизни случилось в результате развития чувства любви, ибо именно она предполагает своим пиком и физическую близость, в случае квазиживых невозможную.

По мнению Учителей, это произошло не само по себе, но теперь процесс уже вряд ли контролируем, то есть Человечество вступает в новую эпоху, что само по себе любопытно. А мы с любимой пока смотаемся в сторону зависшего в Пространстве «Сатурна», чтобы выяснить, кто это такой умный выискался. Подробности мне падают на наладонник, при этом действительно сообщение выглядит угрозой. Очень мне любопытно становится. С этой мыслью я встречаю взгляд все уже понявшей любимой.

— Ты пришел сказать мне, что мы с тобой отправляемся куда-то в интересное место, — сообщает она мне, демонстрируя силу своего дара. — Детей я предупредила, так что мы свободны.

— Люблю тебя, — совершенно искренне сообщаю я ей то, что Настенька отлично знает. Раз ей дар подсказал, значит, все правильно — надо лететь вдвоем. — Там кто-то нашего поисковика в тупик поставил, — объясняю я, пока мы на выход идем. — А Машка не может, у нее дети.

— Квазиживые бывшие, — демонстрирует любимая свою осведомленность. — В любом случае, мы нужны, — совершенно уверенным тоном завершает разговор она.

Действительно дар, получается, а дару сопротивляются только очень неумные люди, мы к таким не относимся. Именно поэтому электролет нас сейчас унесет в направлении зашедшего уже на низкую орбиту «Сириуса», вот прямо буквально через несколько минут и унесет. Получившие предупреждение от мамы дети занимаются правнуками, нас никто не провожает, потому что ничего с нами случиться не может по всеобщему мнению, электролет уже ждет.

Привычные телодвижения, привычный взлет и посадка в трюм «Сириуса». Сколько раз мы уже прибывали так на наш звездолет, очень нам, кстати, обрадовавшийся. Разум у него высокого класса, поэтому, наверное, отношения у нас больше дружеские. Вот сейчас он только ждет команды, понимая, что тревогу я объявил не зря.

Выйдя из подъемника, почти сразу попадаю в рубку, Настенька неслышной тенью устраивается за консолью офицера систем обороны, недавно модернизированных с учетом приобретенного опыта, а я падаю в командирское, сразу же переливая с наладонника координаты.

— «Сириус», давай по координатам с максимальной скоростью, — командую я, затем только повернувшись к товарищам офицерам.

— Вася, хорошо, что ты тут, — улыбаюсь я командиру десанта, с которым мы много чего прошли. — Нас дернул поисковик. На самом деле, сестренку, но там она не нужна, судя по всему.

— Командир, а что это за слухи странные? — интересуется у меня Иван, мой навигатор.

— О возрастном откате? — я в целом понимаю, о чем он говорит. — То двигатели новые виноваты, — вздыхаю я, уже получив отчет наших ученых. — В гиперскольжении они временную аномалию непонятным образом создают, в результате чего корабль и все его наполнение лет на десять-двенадцать назад смещается.

— То есть новые двигатели не используем, — заключает он.

Да, надежд было множество. Двигатели должны были создавать флуктуацию, в результате которой движение происходило бы субъективно мгновенно. И все было хорошо на испытаниях, но вот оказалось, что стоит на борту наличествовать живой материи, и все — флуктуация становится аномалией. При этом у квазиживых, насколько я понял, произошло нечто вообще выходящее за рамки логики — у них замещение живой тканью произошло... Впрочем, подробностей я не знаю, вернемся когда — выясним, тем более, что бывшие квазиживые теперь мои племянники.

На экранах расцветает плазма гиперскольжения, в котором мы движемся с ускорением, что навигацией не очень рекомендовано, но мы спешим, потому как если полученное «Сатурном» сообщение все-таки угроза, то товарищи могут находиться в опасности, чего мне бы не хотелось. Задавать логичный вопрос о том, что они забыли в пустом секторе, я не буду — явно не просто так двинулись именно сюда, значит, так надо.

Я просматриваю сообщение, мне сестрой перекинутое, и кажется мне, что это именно угроза. То есть, возможно, повоюем. Ну да нам не привыкать...

— Настя, как выйдем — щиты на максимум и поисковика прикрыть, — обращаюсь я к любимой жене. — Но пока не стреляем, сначала разберемся, что это за цилиндры странные там висят. Может, и нечем им уже стрелять.

— Поняла, — сосредоточенно кивает она, меняя конфигурацию защитных систем в расчете на возможную атаку.

Есть у нас кроме щитов системы локального изменения кривизны Пространства. Означает это, что все, в нас прилетевшее не в субпространстве, с такой же радостью полетит обратно. Именно поэтому нападать на нас чем угодно дело неблагодарное. Ну неизвестным это пока неизвестно, но это ненадолго, насколько я понимаю.

Интересно, все же, что именно ищет в том секторе «Сатурн»? Мы это, конечно, узнаем, но любопытно до писка просто. Так что остается только ждать, а время тянется медленно-медленно, что немного даже раздражает. Но я терпеливый, мои офицеры тоже, а десант вообще по инструкции живет, то есть в режиме ожидания, то есть для них время не течет. Квазиживые же...

Нежданный сюрприз

Виктор Сергеевич

Настенька сканирует странные цилиндры, довольно густо, на мой взгляд, натыканные, а поисковик в это время устраивается у нас в трюме. «Сатурн» совсем маленький корабль, экипаж у него пятеро разумных, из которых двое квазиживых, сейчас в режиме ожидания находящихся, а один — разум звездолета. Поэтому в трюме ему будет комфортно, а нам не надо, если бой, пересчитывать конфигурацию щитов.

— Муж! — обращается ко мне Настюша. — Это мины. По составу очень похожи на планетарные, ну помнишь...

— Помню, — киваю я, пытаясь сообразить, как

сделать так, чтобы не рванули. — Если рванут, то задавят все, что внутри сферы, так?

— Да, — кивает она. — Сдается мне, что именно для того они висят именно так.

— Значит, надо подумать, — хмыкаю я.

Подумать действительно надо, ведь если они хором рванут, весело будет всем, особенно тем, кто внутри этой сферы. Вопрос еще в том, как они отреагируют на уничтожение одной мины? Проверять не слишком хочется, но мысль у меня есть. В свете совсем недавно обсужденного нами эффекта новых двигателей, если удастся сфокусировать поле, тогда мины станут неопасными. Вопрос в том, что будет, если мы заденем звездную систему? Она там внутри точно быть должна, но просто помехи от мин не дают просканировать.

— Ваня, — зову я навигатора. — Ну-ка связь мне с Драконией сделай, надо ученых наших подергать.

— Сейчас все будет, — обещает он мне, вздохнув.

Да, это непросто — надо направленным лучом ретранслятор нащупать, а потом уже через него создать канал связи. Пока он занят делом, я наговариваю сообщение для научного сектора Академии Флота. Легче всего коротким пакетом передать, потому что, кто нас услышать еще может, просто-напросто неизвестно, а рисковать я не люблю. Мало ли какой механизм у этих мин, кроме автоответчика, хотя я, конечно, перестраховываюсь.

— Хочешь использовать двигатели? — задумчиво интересуется Настенька. Она у меня умница, всё сама быстро понимает. — То есть мины снимутся с боевого взвода, уйдя в условное «детство», это логично.

— Логично-то логично, — отвечаю ей, — но если за ними есть планета, а там живые существа, они детьми станут... Вот я и хочу выяснить, нельзя ли изолировать эффект.

— Да, превращать всех в детей неправильно, — соглашается она со мной, и мы погружаемся в ожидание.

Сейчас наши ученые что-нибудь придумают, я же усаживаюсь рядом с любимой, чтобы еще раз охватить сканером все пространство. Теоретически, можно было бы скользнуть в субпространство, чтобы пройти опасную зону, но так рисковать никто не будет. Несмотря на то что я Винокуров, вопреки молве, инструкции игнорировать не люблю.

— Есть ответ, — сообщает мне Иван. — Расчет показывает, что мы можем сотворить коридор. В этом коридоре будут работать другие физические принципы, и мины нас просто не поймают.

— Все равно опасно, — качаю я головой. — Или нет?

— Нет, командир, — улыбается он. — Изнутри мы можем их уничтожить, потому что «сзади» у них сенсоров нет.

— Откуда это известно? — удивлюсь я, но готовый к этому вопросу офицер демонстрирует мне результаты сканирования.

Действительно получается именно так, кроме того, сами мины мне что-то напоминают, но вот что именно, я пока понять не могу. Дракония тем временем запрашивает данные сенсоров для расчета создания аномалии. Вот то, что мы такое умеем, для меня, конечно, сюрприз, но знать вообще все на свете физически невозможно.

— Научный центр вызывает, командир, — сообщает мне Иван.

— Соединяй, — киваю я. Изображение на экране меняется. Теперь перед нами товарищ Стародубов, профессор физики Пространства.

— Винокуров, это туфта, — сходу заявляет он нам, используя очень древнее слово, имеющее кучу значений, но в данном случае... — Ваши «мины» имеют планетарный заряд, но это их двигатель, он не может взорваться.

— То есть, можно игнорировать? — удивляюсь я.

— Рекомендуется уничтожить часть поля... — на

экране появляются координаты и визуализация. — Кинетическим способом. Тогда, по нашей информации, «мины» отреагирует так, что можно будет пройти мимо без проблем.

— То есть метеорит изобразить, — доходит до меня. Я киваю Настеньке, сразу же вбивающей данные в консоль.

В четко указанном месте разгорается звезда, а все объекты вдруг включают двигатели, направившись в том направлении. Некоторое время мы ждем, но больше ничего не происходит — «мины» не спеша создают плотное построение около того места, где рванул кинетический заряд. Значит, ученый прав — можно двигаться дальше.

— Щиты на полную, движение вперед, половина абсолютной, — короткими командами отдаю я приказ. «Сириус» начинает движение, при этом «мины» не реагируют никак.

Звездолет довольно быстро набирает половину абсолютной скорости, как мы называем скорость света, потому что с физикой ничего не сделаешь. На этой скорости сенсоры работают хорошо, поэтому Настенька сейчас ищет то, что скрывалось до поры за сплошным полем «мин». Я же поглядываю за группой «специальных» сенсоров, которые до меня доносят не самые веселые данные пространства.

— Такое чувство, что кто-то со временем игрался, — задумчиво говорит мне Настя, выводя результаты изысканий на экран. — Вот смотрите, товарищи, у нас звездная система. Вроде бы обычная, две планеты, звезда — желтый карлик, то есть жизнь вполне возможна. А если включить телескоп...

И тут я вижу, что она имеет в виду — на орбите два разбитых корабля, визуально даже из разных эпох. В одну эпоху ядерные и «импульсные» двигатели встречаться не могут даже теоретически. Значит, тут какая-то загадка... Но тайны на этом не заканчиваются, потому что в радиусе «мин» у нас только одна система, к которой мы сейчас и направляемся. Странно, что за объектами мы ее не увидели, кстати.

Я оперирую телескопом, наводясь на планету, над которой два разновременных обломка висят. И вот кажется мне, что жизнь там есть, но очень странная. Вроде бы и дикая, на уровне домов из шкур, но в то же время, есть что-то непонятное в этом. Приняв решение, трогаю сенсор.

— Винокуров Ефремову, мы вас выпускаем, — сообщаю я командиру «Сатурна». — Задача: обследование второй планеты. Как поняли?

— Понял вас, — традиционно и по инструкции отвечает мне он.

— Давай, «Сириус», выпускай поисковика, опасности нет, — прошу я разум моего звездолета.

— Выполняю, — слышу я в ответ.

Ну что же, теперь очередь поискового звездолета — и обследовать, и сообразить, что именно происходит, да и понять, зачем их послали именно сюда.

Капитан Ефремов

Из трюма «Сириуса» выходим спокойно, обнаружив, что находимся на окраине звездной системы. Желтый карлик навевает воспоминания о Прародине, ставшей уже историей из-за не очень умных неразумных. Две планеты, причем я начинаю осматривать ту, на орбите которой ничего нет.

Чуть подав звездолет вперед, внимательно осматриваю планету, спутника не имеющую. У обеих планет спутников нет, что не очень обычно для таких систем, но что имеем, то имеем. Итак, начинаем мы осмотр не с целевой планеты, как положено по инструкции. Телескоп наводится, даря мне понимание, что жизнь в таком месте существовать не может.

— Озеро лавы, — задумчиво произносит Федор Кузьмич, — причем в результате, судя по всему, бомбардировки.

— Да, фон высокий, — вздыхаю я, взглянув на информацию телескопа. — Ну хорошо, давай целевую смотреть.

— Холодная планета, — замечает навигатор. — Постройки на иглу похожие.

— Где? — я вижу их не сразу, поэтому Федору Кузьмичу приходится чуть ли не пальцем показывать. — Погоди-ка...

— Да, — он отлично понимает, что мы видим. — Растительности нет никакой почти, а дома похожи на куски обшивки звездолета. То есть, нельзя говорить о дикости — это потерпевшие крушение.

— Или их потомки, — я задумываюсь, потому как фигуры, мелькнувшие в телескопе, меня чем-то задевают. Не сами фигуры, а их размеры, хотя, возможно, это просто проекция такая. — «Сириус», на планете живые, потерпевшие крушение или их потомки, у вас десант есть?

— У нас все есть, — спокойно отвечает мне Защитник Человечества. — Исследуйте, насколько хватит возможностей, мы пока на орбиту встанем.

Очень хорошая новость. Пока «Сириус» маневрирует, я как раз успею осмотреться. Поискав телескопом, выделяю одно из самых крупных жилищ, нацеливаясь на него и включая все возможные сканеры. В первые моменты информации нет, затем сенсоры доносят до меня факт наличия большого количества живых внутри строения, при этом есть свидетельство работы некоего устройства по спектру похожего на наш синтезатор.

Спустя, наверное, полчаса, в течение которых наш базовый звездолет готовится к сбросу десанта, мы наблюдаем. Из большого строения выходит плотная толпа местных жителей, желая рассмотреть поближе которую, я довольно резко усиливаю увеличение телескопа. Теперь у меня есть возможность получше рассмотреть тех, кто здесь живет. Двое или трое существ отходят от основной толпы, идя в сторону... проруби?

— Иллиане, — констатирует очевидное Федор Кузьмич. — Только очень худые и маленькие. Ну-ка...

Я знаю, что он делает — запрашивает соответствие возраста размеру, но я уже понимаю: перед нами дети. Во всей этой толпе нет взрослых, совсем. Дети и подростки разных возрастов, а это значит, что вмешаемся мы обязательно, ведь дети превыше всего. Я передвигаю область захвата изображения телескопа по всей видимой нам части планеты, понимая — поселений два, в них иллиане и, похоже, люди, хотя точно не скажешь, потому что выглядят они чуть ли не скелетами, при этом взрослых я не вижу нигде.

— «Сириус»! — зову я звездолет Защитника. —

Наблюдаем иллиан. Только они дети, взрослых не вижу совсем. На поверхности очень холодно, кроме того, они очень худые.

— Десант пошел, — слышу я в ответ спокойный голос Виктора Сергеевича. — Еще что-то?

— Такое чувство, что нет взрослых, Защитник, — я не просто так к нему обращаюсь. — И еще видел кого-то на нас похожего, но худые все... Возможно, у них голод?

— Выясним, — коротко отвечает он, вздыхая. — Неужели, опять лагерь? — будто самого себя, спрашивает Виктор Сергеевич.

Я вижу садящуюся прямо возле указанного мной строения капсулу нашего десанта, откуда сразу же выходят квазиживые. Они уже морфированы по образу иллиан, поэтому, наверное, паники не вызывают. Дети подходят к ним, но не все, а только часть. При этом десант включает «картинку», то есть прямую трансляцию, и то, что я вижу, заставляет сердце буквально замирать в груди.

— Вы большие, — лишенным интонаций голосом произносит один из иллиан. Подсказка от «Сатурна» прямо на экране указывает на возможный возраст представшего перед нами. Как приговор горит она — шесть лет. Перед нами совершенно точно ребенок. — Значит, умрете, — добавляет он.

Десантник пускается в расспросы, пытаясь выяснить происходящее. И вот что-то мне рассказанная история напоминает. Я не очень понимаю, что именно, поэтому выдергиваю из зажима наладонник, пытаясь в его памяти найти, что же именно мне напоминает скупой рассказ мальчика.

— Не трудись, командир, — каким-то очень грустным голосом произносит Федор Кузьмич. — Он историю Ка-энин повторяет.

— Но у тех вирус был внешним фактором? — не понимаю я. — А тут откуда?

— Все выясним, — вздыхает он. — «Сатурн», три девятки, гвоздь, ноль.

— К связи готов, — откликается на этот странный код наш звездолет.

— Три нуля на базу, — еще раз вздыхает мой навигатор, раскрывающийся с неожиданной стороны. — «Щит» на страже, — добавляет Федор Кузьмич, заставляя меня понимающе улыбнуться.

Ребенок рассказывает десантнику, что до двадцати лет у них не доживает никто, потому что наступает старость. Но это так похоже на историю Ка-энин, просто слов нет, чтобы описать. В отличие от Ка-энин, они работают, чтобы поддерживать в жизни единственный синтезатор, которому ресурсов едва-едва хватает на них всех, поэтому они вечно голодные.

— Виктор Сергеич, — также грустно произносит Федор Кузьмич, — у нас три нуля, опасность для жизни ребенка.

— Понял, работаю, — сразу же подтверждает Защитник.

Вниз устремляются остальные капсулы с десантом — детей нужно обогреть, накормить, вакцинировать, ведь они болеют, гибнут, но как-то продолжают жить. В любом случае, это задача для всех нас, но нужно еще разобраться, что с ними случилось, как именно гибнут взрослые и что теперь делать. Очень разобраться необходимо, но тут уже вопрос к «Щиту». И главное — кто накрыл их полем объектов?

Но сейчас к нам летит эвакуатор и весь немаленький флот Человечества, чтобы спасти маленьких иллиан. Как только выжили малыши... насколько я вижу, у них только импровизированные жилища, нет взрослых, нет знаний и совсем мало еды. Часть гибнет от голода, холода, болезней, часть доживает до девятнадцати в лучшем случае. Сейчас узнаем, сколько их вообще, и тогда будем уже проверенным на Ка-энин способом спасать детей. Дарить им маму, папу и уверенность в завтрашнем дне, а следователи поищут, кто это у нас такой умный.

Кедрозор

Мария Сергеевна

Экзамены за школу и первые три курса дети сдают, что называется, «влет», то есть сразу и без проблем. Остальные им уже в Академии придется, причем, скорей всего, последний курс надо будет проучиться — немного другая программа обучения у квазиживых все-таки. Но тут возможны некоторые нюансы: у них дети, правда, к детсаду, насколько я могу судить, готовые уже. Очень быстро они приняли других иллиан, как будто что-то вспомнили, но что?

— Марьсергевна! — оживает мой коммуникатор, когда я в раздумьях сижу на скамеечке у самой «волшебной избы». — «Сатурн» по коду «Щита» три нуля передал.

— Электролет к Лукоморью, — коротко командую я, а сама поднимаюсь, чтобы в дом войти — надо с детьми и внуками проститься.

Без меня проблема с тремя нулями не решится, группа Контакта в таких случаях нужна обязательно. Насколько я знаю руководство Флота, к «Сатурну» сейчас выдвигается весь флот, кроме дежурных соединений. Слишком серьезен этот код, никто с ним играть не будет.

— Дети, маме нужно улететь ненадолго, — я обнимаю и Витю, и Варю, вмиг расстроившуюся. — С вами папа наш останется, — информирую я их.

— Серьезное что-то? — сразу же интересуется сын.

— Три нуля от поисковика, — коротко объясняю я, — скорей всего, нашли кого-то интересного.

— Эх, нам не полететь, — вздыхает Витя.

— Ничего, налетаешься еще, — отвечаю ему, и иду с малышами прощаться.

Что именно могло произойти, мы узнаем позднее, но нет ощущения именно опасности. На коммуникатор падают подробности трех нолей, заставляя меня кивнуть, понятно все. Опасность для жизни детей — вполне так причина трех нулей, так что нужны врачи, и госпиталь мы с собой утянем. Ну, по дороге все подробности совершенно точно узнаю, хотя тут вряд ли будет собственно Контакт. Скорее, миссия спасения, как с котятами. Вот есть у меня ощущение, что ситуация на Ка-энин похожа.

Погладив на прощание уже засыпающих малышей и еще раз обняв их родителей, я целую мужа на прощанье и выскакиваю из дома. На поляне уже ждет даже не электролет, а катер с «Марса», значит, все я поняла правильно — всех собирают. Минут пятнадцать надо подождать, пока не окажусь на борту, а девочки пока собирают информацию, или я их не знаю совсем.

Именно боевой тревоги не объявлено, несмотря на код, но флот уже в пути, что радует. Двигаться им такой массой довольно долго, мы с «Панакеей» быстрее будем. Госпитальный звездолет висит рядом с «Марсом», что я замечаю, едва только оказываюсь на орбите. Очень хорошо. Пока я раздумываю, меня глотает раскрытым трюмовым створом родной звездолет, а через минуту я уже выскакиваю из катера, звонко щелкнув подковками ботинок по металлической поверхности причальной палубы.

Подъемник возносит меня на командный уровень под сообщения разума звездолета о начале движения, синхронизации с госпиталем и нырком в гиперскольжение. Говорят, двигатели на временных флуктуациях после произошедшего с Александровой из эксплуатации вывели, хотя счастливый ребенок проходит свое второе детство с философски настроенными родителями. Ну да, второй пубертат... В общем, есть свои нюансы, конечно.

— Маша! — радостно улыбается мне Лерка. — А тут такое!

— Рассказывай, — поощрительно улыбаюсь я сестре, буквально падая за стол в комнате совещаний.

— Витька наш нашел систему, полную детей-иллиан, — скороговоркой выстреливает она фразу. — Вроде бы и люди есть, но это пока не точно. Они замерзшие, голодные и взрослых совсем нет! Но это не похоже на Ка-энин, потому что нет надзирателей.

— Не факт, что нет, — качаю я головой, вчитываясь в информационную выжимку.

Итак, что мы знаем? Витьку к «Сатурну» я сама послала, как бы моя просьба ни называлась. Обнаружены планетарные мины, оказавшиеся пустышкой, но, похоже, маскировавшие звездную систему с ровно одной населенной планетой. Климат на этой планете очень суров, и есть ли там вообще лето, никто пока не знает. Планету населяют, видимо, выжившие после катастрофы, но исключительно дети, потому как взрослые гибнут после девятнадцати лет. Интересно, а размножаются они как? Неужели, сразу как могут? У иллиан это восемнадцать, насколько я помню, а это значит, что дети сироты все. У них физиология завязана на фактическое совершеннолетие, кстати, та еще загадка... Но с ней разбираются врачи и ученые, а у нас что?

— Лера, а что с питанием у них? — я не то чтобы не понимаю показанных мне цифр, мозг просто отказывается их принимать.

— Услышать хочешь, — вздыхает сестренка. — Все правильно там написано. Синтезатор у них один, растительности почти нет, а та, что есть, в синтезатор попадает. Ну и снег еще, но еда получается однообразной и примерно сто — сто пятьдесят грамм на живого в сутки. И этого недостаточно.

— Интересно, как они умудряются жить и размножаться? — задаю я логичный вопрос. — Вэйгу?

— История знает такие случаи, — сообщает мне разум нашего госпиталя, заставляя задуматься. Это точно не лагерь, подход совсем другой. При этом кажется мне, что внуки как раз с этой планеты, и вот этот факт уже не лезет ни в какие ворота.

На месте в любом случае разберемся, потому

что у меня картинка совершенно не складывается. Я вывожу визуальную информацию, чтобы оценить самостоятельно картину и вижу... Я вижу уставших детей, их Старших, изучающих науки и знающих, что жизнь скоро закончится. Я вижу дома, построенные из блоков звездолета, при этом не отапливающиеся почти. И самые маленькие, и те, кто постарше, постоянно закутаны то ли в шкуры, то ли в тряпки. При этом наличествует информация о едином дне мытья, для которого воду копят всю неделю, но... Даже просто смотреть на подобное вызывает трудно преодолимый ужас. Да, это действительно ситуация типа три нуля, при этом нужно разбираться, как внуки попали в Пространство. Но еще я очень хорошо вижу: совсем на Каэнин не похоже, просто совершенно. Котята жили поодиночке, а тут явно в бараках, но по необходимости — греться...

Смотреть на подобное без слез просто невозможно, но мы уже идем. Потерпите еще совсем немножко, дети, Человечество идет на помощь. Мы обязательно согреем и накормим каждого, мы дадим им маму и папу, и они забудут этот ад. Интересно, почему мы, а не наши друзья наткнулись на эту колонию? Надо будет Арха обязательно спросить, возможно тут не все так просто. Это может быть и платой за дары, а может...

Ваал

Бабушка улетела, а папа с мамой встревожены, но не сильно, значит, что-то случилось, но не опасное. Кажется мне, что такой скорый бабушкин отлет как-то с нами связан, однако я не беспокоюсь, ведь нас есть кому защитить. Впервые, можно сказать, я себя чувствую полностью, абсолютно защищенным.

— Ваал, Ваал! — Еия зовет, выдергивая меня буквально из моих мыслей.

— Что, маленькая? — ласково спрашиваю я.

— А давай родителей уговорим в детский сад? — жалобно смотрит она, как будто это от меня зависит. — Вася так интересно рассказывает...

— Хорошо, — согласно поднимаю я верхние конечности.

Ее можно понять, да и мне самому любопытно, потому что детский сад — это получается очень интересно, а еще хочется действительно проверить, действительно ли все так, как Вася рассказывает. При этом за сестер почему-то совсем не страшно, хотя, по идее, должно быть. Наверное, нас уже убедили в том, что страшно не будет никогда. Поэтому я соглашаюсь с сестренкой, и хотя в сказке тоже очень интересно, но рассказы Синицыных очень сильно увлекают. Еще они мне кажутся чем-то знакомыми, как будто я видел их всех очень давно, но забыл.

Заметив, что мама с папой заняты — они о чем-то говорят, отвлекать я их не спешу, а направляюсь к «дедушке». Еще не привык я ко всем этим названиям, честно говоря. Кстати, это тоже странно, ведь получается, что не было у нас дедушек и бабушек, а слова такие в языке есть, иначе перевода не было бы. Вот я подхожу к нему, сразу же отложившему все, чем занимался. Взрослые здесь какие-то необыкновенные, я поражаться, наверное, не устану, они сразу же все внимание отдают ребенку, даже если он с глупым вопросом подойдет. Может быть, это расовая особенность?

— Дедушка, — обращаюсь я к нему. — А можно нас в детский сад, а то любопытно очень?

— Приелась сказка? — спрашивает он меня в ответ.

— Нет, здесь все очень волшебное, только Вася рассказывает... — я не знаю, как объяснить, но, наверное, это уже и не надо.

Дедушка внимательно смотрит на моих сестер, глядящих сейчас на него с надеждой, на младших, и кивает. Он как-то быстро все понимает сам, а это очень необыкновенно, по-моему. Сказка, начавшаяся в тот момент, когда меня обняли руки родителей, все не заканчивается. Ой, а я же Машу не спросил!

— Голубки! — дедушка к нашим родителям обращается. — Ну-ка, собирайтесь, дети в коллектив хотят!

— Вот прямо так? — почему-то удивляется папа, а потом кивает, отправляясь с мамой всех собирать.

— Спасибо! — незаметно подбежавшая Маша меня за малым не придушивает.

Ей, оказывается, тоже очень хотелось туда, где много детей, потому что грустно же и играть хочется. Она знает, что память беспокоить больше не будет, но ей просто хочется, потому что мы дети. И взрослые понимают наши желания лучше нас самих. Это так чудесно, что просто визжать от радости хочется, ведь именно о таких взрослых нам мечталось. Правда, когда именно мечталось, я не знаю, но это сейчас и неважно.

— Дети, сейчас прибудет электролет, рейсовый на Гармонию нас ждёт, — объявляет дедушка. — А пока Винокуровы одарят детей коммуникаторами, о которых все забыли.

— Ой, точно! — восклицает мама, сразу почему-то принимая виноватый вид, но спешит с папой к нам.

Первой получает коммуникатор Маша, замерев

от этого события даже. На руке у нее переливается огоньками розовый браслет. А вот наши конечности еще тонкие, поэтому папа, подумав, надевает сам браслет на ногу, а на одну из верхних конечностей широкую ленту. Совершенно непонятно, что это и почему, поэтому я вопросительно на него смотрю, спрашивать, впрочем, не спеша.

— Это выносной экран, — объясняет мне мама, поймав взгляд. — Смотри, делаешь так, и он становится удобным экраном.

Действительно, она показывает нам, как правильно повернуть ленту, и я просто свищу от радости, хотя обычно таких звуков себе не позволяю. Это не очень прилично — свистеть, но тут как удержаться? Новый прибор ощущается еще одной гарантией, потому что мы теперь, как все. Как Вася, как Лада, как родители! Нас будто принимают в этот мир в сообщество таких же... С коммуникатором на руке я себя чувствую частью Человечества, хоть и выгляжу иначе.

Затем мы оказываемся в длинном полупрозрачном огурце электролета, а я даже вспомнить не могу, успел ли я попрощаться с тетей Печкой, Рысью и домовым. Подхваченный веселым калейдоскопом сборов, я не соображаю даже, как оказываюсь внутри электролета, буквально сразу начавшего движение наверх, где нас ждет рейсовый звездолет на Гармонию. Именно там мы теперь живем, там наш детский сад, а еще! Еще наши новые друзья почти в том же доме живут! Мы сможем встречаться и играть вместе!

И вот теперь я внезапно ощущаю, что «взрослость» меня покидает. Я начинаю чувствовать себя именно маленьким. Не малышом, а защищенным, ребенком, которому не нужно учитывать факторы, решать и бояться, что сестер нечем накормить будет. Не знаю, смогу ли я думать, как ребенок, но вот сейчас хочется растечься и ни о чем не думать, чтобы все решалось без меня.

— Переходим на рейсовый, — слышу я дедушкин голос, с трудом открывая глаза.

Впереди нас встречает очень необычная женщина — она на тетю Рысь похожа — такие же ушки на голове находятся в постоянном движении. Она улыбается нам очень по-доброму и провожает в отдельную комнату, то есть каюту, огромную, как зал целый. И там мы видим еще детей, что играют, еще чем-то занимаются... Это игровая комната? На звездолете?

— Ну а чему ты удивляешься, сын, — улыбается папа в ответ на мой взгляд. — Дети превыше всего.

Великая истина Человечества, которое теперь и мы тоже, хоть и совсем не люди. Совсем не такая она, как мне помнилось, а настоящая истина, сама собой разумеющаяся для всех разумных вокруг нас. Вот совершенно для всех. Я понимаю теперь, что все услышанное мной на экране в сказке действительно так и есть, и теперь можно просто не думать о том, что произойдет, если... Потому что ничего плохого с нами случиться уже не может, нас сказка приняла, и мы теперь часть ее. Очень важная часть, потому что так папа сказал.

Время проходит совсем незаметно, мы, конечно, знакомимся с другими детьми, совсем не беспокоящимися от того, что мы иначе выглядим, и вот... Вот, усаженный в кресло электролета, я вижу наш новый дом. Очень красивую, зеленую планету, раскрывающуюся мне навстречу, будто желая принять меня в объятия. И в этот миг я очень хорошо понимаю — мы дома.

Навсегда.

История Человечества

Мария Сергеевна

С тёзкой, которая внучка, многое по-прежнему непонятно. И история её, и как она с кхраагами связана, всё это видится мне не слишком достоверным, но с квазиживыми мы уже на связи, и против наших следователей они не возражают. Очень удивились нашему пониманию их природы, но теперь у нас совершенно точно есть настоящие друзья. Со следователями не слишком понятно — пока нет подготовленной пары. Илья настаивает на паре квазиживых, и я его могу понять, но Варя с Витей пока курсанты, а у самих Синицыных есть чем заняться — Ульяна двойню родила. Так что надо будет выяснять в процессе.

Сейчас мы висим над планетой, полной детей иллиан, с которой их очень осторожно и бережно эвакуируют. Медицинская помощь нужна всем! Совсем всем, кроме того, фактор старения по достижению определенного возраста нами не раскрыт, и понять, что именно это значит, пока у докторов наших просто не выходит. Работы стало вдруг как-то очень много...

— Боевая тревога! — сигнал разрывает тишину Пространства.

Витькин звездолет прыгает наперерез кому-то, появившемуся из пространства, я даже и сказать ничего не успеваю. Похоже, я вижу Витькину любимую поговорку «лучше быть параноиком, чем трупом» в действии. При этом неизвестный звездолет сходу открывает огонь по кораблям в системе — эвакуатору, госпитальному, нам, но брат уже прикрывает нас, задействовав свои защитные системы, отчего рой металлических тел и какого-то странного излучения, устремившихся к нам, отправляется обратно, сразу же разобрав нападающего на составляющие.

— Десанту — обследовать обломки, — звучит спокойный Витин голос и сразу же вслед за этим: — Отбой боевой тревоги.

— «Марс», занять позицию обороны госпитального корабля, — это наш командир приказ отдает, потому что где один, там и другой может быть.

Я пытаюсь понять, что мы видели, ведь нападавший не мог не видеть, что кораблей на орбите множество. Неужели решил самоубиться таким интересным способом? Я переглядываюсь с находящимся в рубке нашим другом, обычно путешествующим в энергетической форме, и вижу в его глазах непонимание. То есть для него тоже сюрприз, интересно...

— На Испытание похоже, — замечает Альеор. — Но какое-то странное.

— Учитывая, как много стало даров, я уже во все поверю, — отвечаю ему. — Послушай, а это может быть Шаг Развития?

Есть такой термин у наших друзей. Означает он скачок цивилизации в развитии по достижению определенной массы небольших изменений. И вот если у нас подобная ситуация, тогда можно многое понять. По вопросу Вити и Вари тоже трансляция нужна, ну и по иллианам, конечно, как только вылечим. Котят люди забирали прямо с планеты, а вот их сначала надо долго и вдумчиво лечить. Я уверена, следователи тайну их короткой жизни определить смогут, раз уж врачи руками разводят.

— «Панакея», что у вас с эвакуацией и прогнозами? — запрашиваю я, потому что считаюсь в системе старшей как глава группы Контакта.

— Почти всех подняли, — отвечает мне космический госпиталь. — Как ходили, непонятно, Мария Сергеевна, у них же еды было всего ничего. Часть принял эвакуатор, так что закончим через полчаса.

— Отлично, — киваю я, понимая: кого-то надо в системе оставлять. — Витя, останешься до прихода следователей? — интересуюсь я.

— Останусь, — согласно кивает он мне с экрана. — Тут у нас в обломках интересные открытия намечаются.

— Поняла, — подтверждаю я получение информации. — «Водолей», прошу расставить и зафиксировать ретрансляторы. Мины убрали?

— Убрали, товарищ Винокурова, — подтверждает мне тральщик. — Не мины это, скорей макеты, как на детей...

— Учитывая, кто был на планете, вполне возможно, — вздыхаю я, осознавая: для малышей все заканчивается, а для нас только начинается. — Подготовьте ретрансляторы к трансляции. «Марс», поиск в исторических архивах по параметрам питания, было ли такое у нас?

— Производится поиск, — отвечает мне многомудрый разум нашего звездолета.

Есть у меня ощущение, что я о подобном уже где-то читала, причем это был не лагерь. Именно недостаток еды, холод, опасность гибели в любой момент... Где-то я совершенно точно такое видела, и хорошо бы до трансляции выяснить, как называлось подобное. А пока я...

Еще вопрос в том — надо ли предлагать новую эпоху? С одной стороны, формальная причина соблюдается — квазиживые стали живыми без нашего участия, а вот с другой — не полностью, при этом их ускорили, так что совершенно непонятно. Думаю, предложить имеет смысл, а там пусть решает Человечество. Вот кажется мне, что в союзе рас мы очень медленно становимся лидерами, при этом вбирая в себя всех остальных. Так что рано или поздно наступит момент, когда не будет уже Человечества и друзей, а будет единая многообразная Разумная раса. Наверное, это очень даже хорошо. Ну а пока этот момент не наступил, нужно заниматься делами насущными.

— «Сириус» на связи, — слышу я голос Витьки, брата моего. — Маша, на напавшем корабле живые отсутствовали, квазиживого наши восстановят, но такой расы я вообще не видел еще.

— То есть вполне возможен новый Контакт, — вздыхаю я, ведь первые встречи бывают очень разными, даже такими. Обычно мы подобного не допускаем, но тут проявившие агрессию сами, можно сказать, все сделали.

— Возможен, сестренка, — на экране появляется возможный вид создателей агрессивного звездолета.

— На пресмыкающихся Прародины смахивает, — замечаю я, но тут меня отвлекают.

— Мария Сергеевна, — звучит голос Саши, не того, который брат, а который в группе нашей связист. — Трансляция готова. Мы обозначили ее, как экстренную.

— Правильно, — киваю я и встаю со своего места.

Для трансляций у нас специальное место есть — часть зала совещаний отгорожена. На мгновение задумавшись, я передвигаю рычажок из положения «Человечество» в — «Разумные». Нам нечего скрывать от наших друзей, тем более, что ситуация может касаться и их.

И вот, когда я готова уже начать трансляцию, «Марс» находит ответ на мой вопрос, выдавая немногие сохранившиеся записи прямо на экран. Я смотрю на это, даже не пытаясь справиться со слезами, а вокруг меня замирают все. Вся группа Контакта вдруг застывает от ужаса того, что мы видим сейчас на экране, и я понимаю — мы покажем это именно так. С этой самой песней, со скороговоркой врача, с архивами спасателей. Трансляцию мы начнем именно с этих картин, с нашей Истории, неумолимой и повторяющейся раз за разом.

Теперь мне понятно, почему иллиан нашли именно мы. Пережив подобное в своей истории, именно мы поймем их лучше всего. Ну, пора начинать...

Виктор

Глядя на экран срочной трансляции, я вспоминаю «Перун» и наши с Варей мысли в самом начале «приключения». Мы думали, нас ждут расследования, общение, а вышло все иначе. И неслучившиеся события, и откат офицеров по возрасту — все это заняло свою нишу в объяснении происходящего. Наверняка обнаруженное Защитником тоже относится к этому. Мы развиваемся, познаем новое, обнаруживаем странно меняющийся мир вокруг нас, и то, что раньше было чрезвычайным происшествием, медленно становится рутиной. Хорошо это или плохо никто сказать не сможет, ведь шаги по пути Разума — они разные, а за всеми творцами не углядишь. Вот и получается — тут изменение, там еще одно...

Любимая моя удобно устроилась в моих руках, дети в детском саду, а я смотрю на красный символ сошедшихся в рукопожатии рук. Трансляция, да еще и экстренная... Кто знает, что она принесет нам? И вот настает момент, когда красный огонек гаснет, но вместо привычного уже приветствия, на экран наползают кадры, судя по всему, из очень древнего архива.

Идущие по улице какого-то очень древнего города люди, закутанные в ткань дети, кусочек чего-то неопределимого в детской руке, что является для ребенка чем-то очень ценным, и появляющиеся пояснения. «Хлеб», «вода», «мертвое тело»... Выглядит настолько жутко, что просто непредставимо. А еще музыка — грозная, прерывающаяся не всегда понятными словами, которые тоже переводят — все это наполняет картину настоящей жутью. Варенька уже горько плачет в моих руках, и тут появляется совсем другая картина — закутанные фигуры среди строений, более всего походящих на наспех собранные из кубиков и обрывков дома. Картина увеличивается, и я вижу маленькие фигурки, что пошатываясь бредут сквозь снег и лед к отверстию во льду — там вода. Они держатся друг за друга, и я вижу — это иллиане, но не старше наших детей! Я готов уже вскочить, чтобы бежать, спасать их, но тут начинает говорить наша мама.

Голос ее печален, что вполне понятно, учитывая, что мы видим.

— Разумные! — произносит она, и я понимаю — она ко всем обращается, не только к Человечеству. — Наши поисковики обнаружили потомков потерпевших крушение представителей расы иллиан. То, что вы видели, и было их жизнью до сих пор.

Я успокаиваюсь — детей уже спасают, значит волноваться нечего. Но тут оказывается ситуация не такая простая — и «мины», оказавшиеся совсем не минами, и напавший на госпиталь с эвакуатором чужой звездолет, и возможная новая раса, квазиживой которой управлял проявившим агрессию звездолетом. Изображение этой новой расы заставляет задуматься, но мама не дает времени на долгие размышления, рассказывая о жизни совсем еще детей, и выглядит это действительно страшно.

— Детям нужны будут способные их отогреть взрослые, — объясняет наша мама, глава группы Контакта. — Насколько мы понимаем, у них могут быть сложившиеся по необходимости пары, что учитывать необходимо. Желающие отогреть детей... — она указывает координаты и правила, обычные в таких случаях, а я знаю, что сейчас множество людей торопятся на выход, да и не только людей. Виданное ли дело — сироты без капли тепла?

Когда я думаю, что понимаю, что имелось в виду в трансляции, внезапно оказывается, что это не так. Теперь мама рассказывает о нас с Варей. Она повествует и о чувстве, в нас родившемся, и о моем даре и о том, что случилось в результате. Ой, не нравится мне быть знаменитым... Впрочем, я знаю, почему она так поступает — по начавшемуся вслед за ее речью голосованию. Наш случай первый и вполне может послужить началом новой эпохи, только я не согласен. Отследив мой выбор, улыбается сморгнувшая слезы Варенька, принимая ровно то же решение.

— Решение не принято, — констатирует мама. — Кто-то хочет высказаться?

— Профессор Листиков, — появляется новое изображение на экране, но не человек, а просто изображение планеты. Насколько я могу судить, это Дракония. — Вы несколько торопитесь, товарищ Винокурова. Случившееся с вашими новыми детьми можно пока считать единичным случаем, вот когда эффект станет устойчивым, только тогда можно говорить о новом шаге всего Человечества, ведь квазиживые его неотъемлемая часть.

— Квазиживые поддерживают это мнение, —

звучит вывод разума, ведущего подсчет голосов. — Эпоха остается пятой.

В целом, это хорошо, потому что смена эпохи — штука не настолько простая, как может показаться. Сейчас у нас на календаре как раз время экскурсий, а при смене эпохи опять начнется цикл обучения. Дети расстроятся, ведь экскурсии их очень радуют. На этой ноте трансляция завершается, а я смотрю в окно нашей с Варей комнаты и думаю о том, как все же все переменилось меньше чем за месяц.

— Все больше даров — это хорошо, — замечает моя навек любимая Варенька. — Но и жизнь становится динамичней, надо будет с Наставником поговорить.

— О чем, душа моя? — не понимаю я с ходу хода ее мыслей. Став живыми, мы менее предсказуемы, оттого надо спрашивать, а не вычислять.

— Об изменении инструкций, — объясняет она. — Все чаще у нас необъяснимые случаи в Пространстве. Симуляции, то есть небывальщина, стали чуть ли не рутиной, а инструкции на их счет почти что и нет. Или вон, произошедшее с «Синичкой» — тоже ведь может повториться. Новые движители запретили и опечатали, но при этом регулирующих правил нет, понимаешь?

— Умница ты моя, — улыбаюсь я, прижимая к себе посильнее. — Такое счастье, что ты есть.

— Это ты — счастье, — информирует она меня. — Ведь ты любил меня даже тогда, когда я еще ничего не понимала.

— Ну это же ты... — негромко реагирую я на ее слова, а милая от моих слов улыбается так солнечно-солнечно, что я просто любуюсь ею.

Через часа два за малышами в детсад лететь. Машенька стала просто девочкой, совсем позабыв свое прошлое, в котором «Щиту» еще разбираться и разбираться — не сходятся концы с концами ни у нас, ни у мамы, ни у Феоктистова, так что копаться нам еще и копаться, а для этого надо Академию поскорее закончить.

Для кого-то может показаться странным, но у нас и иллиане, и аилины, и люди, и котята, и даже кхрааг один есть — они все в одной группе и никто их по расам не делит. Особенности учитываются, конечно, но при этом мы все одно целое — Разумные. Ваалу вон девочка-котенок понравилась, он ее теперь наравне с сестрами ото всех защищает и заботится. Хоть не от кого ребенка в детском саду защищать, но сынуля найдет. Настоящий рыцарь, как в древности, а сколько там у него конечностей да глаз — разве это важно? Все просто — мы Разумные, все мы.

Вот только кажется мне, совсем скоро предстоит нам нашу разумность не раз доказывать, но испытания не могут нас испугать все по той же причине. Именно поэтому я уверенно смотрю в будущее, которое уже совсем рядом. Кажется, стоит моргнуть — и оно тут как тут. А это значит — впереди новые приключения!

Оглавление

Последняя Надежда. Ваал	1
Последние приготовления. Виктор	13
Совсем одни. Ваал	25
Сложный выбор. Виктор	37
Странный сон. Ваал	51
Упавшие в дикость. Виктор	63
Выжить. Ваал	75
Начало Поиска. Виктор	87
Найденыши	101
Ласковые руки	115
Операция по спасению	129
Сюрпризы	141
Продолжение сюрпризов	155
Встреча в Пространстве. Виктор	167
Новые друзья	181
Некоторые объяснения	193
Новый опыт	205
Минсяо	217
Новый мир	229
Мнемограф. Мария Сергеевна	243
Кедрозор	257
Волшебная изба	269
Открытия	281
Приветы прошлого	293
Лукоморье	305
Поиск	317
Нежданный сюрприз	329
Кедрозор	341
История Человечества	353